地獄反轉

下

LEIGH BARDUGO

HELL BENT

A Novel

目錄

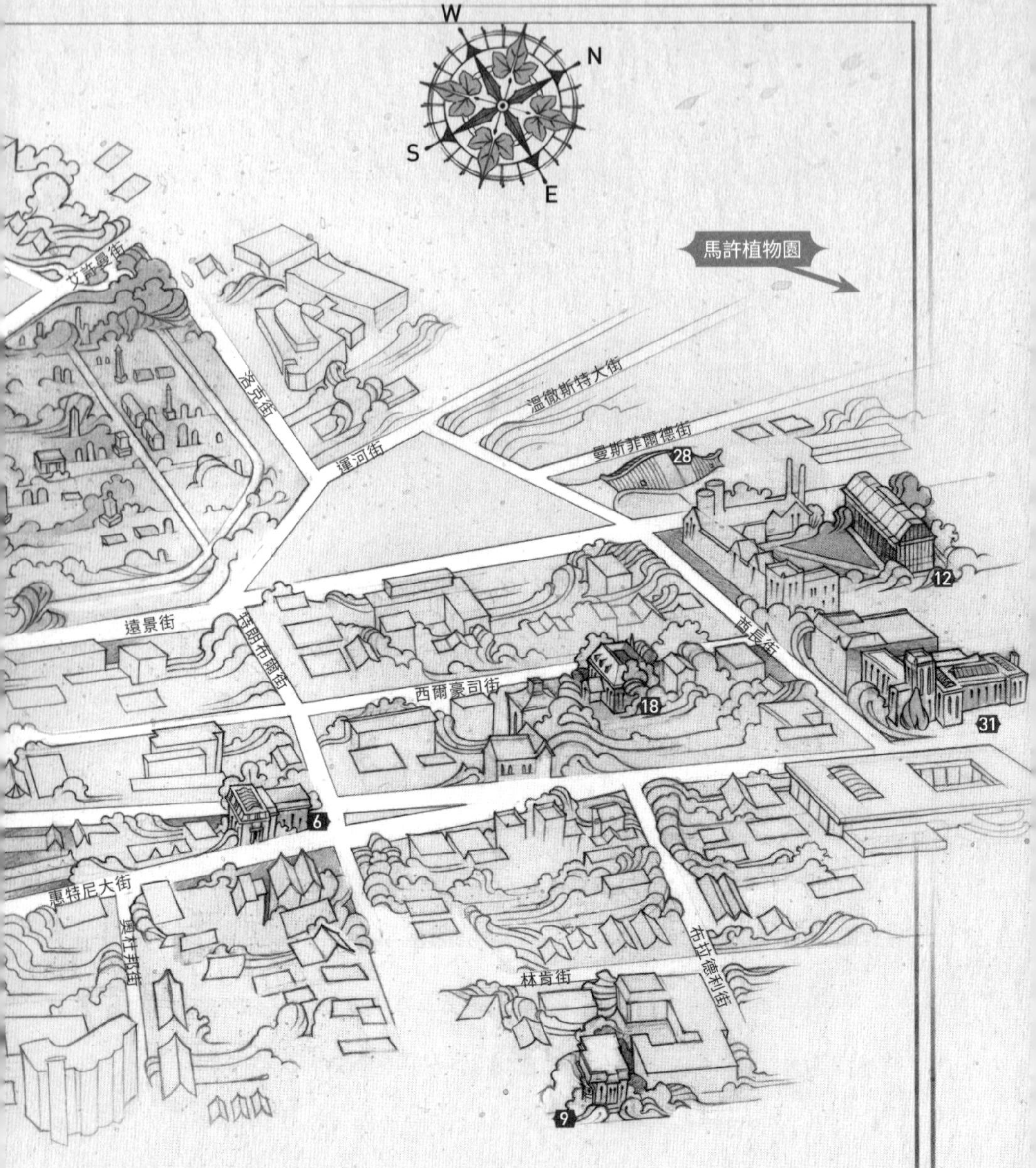

17. 哈克尼斯鐘塔
18. 校長宅邸
19. 戲劇學院
20. 強納森·艾德華茲學院
21. 葛瑞絲·霍普學院
22. 達文波特學院
23. 潘恩·惠特尼體育館
24. 果林街墓園
25. 史特林紀念圖書館
26. 耶魯法學院
27. 法學院圖書館
28. 英格爾斯溜冰場
29. 埃利胡會所
30. 伊麗莎白一世俱樂部
31. 耶魯皮博迪自然史博物館
32. 塔拉陳屍處

1. 骷髏會
2. 書蛇會
3. 捲軸鑰匙會
4. 手稿會
5. 狼首會
6. 貝吉里斯會
7. 聖艾爾摩會
8. 地洞
9. 權杖居
10. 薛菲爾—史特林—史特拉斯科納樓
11. 羅森菲爾館
12. 森林學院
13. 拜內克珍本圖書館
14. 公共餐廳
15. 范德比宿舍
16. 林斯利—齊坦登館

下降

亞麗絲不記得墜落的瞬間，但她突然躺在水面上，迅速下沉，河流在她上方合攏。她努力想游上水面，但有個東西抓住她的手腕，一條手臂纏住她的腰。她尖叫，感覺水湧入。手指伸進她口中，企圖鑽進她的眼窩，陷入手臂與雙腿的皮膚，觸感冰冷、強硬無情。

活埋。不應該這樣。應該要感覺像墜落，像飛行。她想呼喊道斯、梅西、透納，但那些手指硬塞進喉嚨裡，使她作嘔。手指伸進她的耳朵、在她腿間往裡推。

道斯和其他人會不會還在上面？這個想法讓她感受到新一波恐懼，該不會他們都飛往更好的地方，只有她獨自被扯碎？因為她是麻煩。她永遠是麻煩。四人當中唯一真正的罪人。透納八成是在值勤時槍殺了壞人，但他的童子軍良心一直無法原諒自己。道斯為了救亞麗絲而殺死布雷克。傻呼呼的崔普肯定是不小心被扯進他無法應付的事。

但亞麗絲是真正的蓄意殺人。她用球棒打死里恩、艾瑞奧、其他人，卻從不曾因此失眠一分鐘。另一邊有東西等著接收她，已經等很久了，現在她自投羅網，又怎麼會放手？那些手指很飢渴。之前她夢遊穿過整個城鎮去到黑楡莊時，也感受到那種欲望的拉扯。她能夠穿透防禦圈而且毫髮無傷，她告訴自己是因為她很特別，因為她是輪行者，但或許其實是因為她不屬於奉公守法、生命有限的人類，不屬於這個世界。她犯了罪，卻沒有受到懲罰、沒有感到後悔，現在她即將墜向報應。

那些手指彷彿直接穿透她，像鉤子一樣刺進她的皮膚、骨骼。她掙扎吸了一口氣，很熱而且滿是硫磺臭。她不在乎。她又可以呼吸了。水不見了，也沒有手指塞住她的喉嚨。張開眼睛會痛，但她睜開時，看到一片黑夜，無數流星飛掠，火雨紛飛。她還在墜落嗎？還是飛起來了？朝某處急速前進？還是在黑暗中溺水？她不知道。汗水滾落她的頸子，熱氣從四面八方撲來，她感覺快被活活煮熟。

她重重落在地上，衝擊突如其來，力道極大，她從胸口發出一下哽咽啜泣。

她想坐起來。她看見各種形狀從黑暗中慢慢浮現——樓梯、挑高屋頂。她一手按在地上想撐起身體，卻摸到扭動的溫熱物體。她急忙收回手，但她往下看的時候又什麼都沒有，只有地毯，花紋很熟悉，打過蠟的木地板，格子天花板。這是什麼地方？她想不起來。她的頭很痛。她想開門，但亞麗絲尖叫要她別開。不對，不是那樣。

潘蜜拉想讓雙腿發揮功用。她摸摸後腦勺，頭皮上那個很痛的地方，她可以感覺到脈搏，然後她痛得倒抽一口氣，急忙收回手。為什麼她無法思考？

她應該要叫披薩。不然還是自己煮好了。亞麗絲剛才上樓去洗澡了。她們要一起哀悼。她想起桑鐸院長說出那句決絕無情的話：這裡不歡迎任何人。淚水湧上眼眶。她不想哭。她不希望亞麗絲看到她哭——這時她才真正領悟到這是什麼地方：權杖居的樓梯底，彩繪玻璃碎片散落她的身邊。她再次摸摸後腦勺，這次先做好會痛的心理準備。

她開門的時候，有人把她推到牆上。應該只是意外。她很笨拙。她一定擋到路了。錯誤的地點、錯誤的時間。可是，為什麼她沒鎖門？為什麼門還開著？亞麗絲在哪裡？

她聽見音樂。她知道是史密斯樂團的歌曲。她聽見屋裡有人在說話。腳步聲，有人在奔跑。她強迫自己站起來。一波暈眩讓她口中湧出唾液，但她不理會。

潘蜜拉聽見外面傳來野獸嗥叫，接著一群滿身是毛的動物從大門蜂擁而入。胡狼。她只看過一次，那次是達令頓召喚出來的。她瑟縮靠在牆上，但牠們飛快經過，獸毛、尖牙，牠們身上冒出野生動物的氣味，灰塵、糞便、油膩獸毛。

「亞麗絲？」她試著喊。有人闖進來了，推開她硬闖進來。亞麗絲沒事吧？她是那種永遠能絕處逢生的人。「她是奮勇求生的人。」達令頓曾經這麼說，語氣洋溢敬佩。「雖然貌不驚人，但說不定我們挖到了璞玉，看看才知道，對吧，潘蜜？」

潘蜜拉努力擠出微笑。她從不喜歡璞玉這個詞。因為這意味著必須任人砍一刀又一刀，讓光照進去。

她好像不希望亞麗絲失敗。新但丁來的時候，第一眼見到她就感到莫名安慰，這只是一個瘦小的女生，手臂纖細、眼窩很深。她完全不像之前那些有教養、有架勢的女生。潘蜜拉有股衝動想餵胖她。但是餵她應該像餵流浪狗一樣，必須小心哄勸，而且絕對不可以直接把食物放在手上。達令頓似乎看出亞麗絲是危險人物。雖然她從不曾要道斯做任何事。她從不對道斯下令，也不提要求。她用過的東西會自己收拾，像小老鼠一樣偷偷摸摸，生怕被貓發現。她從來不會說：我需要妳幫個大忙，我想給室友一個驚喜，幫我煮點東西好不好？可以順便幫我洗幾件衣服嗎？

潘蜜拉同時感覺不安、沒用、感激。達令頓經常喃喃抱怨那個女生的事，但那天晚上他們去了拜內克圖書館之後，一切都不一樣了。他們回來之後砸碎了一半的玻璃器皿，接著喝個爛醉，潘蜜拉把耳機牢牢戴好，播放佛利伍麥克樂團的歌曲，盡可能不理會。第二天早上，她發現他們醉倒在起居室，但後來亞麗絲留下來，和達令頓一起收拾，這點必須稱讚她。

後來他消失了，道斯無法原諒這個女生，她在世上橫衝直撞，不顧後果，有如大型天災將身邊的所有人事物都捲進去。

我不能在這裡不動，她告訴自己。出事了，發生了很糟糕的事。她覺得很不舒服，每當父母吵架她都會有這種感覺。房子感覺不對勁。沒事啦，小兔兔，媽媽晚上幫她蓋被子時會說，我們很好喔。

一瞬間，潘蜜拉懷疑自己在妄想或快昏倒，但不是，燈光真的在閃。廚房傳出盤子碎裂的聲音，接著上方有人吼叫。

亞麗絲。

潘蜜拉抓起半身雕像，拖著身體上樓。恐懼令她腳步沉重。她每天都很害怕，怕會說錯話、問錯問題，怕會丟臉。排隊結帳時慌慌張張找零錢，感覺臉脹紅、心跳加快，擔心讓排在後面的人等太久。光是這樣便足以讓她全身充滿恐懼。她早該習慣害怕。但是，老天，她不想上樓。她聽見男人說話的聲音，然後是亞麗絲的聲音，感覺好生氣、好害怕。亞麗絲從來不會害怕。

突然間，胡狼再次從她身邊經過，一路吠叫，差點撞倒她。牠們要去哪裡？為什麼突然走了？為什麼一開始會出現？為什麼她覺得自己像是這棟房子裡的陌生人？她明明已經在這裡待了好幾年。

終於她到了樓上，但她無法理解眼前的狀況。到處是血。空氣中有濃濃的野獸臭味。院長靠牆癱坐，大腿骨刺出，有如突然冒出的白色驚嘆號在尋找句子。道斯乾嘔。那是什麼？發生了什麼事？權杖居不會發生這種事。不可以。

亞麗絲躺在地板上，有個男生騎在她身上。他好美，像天使一樣，金黃鬈髮，她第一次看到那麼美的臉龐。他哭泣、顫抖。他們看起來像情侶在親熱。他的雙手伸進亞麗絲的髮絲間，好像要吻她。

潘蜜拉手中有個東西，溫暖，滿身軟毛，不停扭動，一個活著的東西。她的掌心感受到心跳。不對，是雕像，冰冷無生命，亥倫．賓漢三世的半胸像。平常放在門邊的手杖架上。她不記得什麼時候拿起來的，但她知道要用這個東西做什麼。

打他。

但她辦不到。

她可以報警。她可以逃跑。但手裡的雕像太重。她不知道如何傷人，即使是布雷克．齊利這樣惡劣的人。即使他先傷了她。布雷克硬闖進來，然後任由她倒在地上流血。他害院長受傷。他要殺害亞麗絲。

打他。

她又變回遊戲場上的小女孩，長得太高、胸部發育太快，整個人都不對勁。她的衣服不合身。她會絆到自己的腳。等公車的時候有高中男生開車經過，大喊露奶來看啊，她瑟縮在公車亭，不敢有任何反應。每堂課她都選最後排的座位，彎腰駝背躲在角落。害怕、害怕。她一輩子都在害怕。

我辦不到。

她不像亞麗絲或達令頓。她是學者。她是小白兔，羞怯無法自保，沒有尖牙利爪。她只能逃跑。但是達令頓消失了，她能逃去哪裡？院長？亞麗絲？要是她毫無作為，還算是人嗎？

她站在他們旁邊，低頭看著那個男生與亞麗絲。她從高處看著他們，現在她是天使，也可能是希臘神話中的鷹身女妖，持劍降臨。她舉起半胸像，用力砸向美貌青年的頭。他的顱骨凹陷。那個聲音濕潤柔軟，好像他是紙漿做的人偶。她不是故意要這麼用力。難道她是故意的？小兔兔，妳做了什麼？她看著他倒向一旁。她自己也腿軟癱倒，現在才終於哭出來。她忍不住。她不確定為誰哭，布雷克、達令頓、亞麗絲，還是她自己。她彎腰嘔吐。為什麼一直天旋地轉？

潘蜜拉抬起頭，感覺冷風吹過臉頰，鹹鹹的海水噴灑。地面來回傾斜搖晃，在波濤中漂流的船。她死命抓緊繩索。

速。

「崔普，不要狀況外。」

暴風雨應該不是大問題才對。他們確認過氣象。他們每次都會確認。氣溫、氣壓、預估風速。

但每次駕船出海，崔普都隱隱感到恐慌。只有他和爸爸或其他同輩親戚的時候還好，但只要史賓賽加入，他就變得很奇怪。就好像大腦不肯聽從命令。

他感覺好像手腳都變大。他變得遲鈍。突然間他必須思考才能分辨左手邊、右手邊，左舷側、右舷側，而且是非常認真思考，實在太荒謬。他從小就學習駕駛帆船。

史賓賽做什麼都很出色。他會騎馬、開沙灘車。他賽車，機車和汽車都行。他會射擊，而且他工作賺錢，有自己的收入，總是有漂亮女生黏在他身上。不是女生，是女人才對。她們全都那麼高雅、時尚，在她們身邊崔普覺得自己像小孩，雖然說讀耶魯大學的人是他，而且史賓賽只比他大幾歲。

崔普甚至不懂史賓賽憑什麼掌舵。他們兩個都是賽艇選手，他爸爸也是，但史賓賽只是露出大大笑容、潔白牙齒，就這樣搶走那個位子。部分原因可能是他的長相。帥氣、精壯。他沒有海穆斯家的娃娃臉。他的下顎強而有力，看起來就是不好惹。

史賓賽對崔普的爸爸說話時總是必恭必敬。「謝謝您讓我上船，這是我的榮幸，這艘船駕駛起來簡直像美夢成真。」緊接著，他一手勾住崔普的脖子，樂呵呵說：「崔普，老弟！」然後湊到他耳邊小聲說：「廢物，還混得下去嗎？」

崔普全身僵硬，史賓賽只是大笑說：「不要狀況外。」

那天也一樣。抓住繩索！裝上絞盤！帆準備好了嗎？快點，崔普，不要狀況外。

暴風雨並不大。一點也不可怕。至少其他人都不覺得有什麼。崔普穿上救生衣，他站在艙梯上，將有如細長蛇身的布料繞過脖子，然後固定在腰上。救生衣入水之後才會充氣，平常穿在身上根本沒感覺——所以完全不值得大驚小怪。

然而，史賓賽一看到他就開始狂笑。「你有病喔？只是下點雨而已，蠢斃了。」

崔普的爸爸只是抬頭對著天空大笑，頭髮在風中飛揚。「這種天氣才夠意思呢！」

崔普不喜歡。大片烏雲有如巨大動物拱起的肩膀，推動帆船，像在玩遊戲。船上的人可以確切感受到下面的海，如此遼闊、如此冷酷無情，只要一聳肩就能折斷桅杆、擊破船身，讓他們全部溺死。他只能拚命抓緊——一手做事、一手抓船，這是駕船的鐵則，救生衣也是——他強迫自己微笑，祈禱不會嘔吐，否則他會被嘲笑一輩子。

可惜這招沒有唬到史賓賽。

「膽小鬼，尿褲子了嗎？」他笑嘻嘻說。「不要狀況外。」

崔普想要大聲叫他滾開不要煩。但這樣只會讓狀況更糟。崔普，一點玩笑都開不起？我的老天。

他只有一個辦法：繼續假裝自己樂在其中，假裝他像所有人一樣愛史賓賽，假裝真的很好玩。只是一點小風雨，只是一個愚蠢自大的堂哥，這樣就害怕未免太可悲。問題是，他有充分的理由害怕。至少暴風雨只是暴風雨，不會蓄意傷害他。史賓賽不一樣。

崔普八歲那年，整個家族都來他家為他慶生。即使在那時候，史賓賽已經是個大爛人了，但那天崔普不在乎史賓賽。那是他的生日，也就是說，來的人都是他的朋友，還有全新的PlayStation，冰淇淋也是他喜歡的口味，儘管史賓賽將他的那碗餅乾奶油冰淇淋推開，氣呼呼說：「我討厭這種口味，像狗屎。」

崔普吃了蛋糕、拆了禮物，在游泳池裡玩耍，終於朋友都回家了，只剩下親戚。他曬傷了。晚上要露天燒烤。他感覺慵懶、快樂，而且明天不用上學，他還有整個週末可以鬼混，感覺就像他每次呼吸都吸進一大口陽光。

他戴著新的浮潛呼吸管在潛水區游來游去，出水時才發現史賓賽站在泳池邊，他穿著及膝衝浪褲，金髮有如曬太多太陽褪色的稻草垂在臉上，所以崔普看不清他的表情。崔普環顧後院。他早已學到當有人在的時候，史賓賽掐他或揍他的次數會減少。但崔普的爸爸和弟弟在草地另一邊架設排球網。媽媽和其他親戚一定都進屋裡了。

「怎樣？」他尖聲問，已經開始往梯子移動。

但史賓賽的動作更快。他總是更快。他跳進水中，幾乎沒有激起水花，一手往崔普胸口一拍，將他往後推。

「玩得開心嗎？」史賓問。

「當然。」崔普說，不知道為什麼突然覺得好害怕，他拚命忍住不哭。沒什麼好哭的。

「過生日一定要泡泡水啊。在水底待二十秒。這不算什麼吧？就連你這種小垃圾都能辦到。」

「我要上去了。」

「有沒有搞錯？」史賓賽似乎難以置信。「唉，我還以為你很酷呢，沒想到你連在水底待二十秒都不行？」

崔普知道這是陷阱，但……萬一不是呢？說不定只要他能做到，史賓賽就會放過他，他們可以做朋友，史賓賽和所有人都是朋友，他也可以。我還以為你很酷呢。他可以很酷。

「只要把頭放進水裡二十秒就好？」

「對啊，不過假使你實在太孬……」

他不會讓我溺死，崔普想著。他很可惡，絕對會把我壓在水裡一陣子，不過他不可能真的殺死我。他只是想嚇唬我，我不會讓他得逞。崔普喜歡這個想法。

「好，」崔普說，「整整二十秒。幫我計時。」

他把頭鑽進水裡。

他感覺史賓賽立刻用雙手按住他的肩膀。他知道史賓賽想要他掙扎，但他偏不要。他要憋住呼吸，一動也不動，保持冷靜。他在腦中數秒，慢慢數。史賓賽會壓住他更長的時間，他也準備好了。

史賓賽將他往下壓，用腳踩住崔普的胸口。不要恐慌，不要動。他的另一隻腳用力踏崔普的肚子，企圖把空氣擠出來，崔普吐出幾個泡泡。史賓賽的右腳往下移動，崔普驚覺他想做什麼的時候，史賓賽已經用腳跟用力踏上他的腿間，腳趾摳進崔普的睪丸。

現在崔普拚命掙扎，他被壓在池底，努力想甩開史賓賽。他知道這樣只會讓史賓賽更爽，他討厭自己的反應，那隻腳踩著他的感覺，腳趾一直摳的感覺，讓他全身發毛。他的心智拒絕配合。他的胸口很痛。他很害怕。為什麼他以為能應付？放開我。他一定要放開我。史賓賽很惡毒，但不是變態。他不會殺人。他只是很混蛋而已。

但崔普真的知道史賓賽會做到多過分嗎？史賓賽喜歡惡作劇。他在狗飼料裡放辣椒粉，看著哀鳴哭泣的狗狗狂笑。崔普還很小的時候，有一次史賓賽不准他去上廁所，一次次把他往牆上推，大喊：「打彈珠！打彈珠！」直到崔普尿褲子。看來史賓賽真的很壞，書本和電影裡的那種壞。

現在他狂笑，享受崔普企圖掙脫的動作。

崔普心裡想著：**這種死法實在太蠢**，但他撐不住了，他張開嘴，水湧進喉嚨，氯的氣味嗆進鼻子，他拉扯史賓賽的小腿，世界變成一片黑暗。

他睜開眼睛時，看到爸爸曬黑的臉。崔普咳個不停，他的肺感覺很熱、很緊，好像整個胸膛著火了，灼痛讓他全身無力。

「有呼吸了！」爸爸大喊。

崔普仰躺在草地上，蔚藍天空中，小小雲朵形狀完美，像卡通裡一樣。媽媽雙手握拳抵著嘴，滿臉淚痕。他看見親戚圍在旁邊，包括他的叔叔，也就是史賓賽的爸爸，史賓賽也在，他眯著眼睛。

爸爸扶他坐起來，崔普想要指向史賓賽，想要說：**史賓賽是故意的**。但他咳到沒力氣。

「很好，孩子。」爸爸說。「你沒事了。慢慢呼吸。」

他想殺我。

但史賓賽冰冷的眼神注視著他，崔普感覺依然被他踩在池底。史賓賽和他不一樣，和任何人都不一樣。他什麼都做得出來。

彷彿回應他的想法，史賓賽突然哭出來。「我以為他只是在惡作劇。」他強忍啜泣。「我不知道他溺水了。」

「嘿。」崔普的爸爸一手按住史賓賽的肩膀。「只是意外而已。幸好你即時去救他，我真的很感激。」

一定是因為有人往游泳池這邊看過來，一定是因為那個人盯著看太久。史賓賽一定迅速反應，假裝是在救崔普。誰會懷疑？誰能想像？

「要送他去醫院嗎？」崔普的媽媽問。

史賓賽若有似無地搖頭。

所有人都注視崔普，都在擔心他。只有史賓賽的媽媽站在人群外；只有她注視她兒子。她的眼神藏著憂慮。也可能是恐懼。她知道他的真面目。

「我沒事。」崔普沙啞地說，史賓賽的嘴角一抽，但立刻用啜泣掩飾。

那之後什麼都沒有改變。但崔普極力避免和史賓賽獨處。

即使在八歲的時候，崔普已經知道他頭腦、魅力、外表都比不上史賓賽。他很清楚，即使那天他伸出手指、說出實情，也沒有人會相信。他們會說他誤會了，甚至指責是他有問題，竟然有這種想法。他會變成怪物。看來真的有什麼改變了，崔普心中的有個東西不一樣了，因為現在他知道史賓賽永遠會贏，更慘的是他知道原因：因為大家比較喜歡他。就連崔普的父母也一樣。就這麼簡單。這個領悟壓在他的胸口上，貼著他的心臟，即使他的肺不再疼痛、咳嗽也停了，這份沉重卻沒有消失。因為這件事，他變得怯懦、侷促，也是因為這件事，十年後，當帆船遇上小風暴，只有崔普看見史賓賽墜海。

事情發生在一瞬間。史賓賽很喜歡偷偷跑到崔普身後嚇他，企圖害他弄掉手裡的東西，或是用力戳他的側腰，因此崔普總是小心留意史賓賽在哪裡。他看到史賓賽大步走過甲板，從帆桁底下鑽過去。他的身體被主帆遮住，只看得見腿，因此崔普一下子沒看出他在做什麼。其他人都在忙自己的工作，設法度過暴風雨。崔普回頭看爸爸，現在換他掌舵了，他專心注視海平線。

崔普看到史賓賽伸手向下，彎腰越過欄杆去抓一條鬆脫之後漂在水上的繩索。這樣鬆脫的繩索會造成危險，可能會被吸進船底，影響舵柄或延伸桿——但史賓賽應該叫人幫忙才對。他整個身體掛在欄杆上，雙手伸出去。崔普腦中剛閃過一手做事、一手抓船，大浪就打過來了，一片灰色的海水，有如貓掌拍玩具，史賓賽消失了。

崔普一時動彈不得。他甚至張嘴要呼救。但他……沒有。他看看四周，發現所有人都全神貫注在自己的工作上，互相大聲報告狀況，雖然緊張，但享受狂風暴雨。

崔普沒有奔跑、沒有著急，跟隨史賓賽的腳步從帆桁底下鑽過去，然後站直，像史賓賽剛才一樣，站在主帆後面沒有人看見的地方。他在灰色波濤中看見史賓賽，紅色防風外套有如警示旗，頭冒出水面又消失。史賓賽也看見他了。崔普確定。他舉起手臂拚命揮舞，他高聲呼救，但聲音被風吹散。崔普離他很近，甚至可以看見他嘴巴張開，但他無法判斷是真的聽見史賓賽呼救，還是他自己的想像。

他很清楚每一秒都至關生死，每一刻船都離史賓賽越來越遠。他握著的欄杆觸感像溫暖的肉體，長滿軟毛。崔普嚇得一縮，把手收回到胸前，但什麼都沒有，只有冷冷的金屬。

還來得及做對的事。他很清楚。他知道有人落水時的標準程序。他應該要看著史賓賽，同時大聲呼救，一手抓住欄杆，用另一手指出他的位置。波濤洶湧，太容易就找不到人。大家會把船移動過去，扔繩索將史賓賽拖上船，然後史賓賽會推他，質問為什麼他不快點求救，他到底有什麼毛病。崔普的爸爸也會覺得奇怪。史賓賽不會害怕，只會生氣。因為史賓賽永遠會贏。

現在已經很難看見他了。如果他有穿救生衣就會漂浮在水面。可惜他沒穿。崔普得瞇眼才能看見水中的紅色外套。

他一手抓住欄杆慢慢坐下，這個姿勢最安全——他是這樣學的。然後他伸手往下，抓住垂落的繩子，就是剛才史賓賽想拉的那條。

崔普回頭看一眼鉛灰色的大海，海浪擠在一起爭先恐後搶機會。

「不要狀況外。」他低語，然後開始收回繩索。他整齊捲好，感覺繩索在手中輕鬆滑動，他的身體變得自信十足，多了一種全新的從容，打繩結更是駕輕就熟。

他終於感覺壓住心臟的重量消失了。雨水拍打他的臉，但他不害怕。

只是下雨而已。海面恢復平靜。他的腳下穩定。

「只是下雨而已，」卡麥克說，「你是糖嗎？擔心會融化？」

透納強迫自己笑，因為卡麥克自以為很風趣，好吧，有時候確實很風趣。

那天很冷，天色昏暗，柏油路面有如濕滑的鰻魚，兩旁髒兮兮的雪堆淋到雨而坍塌。這場雨根本稱不上是雨，只是綿綿的濕氣，讓透納好想洗個熱水澡。要是東岸清晨的鬼天氣可以拿去賣，紐哈芬絕對會是銷售冠軍。

卡麥克懶洋洋坐在副駕駛座，他身上的西裝本來就是男裝倉庫的便宜貨，現在更是皺得像鹹菜，他用手指敲出〈We Will Rock You〉的節拍，他每次想抽菸都會這樣。他的老婆安德蕾雅強迫他戒菸，老卡正在努力。「她說除非我一個月不抽菸，否則休想吻她。」老卡抱怨，塞了一片口香糖進嘴裡。「她說這個習慣很髒。」

透納完全贊同，他很想送安德蕾雅一束花，感謝她強迫卡麥克戒菸。他擔心車子內裝永遠會有菸臭。第一次去卡麥克那棟庭院鋪著人工草皮的整潔黃色房子前面接他時，透納就該叫他不要在車上抽菸，但是他沒種。

克里斯．卡麥克是活生生的傳奇。他在警隊二十五年，三十歲就當上警探，破案率驚人，年輕警員都稱呼他「睡魔」，因為他讓好多案子從此安眠。卡麥克不會浪費時間。有他當搭檔，保證能拿到重大案件，迅速升遷不是夢，運氣好還會得到嘉獎。透納正式成為警探之後，老卡和他的朋友帶透納去喝酒，那天晚上，大家喝了很多威士忌，聽實力很差的樂團模仿旅行者樂團，酒酣耳熱之際，卡麥克抓住透納的肩膀，靠過來問：「你是好警察吧？」

透納沒有要求他解釋，沒有叫他滾去別的地方發酒瘋。他只是微笑說：「當然囉，長官。」

卡麥克──大卡車──大笑，肥厚手掌扣住透納的後腦勺，然後說：「我想也是。孩子，跟著我好好幹。」

那是個友善的舉動，卡麥克想讓大家知道透納已經得到他的認可，以後由他罩。這是好事，透納告訴自己要高興。但他有種錯亂的感覺，或許在另一個時空，大卡車按住透納的頭是為了推他上警車。

這天早上，他去接卡麥克，然後一起去連鎖甜甜圈店Dunkin' Donuts買咖啡。其實只有透納一個人去。他是資淺警探，換言之，他得在狗屁天氣去做狗屁事。他的車上總是放著傘，老卡每次都笑他。

「只是下雨而已，透納。」

「我的西裝是絲質的，老卡。」

「記得提醒我介紹我的裁縫給你認識，這樣才能拉低你的品味。」

透納微笑，匆匆走進甜甜圈店，抓了兩杯黑咖啡和兩個三明治。

回車上將咖啡交給卡麥克之後，他問：「要去哪？」

卡麥克在座位上移動，想要坐得舒服一點。他年輕時是拳擊選手，現在他的右勾拳還是很厲害，但他壯碩的肩膀已經有點走山了，腰帶上方掛著鮪魚肚。「我收到線報，塔王可能躲在果園街的一間連棟透天。」

「真的假的？」透納問，心跳開始加快。

難怪今天早上老卡這麼神經兮兮。最近伍斯特廣場發生了好幾件入室竊盜案件，他們調查很久了，卻一直毫無頭緒，感覺像在撞牆。終於，老卡的一個線民指出犯人可能是狄倫‧塔托，他是個小賊，幾週前他從奧司朋監獄出來之後，就開始發生竊盜案。他確實很可疑，他們找假釋官要到他登記的地址，去了之後卻發現他根本不住在那裡，他們掌握到的所有線索最後都是一場空。

現在透納終於安心了。卡麥克一早就太敏感，眼睛太明亮、情緒太高昂。透納原本以為老卡吸毒了。這種事其實很常見——雖然卡麥克從來沒有做過，大部分的警探都很少碰毒，但連續值勤的巡邏警員可能得撐上十二個小時，為了保持清醒而使用興奮劑阿得拉——能弄到古柯鹼更好。這種事時有所聞。

當然，透納從來不碰。他已經有太多難關要面對了，不想為尿檢煩惱。他上班都很清醒，沒有問題。他父親說得很對：**養成隨時警覺的習慣，就永遠不會鬆懈**。伊蒙・透納經營電器修理行，就連過世時也是倒在一排二手音響和ＤＶＤ播放器前面。雖然經常有青少年闖進店裡希望找到平面電視或值錢的寶物，但他父親並非死在他們手裡，而是心肌梗塞默默要了他的命。店裡生意一直很差，他爸爸倒在店裡很久，直到那天傍晚娜歐蜜・拉宣去拿送修的老舊熱壓吐司機才終於發現。透納告訴自己，爸爸這樣走也不錯，但爸爸獨自倒在滿是故障電器的店裡，像那些機器一樣走向盡頭，透納一想到依舊痛苦不已。

現在，透納把車駛出停車場，朝肯新頓的方向去。「你打算怎麼做？」

老卡咬了一大口三明治。「我們從榆樹街過去，停在那家修車廠過去一點的地方，先觀察一下確認狀況。」他下巴沾到油，瞥透納一眼，笑嘻嘻說：「你的小烏雲今天收工了嗎？」

「對啦、對啦。」透納笑著說。

透納很情緒化。從小就是這樣。他必須小心控制。要是大家太常感受到他的情緒，就會突然疏遠，再也不會有人邀他去喝啤酒，需要人手的時候也不會找他。這樣遲早會混不下去。因此透納盡可能保持微笑、放鬆肩膀，不要讓身邊的人受到他的情緒影響。但今天他一起床就覺得心情很沉重，後腦勺有種刺刺麻麻的感覺，每次即將發生壞事的時候他都會有這種感覺。惡劣天氣和太淡的咖啡更是雪上加霜。

透納從小就有很強的預感，能事先察覺要出事了。他一眼就能看出誰是臥底警察，總是比別人先知道警車快來了。他的朋友覺得很詭異，但爸爸說這代表他是天生的警探。透納覺得這個想法很棒。讀書時，他在體育或藝術方面表現都不突出，但他能夠看透人，知道他們會做什麼。有人身體不舒服時他立刻就會察覺，好像能嗅出疾病一樣。有人撒謊他也能馬上識破，連他自己也不清楚是怎麼做到的。後腦勺那種刺刺麻麻的感覺會提醒他留意。他學會聆聽那種感受，只要他保持微笑，將內心的黑暗面藏好，大家真的很喜歡找他說話。他可以讓媽媽、弟弟、朋友，甚至老師，說出他們原本不打算說的話。

當他們驚覺自己說太多的時候，總是會一臉羞恥，透納也早就習慣了。於是他練習不要表現出太多同情、不要表現得太認真。這樣他們才能說服自己沒有說出丟臉的事。他們不會覺得軟弱或渺小，不會因此冷落他。他們絕不會想到，其實透納記得他們說的每一個字。

在警隊，大家都叫他白馬王子，以為是因為他長得好看才能順利取得證詞和線報。透納的魅力能讓犯人聊起媽媽和家裡的狗，甚至說出為剛出獄的朋友張羅了什麼好康，但他的同事從來沒有察覺，其實透納也將同樣的魅力用在他們身上，讓他們在酒酣耳熱時將生活大小事和各種煩惱說給他聽。

那種後腦勺刺麻的感覺出現後，接著就會接到電話通知壞消息，或發現他找錯地方了。但自從加入警隊，他一直保持高度警覺狀態，就好像他隨時等著發生壞事。他不知道如何分辨那樣的神經質和直覺給的警報。

他告訴媽媽他考上警校的時候，媽媽說：「你怎麼偏偏當警察？嫌麻煩不夠多嗎？」

她一直希望他能當律師、醫師——唉，就連修車都行。做什麼都好，就是不要當警察。他的朋友嘲笑他。但他一直是邊緣人、好學生、風紀股長。

「你喜歡監督。」他弟弟有一次這麼說。「就算你編出再多冠冕堂皇的理由，其實你只是想要警徽和配槍而已。」

透納並不認同他的說法。大部分的時候。他經常說要從內部改變體制，要成為改進的力量，他是認真的。他愛家人，愛他的朋友。他可以成為他們的利劍，也可以保護他們。他必須相信他能做到。在警校的時候，上級很高興有他加入，因為這樣統計數字會比較好看。警校有不少黑人和亞洲人，沒有人會找他們麻煩。但是，他成為基層警員之後狀況徹底改變。對立氣氛嚴重，每次他跨過工作與社群之間那條看不見的界線，心中都會感到恐懼。當上警探之後更嚴重，他總是有種被針對的感覺——從來無法證實真的有，但也無法證實沒有。

發生了很多不好的事，但透納決心不受影響。當欺凌變得太過分，他告訴自己小不忍則亂**大謀**。撐過現在的爛工作，才能得到未來的光明前程，他要一步一腳印爬上山頂，在那裡才能真正看清局勢，才能真正有力量進行改變。他知道他可以成為大卡車那樣的傳奇人物，甚至超越大卡車。只是現在必須先吞忍。那些人在他的鞋子裡放狗屎，他若無其事穿上，在更衣室裡走來走去，假裝沒有發現，故意讓他們嘲笑。他們找來妓女，要她掀起裙子在他的汽車引擎蓋上用手電筒自慰，他大笑、歡呼，假裝樂在其中。他會配合，直到他們玩膩。這是他和自己做的約定。

卡麥克的搭檔退休，空缺由透納補上，這時一切忍耐都值得了。那是大卡車的要求。透納很想相信是因為他刻苦耐勞，也可能是因為他是真正的高竿警探，也或許是因為老卡欣賞他的上進心。或許這些都有，但他也很清楚老卡想讓人看見他和黑人稱兄道弟。卡麥克年紀大了，即將退休，他有一些不太光明的紀錄。他的檔案裡有一條不當開槍的紀錄——那個青少年帶著槍，但他依然是青少年——還有幾次嫌犯提出申訴說他施暴。雖然都是很久以前的事了，但一個不小心，這些紀錄還是會讓人惹上麻煩。透納是他的護身符。但他不在乎。如果和卡麥克搭檔能加快他晉升的速度，他很樂意充當他的黑色盾牌。

透納把車停在距離那排連棟透天不遠的地方，皺著眉頭問：「線報可靠嗎？」

「你覺得我的線民敢惡搞我？」

透納朝那棟破爛房子一撇頭，垃圾桶倒在泥濘前院，車道滿是積雪，門廊扔著一大堆垃圾郵件。「看起來不像有人住。」

「靠。」卡麥克說。有時候線民會故意給警察假線報，只因為他們想把佔屋的人趕走。這棟房子怎麼看都沒人住。至少沒有人付房租。

雨變成霧，他們坐在車上，引擎怠速吹暖氣。

「走吧。」卡麥克說。「去看看就知道。開車繞去後面。」

他們把車停在果園街後面的路上，副駕座的老卡拖著肥胖身軀下車。「我敲門。你待在後面，以防他逃跑。」

透納差點笑出來。塔王可能躲在裡面，坐擁伍斯特廣場失竊的筆電和珠寶，但也可能只是幾個青少年弄了一張床墊躲在裡面抽大麻、看漫畫。但是只要大卡車一敲門，裡面的人絕對會逃，到時候透納必須負責攔住從後樓梯下來的人。在紐哈芬街道上衝刺追逐嫌犯，這種丟人的事老卡不可能做。

透納看著卡麥克鑽進屋子旁邊的小巷，然後在後樓梯旁就位。他從一樓髒兮兮的窗戶往內張望——空蕩蕩的走道，沒有家具，只有一塊老舊地毯，投信口旁堆著更多郵件。

一分鐘後，他看到老卡的身影出現在正面窗前，然後聽見他用拳頭搥門的聲音，砰、砰、砰。他停住，屋裡沒有動靜。然後再一次，砰、砰、砰。「紐哈芬警局！」老卡大吼。

沒動靜。沒有奔逃的腳步聲，樓上也沒有人開窗。

老卡把門踹開。「紐哈芬警局！」他再次大喊。

透納透過窗戶呆望著老卡。他在做什麼？他們不是房東請來的，沒必要踹門進去。

老卡打手勢要透納跟上。

「媽的。」透納說。今天早上還會發生多少鳥事？塔王是他們唯一的線索，大卡車不可能因為這是非法搜索就收手。透納拔出槍，後退幾步，然後用肩膀撞門，感覺門鬆動。

他還沒來得及問老卡這是在做什麼，老卡已經舉起一隻手指按住嘴唇，然後指指樓梯。「樓上有人。我聽見了。」

「聽見什麼？」透納小聲問。

「可能只是貓。也可能是女人。說不定根本沒什麼。」

刺刺麻麻的感覺瀰漫透納的後頸。看來有什麼。

「你搜查一樓。」老卡說。「我上去。」

透納聽命行事，但空間太小，一下子就搜完了。客廳裡只有一個髒污的床墊，上面堆著髒衣服，廚房空蕩蕩，櫥櫃門全打開，好像有人搜過。兩個臥房都空蕩蕩，浴室地板嚴重腐朽，看來有水管破了。

「沒人。」他大喊。「我要上去了！」

他一腳才剛踏上樓梯，就聽見老卡大吼。一聲槍響，然後又一聲。

透納衝上樓，手裡拿著槍。他感覺手裡的東西在扭動，低頭一看卻什麼都沒有，只有堅硬的黑色配槍。

恐懼讓他頭腦不正常了。他不是擔心自己。而是擔心接下來他得做的事、他得傷害的人，他腦中響起弟弟的聲音：你只是想要警徽和配槍。透納每次都祈禱同樣的事：拜託，上帝，千萬不要是青少年。也不要是黑人。

「卡麥克？」他高聲喊。

沒有回應。沒有動靜。二樓的格局幾乎和一樓一模一樣。

透納拿出對講機。「我是亞伯．透納警探。位置是果園街三七二號。槍響，請求支援與醫療人員。」

他沒有等回應，直接開始搜查第一間臥房、浴室。進入第二間臥房時，他看到地上有一具屍體。

不是卡麥克。他的頭腦花了一分鐘才理解。地上那個男人——其實只是個孩子，頂多二十歲，胸口有個洞，旁邊的地板上也有個洞。卡麥克站在屍體旁邊。

透納看過檔案照片，認出倒在地上流血的人是狄倫．塔托。塔托。塔王。

「靠。」透納在屍體旁邊跪下。「你受傷了嗎？」因為他必須問。但他知道老卡沒受傷，就像他知道這孩子沒帶槍。他掃視整個房間，希望槍會憑空出現。

「我叫救護車了。」卡麥克說。

至少還有點良心。但就算救護車來了也沒用。塔托沒有脈搏、心跳，也沒有槍。

「發生了什麼事？」透納問。

「他突襲我，手裡拿著東西。」

「好吧。」透納說。但其實一點也不好。他的心臟在胸口劇烈跳動。遺體還有溫度。塔托中彈的位置幾乎是在胸口正中央，就好像他站著不動當槍靶。他穿著T恤、牛仔褲。他一定很冷，透納想著。屋裡沒有開暖氣。沒有家具。兩天前才剛下過雪。房間裡什麼都沒有，沒有菸蒂、沒有食物包裝，甚至沒有毯子。沒有任何霸佔房屋的跡象，他沒有住在這裡，沒有人住在這裡。

他是來這裡和人會面的。很可能就是卡麥克。

「沒多少時間了。」老卡說。他很冷靜，但老卡總是很冷靜。「我們先對一下說法。」有什麼說法可對？老卡說塔托手裡拿著東西，現在東西在哪裡？

「來。」老卡說。他抓著一隻白兔的脖子。兔子在他的拳頭裡不斷掙扎，柔軟小腳踏著空氣，眼睛瞪得很大，眼白都出來了。透納看到兔子毛茸茸的胸膛裡，心臟在跳動。

透納眨眨眼，老卡手裡的東西變成一把槍。「擦乾淨。」他說。

透納很想義正辭嚴拒絕，但不由自主露出緊張笑容。「你在開玩笑吧？」

「救護車很快就會到。政風和其他人也都會來。透納，不要鬧。」

透納看著卡麥克手中的槍。「你從哪裡弄到的？」

「不久前在一個案子的現場撿到的。姑且稱之為買保險吧。」

買保險。一把可以誣賴給塔托的槍。「我們不必——」

「透納，」卡麥克說，「你知道我是好警察，你也知道我就快退休了。我需要你幫我一把。那小子先開槍，所以我才取出配槍射擊。只是這樣而已。乾淨俐落。」

「乾淨俐落。」

但這一切感覺都不對勁。不只是那一槍。不只是身後地上那具逐漸變冷的屍體。

「老卡，他在這裡做什麼？」

「媽的，我怎麼會知道？我收到線報，所以來調查。」

但這一切都不合邏輯。連環竊盜這種案件應該再基本不過，他們卻花了好幾個星期鬼打牆，為什麼？既然塔托犯下多起竊案，那麼贓物在哪裡？聽見卡麥克搥門的時候，塔托為什麼不逃？因為塔托在等他。因為卡麥克設計陷害他。

「你和他約好在這裡見面。他認識你。」

「透納，不要耍小聰明。」

透納想起卡麥克家去年夏季新裝的露臺。他們坐在那裡燒烤、喝瓶裝啤酒、聊透納的職業生涯。老卡說他的小舅子是承包商，幫他談了個大折扣。透納知道他在撒謊，但沒有放在心上。任職多年的老警察多半都不太正派，但也並不是反派。老卡他太太的衣服也太高檔，一般警探絕對負擔不起。透納很熟名牌，他喜歡品質優良的西裝，他交往過的女人都很喜歡他這一點，可以和她們聊時尚。他能分辨真的香奈兒皮包和高仿貨，老卡的太太拎的永遠是真貨。

不太正派，但不是反派。看來透納錯了。

遠方傳來警笛聲。再過一、兩分鐘就會抵達。

「透納，」卡麥克說。他的眼神很穩，「你很清楚現在有什麼選擇。我完蛋你也會跟著完蛋。我的操守受到質疑，你的操守也會跟著受到質疑。」他遞上槍。「這把槍可以解決所有問題。我搞砸了，你這麼優秀，不該被我連累。」

他說得沒錯。透納感覺到自己伸手拿槍，看到槍在手中。

現在老卡已經拿不到槍了，透納問：「要是我拒絕呢？從塔托的前科看來，他沒本事犯下多起竊案還平安脫身，一定有人幫他。要是我這麼說呢？」

「透納，這未免太牽強。」

沒錯。他不知道老卡涉入竊案多深。說不定他只是收點現金、拿一臺筆電，睜一隻眼閉一隻眼。但那種刺刺麻麻的感覺告訴他，這不是弄錯。不是搞砸。而是陷阱。塔王只是其中一部分而已。

卡麥克聳肩。「小子，那把槍上有你的指紋。看大家會相信我還是相信你。你的未來前途無量，我第一次見到你就看出來了。但是你不能單打獨鬥。你需要朋友，需要能信賴的人。透納，我能信賴你嗎？」

在透納後腦勺奔竄的刺麻感變成野火燎原。假使他和塔托與竊案有關，為什麼不偷偷處理掉塔托？為什麼要帶透納來，讓他看見？

現在透納完全看透了。老卡選他當護身符，不只是因為他是黑人。老卡選他是因為透納野心勃勃——太急於往上爬，所以可以輕易左右。很好利用。卡麥克打算藉由塔托的死將透納變成他的傀儡。一石二鳥。一旦透納擦乾淨那把槍、用塔托的手指扣住扳機，一旦他重複卡麥克的謊言，他就會成為大卡車的囊中物。

「這是你設的陷阱。你故意害我。」

卡麥克的表情近乎佩服。「小子，我這是在照顧你。我一直都很照顧你。現在也沒什麼大不了。做聰明的選擇，你就能迅速晉升，將來繼承我的地位。以後你就可以順風順水。要是你想逞英雄，就等著看會有什麼下場吧。透納，我有很多朋友。會因為這件事倒大楣的人不只你一個。想想你媽媽、你爺爺，他們多麼以你為榮。」

透納努力思考自己究竟怎麼會搞得大禍臨頭。為什麼這次他沒有預先看出問題？還是說他變得太順從了？這麼久以來，他一直在等待災禍降臨，他早已習慣了恐懼。他的警報太常啟動，他開始不予理會了。現在他蹲在一具屍體旁邊，要脅他的那個人只要說一句話，就能毀了他的前程，要是透納不聽話，老卡絕對會傷害他所愛的人，毫不手軟。他即將跨過一道界線，進入他不想瞭解的領域。一旦踏進去，就再也無法回頭。

「我不想做這種事。」透納說。「我……我不是罪犯。」

「我也不是。我像你一樣，只是在面對艱難處境時努力解決問題。做壞事不代表就是壞人。」

說得好聽。透納沒有蠢到相信這是唯一一次包庇、說謊。這只是開始而已。老卡永遠會有更多朋友、更厲害的人脈。他永遠會威脅透納的家人、事業。如果現在選擇做壞事，他就可以一路高升，條件是必須幫老卡保密、聽從他的命令。如果現在選擇維護正義，他的事業就會付諸東流，家人也會成為卡麥克報復的目標。他只有這兩個選擇。

「你殺死那個孩子，」透納說，「只是意外擊中要害，對吧？」

「他不是孩子，是罪犯。」

「你很清楚該怎麼處理，不會讓我們因為外行人愚蠢的行為惹上麻煩。」

「我罩你。」

透納知道答案了，響亮清晰。他原本屬於執法的那一邊，現在被困在另一邊。這個改變花了多少時間？三十秒？一分鐘。

「你是好警察，」老卡說，眼神和善，「很快就能重新站起來。」

「沒錯。」透納說，決心跨出第一步，背離他向來理解並遵守的規定。他不知道自己是否能重新站起來。但老卡絕對不可能。

透納站起來，對著克里斯・卡麥克的胸口連開兩槍。

老卡甚至沒有表現出驚訝，就好像他一直都知道，就好像他一直在等著壞事發生，就像透納一樣。他沒有直接倒下，而是坐下之後往旁邊倒。

透納把槍擦乾淨，就像剛才老卡要他做的那樣。他把槍塞進塔托的手中，然後再開一槍，這樣火藥殘留才符合說詞，不過現場這麼亂，鑑識也很難進行。

他聽見刺耳警笛，輪胎緊急煞車，警員互相大聲說話，包圍整棟房子。

「對不起，」他對狄倫・塔托輕聲說，「他會成為英雄。」

淚水湧上，他控制不住。沒關係；來支援的警察會以為他是為大卡車而哭，他的搭檔、他的導師。克里斯・卡麥克，傳奇人物。

我會配合，直到他們玩膩——這是他給自己的承諾。他是好警探，沒有人會反對。無論他們怎麼惡整他，無論他手上染了多少血。

這時，他才察覺那種大禍臨頭的預感消失了。刺刺麻麻停止。恐懼停止。警報已經達成了目的。

他閉上眼睛數到十，等著聽靴子上樓的腳步聲。警笛聲變得好模糊，最後他只能聽見自己的呼吸聲，吸氣、吐氣。雨停了。

她停止呼吸。因此她知道真的很不妙。

海莉想留在這裡，側躺看著亞麗絲的睡臉。男人睡著時，感覺就像所有的暴力、野心、努力都徹底消失。他們的臉變得柔軟溫和。但亞麗絲不一樣。即使在睡夢中，她依然眉頭深鎖、咬緊牙關。

惡人無休。海莉想這麼說。但話還沒有在舌頭上成形就消失了。她知道她想笑，但笑聲無法在她身上生根。沒有腹部可以醞釀，沒有肺部可以凝聚氣息。

海莉感覺到自己快要崩散了，畢竟現在她沒有了身體。她不確定是什麼時候發生的。發生得太晚。速度也不夠快，害她白白忍受那麼多痛。連續好幾天晚上都很糟，昨天晚上更是糟到極點。她知道一旦放下這個世界，記憶就會開始消失，雖然她不確定怎麼會知道。她再也不必想起艾瑞奧或里恩，以及那些事。羞恥與悲傷也會消失。她只要離開就好。她會像翻倒的杯子一樣變成空空的。那樣美好的空洞、忘記一切的承諾，實在太吸引人，幾乎難以抗拒。她將掙脫軀殼。她將成為光。

但她不能走。現在還不行。她要再看好姊妹一次。

亞麗絲睜開眼睛。很快，眼瞼沒有先顫動，沒有從睡夢醒來的輕鬆路徑。她看著海莉微笑。感覺就像看到花朵綻放，警戒消失，只留下純粹的喜悅。海莉明白自己犯下了大錯，她不該停留，不該戀棧道別，老天啊，因為這真的很糟。比知道自己死掉更糟，糟太多了。她想要相信自己對人生沒有一絲眷戀，畢竟她活得那麼可悲、那麼浪費，但她會懷念這個；她會懷念亞麗絲。她想要和亞麗絲在一起，想要再享有片刻溫暖，想要再呼吸一次，這樣的渴望比人生中的任何苦難都痛。

亞麗絲皺起鼻子。海莉喜歡她內在的甜，儘管和里恩一起生活總是鳥事不斷，有如無休無止的暴風雨，但她的甜並沒有因此枯萎。「早安啊，臭臭海莉。」

海莉隱約領悟到昨夜她一定嘔吐了。很可能是被嘔吐物噎死的。她的身體裡有太多吩坦尼。昨晚她需要藥物。她想要麻痺自己。她以為能因此覺得自己乾淨，但現在一切都結束了，她依然困在沉重的悲傷中。

「我們離開這個鬼地方。」亞麗絲說。「永遠不要回來。我們要揮別這裡。」

海莉點頭，心痛有如不斷增強的波浪，隨時會達到極限。因為亞麗絲是認真的。亞麗絲依然相信一定會發生好事，而且一定會發生在她們身上。或許海莉也相信，雖然不是亞麗絲沉迷的那種美夢，上大學、打工。但……海莉是不是曾經相信她不會永遠陷在這種惡劣的處境裡？至少不會永遠困在這裡。這樣的悲劇不屬於她。雖然麻煩都是她自找的，但她也可以重新放下，重新認真做人，回歸她應有的人生。這間公寓、這些人，里恩、貝恰、埃丹、艾瑞奧，甚至亞麗絲——只是休止符、休息站。

但現實沒有她想得那麼簡單，對吧？

亞麗絲伸出手想拉她，卻直接穿透。現在她哭了，為她痛哭，海莉也哭了，但感覺和活著的時候不一樣。她的臉沒有發熱，沒有哽咽啜泣，就好像分解化做雨。每次亞麗絲想抱她，海莉就會瞥見她人生中的一幕幕。亞麗絲小時候臥房裡的書桌，細心放置的乾燥花與蜻蜓髮夾。和一群比較大的孩子坐在停車場輪流抽一根大麻。潮濕地磚上翅膀碎裂的蝴蝶。每次都感覺像從陽光明媚的地方走進清涼陰暗的房間，也像進入水中。

里恩用力甩開房門，貝恰緊跟在後。現在她隔著一個世界看他們，忽然覺得他們其實也很可愛。貝恰的肚子撐起T恤。里恩前額星星點點的青春痘。但接著，里恩雙手摀住亞麗絲的嘴，掌心蓋住她的嘴。

一切都像以前一樣，每況愈下。他們在商量如何處理她的身體，然後里恩反手給亞麗絲一耳光，海莉想著，夠了，我不想看了。她受夠了這樣的人生。沒什麼好看的。沒有值得留戀的幸福回憶。她感覺自己漸漸飄走，雖然不愉快，但比她之前經歷的折磨好多了。

她穿透牆壁、飄過走道，去到客廳。她看到艾瑞奧只穿內褲坐在長沙發上。但她不願意回想他對她做過的事。羞恥變得遙遠，像是別人的事。這樣很好。她喜歡。

她在等什麼？沒有人會幫她說話；什麼都不會改變。不會有真正的道別，她在這世上不會留下任何痕跡。爸媽。老天。爸媽會接到警察或太平間打的電話，通知他們有人在暗巷發現她的屍體。她很抱歉，真的非常抱歉，但很快就連歉疚都不見了，彷彿她的存在只剩一個聳肩。

里恩與貝恰笨手笨腳開門，亞麗絲在旁邊哭，艾瑞奧說了一句話。他大笑，笑聲很刺耳，她感覺就像被扔回身體裡，他一邊狂笑一邊進入她。她的人生不該這樣結束。

亞麗絲凝視她。其他人已經看不見海莉了，但她還可以。一直都是這樣，不是嗎？

但海莉真的看清過亞麗絲嗎？

因為現在她看著亞麗絲，真正看清她，她看出亞麗絲不只是肌膚溫暖、伶牙俐齒、頭髮光滑如鏡。她四周燃燒著一圈藍色火焰。亞麗絲是一道門，透過她，海莉可以看見星星。

讓我進去，這個念頭不知從何而來，她看見一扇門，自然會想走進去。

亞麗絲**聽見了**。海莉知道，因為亞麗絲說：「留在我身邊。」

讓我進去。這是命令？

亞麗絲伸出一隻手。

海莉準備好了。她注入亞麗絲。她受到藍色火焰洗禮。憂傷消逝，她只知道球棒在手的感覺多愉快。

她走上球場，隊友幫她加油打氣。「給她們好看，海莉！」父母在觀眾席，他們很美，有如黃銅般閃亮，而且慈愛。這是記憶中最後的美好，接下來就開始走偏了，越來越偏，但那時的她很清楚自己是什麼人。

她站在陽光下的本壘板上。她知道自己多強壯。她心中沒有迷惑、沒有痛苦。她舒展一下戴著手套的雙手，然後抓住球棒握柄，測試一下重量。投手企圖用眼神嚇她，想讓她失去鬥志，但她只是笑笑，因為她很厲害，因為沒有任何人、任何東西能阻止她。

「妳會緊張嗎？」妹妹曾經問過。

「從來不會。」海莉說。「有什麼好緊張的？」

她不想死。不是真的想死。她只是不想再有任何感受，因為所有感受都很痛苦。她想設法回到那一刻，找回陽光、觀眾，找回自身潛力賦予的美夢。不用煩惱大學、成績、未來。一切自然會水到渠成，一向都是如此。

她在本壘板上再次移動雙腳，測試揮棒的感覺，感受球棒的重量，觀察投手，看到那個女生前額冒汗，知道她很緊張。

海莉看到投手揮臂、投出。她揮棒。球棒打中里恩的腦袋時，發出完美聲響。她想像他的頭飛過全壘打牆。飛啊、飛啊、出去了！

她可以揮棒一整天。沒有悔恨、沒有悲傷。

她們一起揮棒。她們再次揮棒。這是她們道別的方式，所有話都說完之後，她才察覺房間中央有一隻兔子，坐在吸滿鮮血的地毯上。

「小兔幾。」海莉低語。她抱起牠，手上的血沾到牠身側的柔軟白毛上。「我以為你已經死了。」

「我們全都死了。」

一瞬間，海莉以為是兔子在跟她說話，但她抬起頭，卻看見亞麗絲。原爆點的客廳不見了，鮮血、碎腦、斷掉的球棒，全都不見了。亞麗絲站在長滿黑色果樹的果園中。海莉想警告她樹上的果子不能吃，但她已經逐漸漂浮遠去。現在連一個聳肩也不剩了。飛啊、飛啊。

27

亞麗絲不確定到底發生了什麼事。她懷中抱著一個溫暖柔軟的東西，她知道那是小兔幾。海莉——不，是她，抱起了牠。她在哪裡？光線太暗，她看不清楚，而且也無法理解自己的思緒。

她跪下，乾嘔一次、兩次，但是只吐出了滿嘴酸水。朦朧的記憶浮現，道斯要她禁食。

「我沒事。」她對小兔幾說。

但她懷中沒有東西。牠消失了。

牠從來都不在，她告訴自己。打起精神。

但她確實感覺到牠在懷中，溫暖、有生命，小小的身體完整、安全，應該這樣才對，要是她善盡責任，從一開始就好好保護牠，牠應該還會活著。

手掌下的地面感覺軟軟的，覆蓋一層濕答答的落葉。她抬頭看，發現上方有許多枝葉、許多樹。她在某種森林……不對，是果園，樹枝是黑色的，濕漉反光，長滿果實，果皮是深紫色的。

果皮裂開的地方露出一顆顆紅色種子，有如寶石。上方的天空顏色是青紫色，有如嚴重瘀血。她聽見嗡嗡聲，這才發現樹梢滿是金色蜜蜂，忙著保衛樹頂的黑色蜂巢。剛才我是海莉。死去後的海莉。站在本壘板上的海莉。原爆點那一夜的悲慘有如菸味黏在她身上。她從不曾擺脫。

亞麗絲瞥見一排排樹木中間有東西在動。她慌忙站起來。

「透納！」她後悔不該立刻喊出他的名字。萬一果樹間的那個東西只是看起來像透納，那就糟了。

不過，片刻之後他先出現，接著道斯和崔普也從樹林間出來。每個人的樣子都很怪。道斯穿著長袍，顏色像羊皮紙，袖口沾到墨，紅髮編成非常複雜的兩條粗辮子。透納穿著黑到發亮的羽毛斗篷，有如甲蟲的背一樣會反光。崔普一身盔甲，感覺從沒上過戰場的那種，搪瓷白，左肩披著貂皮披肩，用大小如桃核的翡翠別針固定。學者、教士、王子。亞麗絲舉起手臂，她也穿著盔甲，鍛鋼材質，上戰場用的那種。士兵的盔甲。應該很重才對，但她感覺像穿T恤一樣輕鬆。

「我們死了嗎？」崔普問，眼睛瞪得很大，虹膜周圍出現完美的一圈白。「既然來到這裡，表示我們死了吧？」

他不太敢看她；事實上大家都一樣。視線沒有接觸。剛才跌落的過程中，他們都看到了另外三個人的人生，看到他們犯下的大小罪行。

沒有人應該知道別人的那種隱私，亞麗絲想著。知道太多了。

「我們在哪裡？」崔普問。「這是什麼地方？」

道斯哭過，眼睛很紅，嘴唇也腫了。她伸手想碰樹枝，但又改變主意。「我不知道。有些人認為知識之樹的果實是石榴。」

透納揚起一條眉毛。「這些果實和我看過的石榴不一樣。」

「看起來好好吃。」崔普說。

「千萬不要吃任何東西。」道斯嚴厲地說。

崔普板起臉。「我又不笨。」然後他的表情變了，介於驚奇與恐懼之間。「老天爺，亞麗絲，妳……」

道斯用力咬下唇，透納嚴肅的嘴唇抿得只剩一條線。

「亞麗絲，」道斯低語，「妳……妳著火了。」

亞麗絲低頭看。她全身燃起藍色火焰，不斷變換的小火苗，有如在控制下焚燒森林植被的火。她伸出手指碰一下，火焰移動，彷彿被她的觸碰吸引。她看過這種火。和貝爾邦對峙時她看過。所有世界都對我們開啟。只要我們有勇氣就能進入。

她伸手到胸甲底下，摸到阿靈頓橡膠靴瓷盒，冰冷的盒子緊貼她的胸骨。她只想躺下哀悼海莉、小兔幾。她蹲在陌生人的屍體旁，外面在下雨。她站在帆船的欄杆邊，腳下的大海波濤洶湧。她站在權杖居的樓梯頂，雙手感覺到雕像的重量，感受到這個決定的可怕力量。

亞麗絲用力握緊瓷盒。她千辛萬苦來到這裡，不是為了哭泣哀悼過去的錯誤，也不是為了舔舊傷口。她強迫自己看他們的眼睛——透納、崔普、道斯。

「好，」她說，「我們去找達令頓吧。」

世界再次變化，亞麗絲做好準備，接下來可能又會被扔進別人的心靈中，體驗別人最可怕的記憶，有如全天下最糟的播放清單。她不只是路人或旁觀者，而是成為道斯、崔普、透納、海莉。她的海莉。活下來的人應該是海莉才對。但這次只是四周場景改變，亞麗絲突然在果樹間看到一條路。

他們走出果園，外面感覺像廣大的開放式購物廣場，只是早已荒廢，也可能從來沒有完工。建築本身很大，櫥窗有些是圓拱型、有些是長方形。所有東西都一塵不染，顏色介於灰與米白之間。

亞麗絲回頭看，果園依舊在，黑色果樹發出窸窣聲響，但她沒有感覺到風。她的耳朵依舊充斥著蜜蜂嗡嗚。

她聽見有人在唱歌，發現聲音來自一面鏡子，鑲在光滑灰色石材打造的大型橢圓水池裡。不對——不是鏡子，是池裡的水，因為水面一動也不動，毫無波紋，所以看起來像鏡子。透過池水，她看到梅西站在他們的身體旁守護——他們全都仰躺在圖書館中庭深及腳踝的水中，像浮在水面的屍體。

「那真的是她？」崔普問。他佯裝出的勇敢徹底消失，在下降的過程徹底榨乾。現在才剛出發而已。

「應該是。」亞麗絲說。「水是傳遞的元素，是不同世界之間的媒介。」她借用鬼新郎的解釋，那時他們在另一個世界的邊界，站在深及腰的河水中。

梅西自顧自唱著歌。「若是我今天死去，也會是個快樂的鬼……」[1]選得好。那整首歌都是死亡真言。在梅西的歌聲外，亞麗絲聽見節拍器的規律節奏。

「從哪裡開始？」透納問。

他面無表情，彷彿因為經歷過剛才的悲慘，他別無選擇，只能封閉。他一直追問洛杉磯那件命案是不是亞麗絲幹的，現在他知道答案了。那些亞麗絲不敢問透納的問題，現在她也知道答案了。正直童子軍為何殺人。

亞麗絲瞇眼看著灰暗的天色。太陽不存在還能稱之為白天嗎？瘀血色的天空遼闊無垠，無論這是什麼地方……總之沒有火坑。沒有黑曜石牆壁。感覺像普通的郊區，剛完工沒多久，位在不存在的都市外圍。街道非常乾淨，建築物幾乎全都一模一樣。谷區每個角落的廉價購物廣場都長這樣，一家家美甲店、乾洗店、大麻菸具店。但這裡的店舖沒有招牌，店裡也沒有顧客。店面空蕩蕩。

亞麗絲緩緩轉一圈，想要抵擋一波波來襲的暈眩。所有東西顏色都一樣，像細沙，洗太多次的米白色，不只是建築，就連草地和人行道也一樣。

難受的冷顫傳遍全身。「我知道這是什麼地方了。」

道斯緩緩點頭。她也看出來了。

他們站在史特林圖書館外面。只是史特林現在變成果園，那個水池在他們的世界裡是女人桌。換言之，其他地方……

「我們在紐哈芬，」崔普說，「我們在耶魯。」

或者該說是類似耶魯的地方。失去堂皇美觀的耶魯。

「好，」她的語氣信心滿滿，但心中其實毫無把握，「那麼至少我們知道街道分布。走吧。」

1 美國歌手多莉・艾莫絲（Tori Amos）一九九二年發行的歌曲〈Happy Phantom〉。

「去哪？」透納問。

亞麗絲對上道斯的視線。

「還能去哪？」她說。「當然是黑榆莊。」

從校園步行去黑榆莊應該要花上一個小時。但這裡的時間很詭異。沒有氣候，天空中也沒有移動的太陽。

他們穿過一片水泥中庭，走上一條街道，她認為應該是榆樹街，但這裡的街道兩旁全是高聳公寓大樓。亞麗絲回頭看，街道彷彿會變化。之前沒有十字路口的地方現在有了，剛才左轉的路口現在變右轉。

「我不喜歡這裡。」崔普說。他在發抖。亞麗絲想起濕透繩索在手中滑動的感覺，下方大海波浪起伏。

「沒事啦。」她說。「繼續往前走。」

「我們應該……留下麵包屑之類的。」他好像有點生氣，亞麗絲覺得一點也不奇怪。這不是冒險。根本是惡夢。「這樣萬一迷路才回得來。」

「亞莉雅德妮的線球[2]。」道斯說，她的聲音很抖。

實在太安靜。這個世界沒有半點動靜。感覺就好像走在屍體上。

亞麗絲一手握著瓷盒。達令頓，我來救你了。但她一直想著海莉，無法停止。她依然感覺小兔幾在懷中。剛才牠活著。在那一刻，兩人一兔重逢了。

亞麗絲不知道他們走了多久，但不知不覺間，他們來到一片鐵網柵欄前。巨大的廣告寫著：西村未來邸：奢華入住。圖案是一棟簡潔俐落的玻璃帷幕大樓，矗立在一片造景草坪上，一樓有星巴克，開朗的住戶彼此揮手打招呼，有人在遛狗。但亞麗絲認識這條小徑，也知道那兩堆石頭原本是柱子，那些砍到只剩樹墩的樺樹她也很熟悉。

「黑榆莊。」道斯低語。

感覺小聲說話比較安全。沿街的房屋看似全都空蕩蕩，窗戶用木板封住，草坪黯淡光禿。但亞麗絲的眼角餘光捕捉到動靜。樓上好像有扇窗的窗簾被撥開？也可能其實沒有。

「有人在看我們。」透納說。

恐懼在她全身蔓延，但她努力忽視。「要進去，得有破壞剪才行。」

2 亞莉雅德妮是古希臘克里特島國王米諾斯的女兒。米諾斯的妻子與白牛生下牛頭人身的怪物，他為了隱藏家醜而建了一座迷宮加以囚禁，並強迫雅典進貢七對童男童女。雅典王子忒修斯決心為民除害而來到此地，亞莉雅德妮愛上他，教他在進入迷宮時帶著線球，一頭綁在入口，這樣才能順利逃離。

「妳確定？」透納問。

亞麗絲低頭看。環繞阿令頓橡膠靴瓷盒的藍焰變得更加明亮，幾乎是白色。她走向柵欄，然後就這樣穿過去，金屬融化消失。

「超酷。」崔普說。但他好像快哭出來了。

黑榆莊的車道感覺變得更長，蜿蜒經過樹墩之間，有如通向斷頭臺。但看不見房子本身。

「噢，不。」道斯哀鳴。

難怪了。之所以看不見房子，是因為房子不存在了，只剩一堆憂傷的瓦礫。亞麗斯瞥見一個東西在一堆堆石塊間移動。

「我不喜歡這裡。」崔普再次說。他雙手環抱身體，好像想保護自己。亞麗絲對他產生一種之前沒有的心軟。她的喉嚨深處依然有游泳池氯的氣味，感覺到史賓賽用力踩她的跨下，崔普沉重的羞恥，永遠將他壓在水底。

「亞麗絲，」透納輕聲說，「回頭看。動作放慢。」

亞麗絲回頭，看到的東西讓她必須很用力才能保持腳步穩定。

他們被跟蹤了。一隻巨大的黑狼悄悄跟隨，距離大約一百碼。她再次回頭時，變成兩隻了，而且第三隻正從樹林間走出來加入。

牠們的樣子很怪。腿太長，背脊拱起，長長的嘴裡有太多牙齒。嘴裡很多口水，而且沾到一種棕色東西，可能是土或血。

原本是大門的地方變成一個大水窪，亞麗絲一行人經過時，她在渾濁的水中看到梅西在圖書館中庭踱步繞圈。她平安無事。至少有點安慰。

「那裡！」道斯吶喊。

她指著黑榆莊的廢墟，達令頓在那裡——她記憶中的達令頓，她夢中的達令頓，俊美的人類，穿著深色長大衣。沒有犄角。沒有發光的刺青。他雙手搬著一塊石頭，他們看著他將石頭搬向一道牆，可能是牆頭也可能是牆尾，小心翼翼放在其他石頭上面。

「達令頓！」道斯大喊。

他沒有停止搬石頭，視線也沒有轉過來。

「他聽得見我們說話嗎？」崔普問。

「丹尼爾．阿令頓！」透納大聲呼喝，像在叫嫌犯，彷彿準備宣讀他的權利。

達令頓沒有停下腳步，但亞麗絲看到他的胸口起伏，彷彿他在奮力呼吸。「拜託，」他咬牙說，「我⋯⋯無法停。」

亞麗絲猛吸一口氣。達令頓說話時，她看到整個畫面晃動——黑榆莊的廢墟、瘀青色天空、達令頓本身，全都消失了一下。她看見黑色天空、黃色火坑，聽見人們慘叫，看見一個長著彎曲犄角的巨大金色惡魔雄踞。她聽見那個惡魔說話。Alagnoth Grorroneth。乍聽之下只是咆哮，但她能感受出裡面的意義：無人可逃。

「我們該怎麼幫他？」道斯問。

亞麗絲呆望著她。道斯沒看見。其他人都沒看見。崔普一臉害怕。透納暗中注意黑狼。他們全都沒有特別的反應，可見剛才達令頓說話時她看見的那一幕，他們沒有看見。是她想像出來的嗎？

「留心那三匹狼。」她小聲對透納說，然後走進廢墟。

達令頓沒有抬頭，但他再次說：「拜託。」

世界再次晃動，她再次看到惡魔、感受到火坑的高溫。達令頓想要掙脫，就像他想說出地獄通道的位置，但他辦不到。

她拿出阿令頓橡膠靴瓷盒，打開蓋子。她心中有一部分希望這樣就夠了，但達令頓依然不停來回走，搬著一顆又一顆石頭，以無比慎重的動作仔細擺好。難道這個盒子不夠珍貴？難道她弄錯了？

亞麗絲緊握著蓋子，想起老人的記憶。達令頓還是丹尼的時候，獨自躲在寒冷的黑榆莊，蓋著在閣樓找到的舊大衣取暖，吃儲藏室找到的豆子罐頭。丹尼夢想著其他世界，夢想著魔法成真，夢想著打倒怪獸。她想起他拼湊出魔藥配方，站在廚房流理臺前，為了一窺死後的世界不惜賭上性命。

「丹尼。」她喊，出來的不只是她的聲音，也有老人的聲音，粗啞的合音。「丹尼，回家吧。」

達令頓的肩膀下垂，低著頭。石頭從他手中落下。他抬起頭，與她四目相對，在那雙眼睛裡，她看見了上萬個小時的痛苦，一整年的折磨。她也看見其中的罪惡感與羞愧，她明白：那個金色惡魔也是達令頓。在地獄他既是囚犯也是獄卒，忍受酷刑也施予酷刑。

「我就知道妳會來。」他說。

達令頓變成一道藍色火焰。亞麗絲驚呼，同時聽見崔普吶喊、道斯驚呼。火焰有如河水流過黑榆莊的廢墟，然後跳進盒子裡。

亞麗絲急忙蓋上盒蓋。盒子在她手中晃動。她能夠感受到他在裡面，感受到掌心裡的震顫。他的靈魂。她手中握著他的靈魂，那樣的力量在她全身奔竄，太過明亮，無法扼抑。那個力量有聲音，鋼鐵碰撞的嗡鳴。

「我找到你了。」她低語。

「妳的盔甲！」道斯驚呼。亞麗絲往下看。她變回之前的打扮，其他人也是。

「怎麼會消失？」崔普問。「發生了什麼事？」

道斯搖頭，彷彿想趕出恐懼。「我不知道。」

亞麗絲將盒子貼在胸前。「我們必須回史特林圖書館。剛才那片果園。」

然而當她轉身，一切都變了。車道消失，樹墩、柵欄、外面的房屋全部消失。眼前只有一條漫長的柏油公路，遠方有一間汽車旅館，更遠處的矮丘上點綴著約書亞樹。一切都毫無道理。

三匹狼依然在，而且逐漸逼近。

「梅西那邊多了一個人。」崔普說。

亞麗絲急忙轉身。崔普注視著水窪。她看到圖書館中庭門口有個男人的身影。他在和梅西爭執。

「儀式出問題了。」道斯說，「通道也有狀況。我沒聽見節拍器的聲音。」

「亞麗絲。」透納壓低聲音說。

「我們必須——」她原本要說必須回史特林，必須完成儀式。但現在她注視著四匹狼的黃色眼睛。

狼擋在黑榆莊與公路之間。

「牠們要做什麼？」道斯的聲音發抖。

透納挺直背脊。「狼會想做什麼？」他拔出槍，但立刻驚呼。手裡的槍變成血淋淋兔子。

四匹狼往前撲。

亞麗絲尖叫，一匹狼咬住她的手臂，牙齒陷得很深。她聽見骨頭碎裂，感覺喉嚨湧出酸水。她往後倒下，狼站在她身上。她看見狼骯髒的嘴，牙齒上黏著鮮血與口水，野性金眸周圍有硬掉的黃膿。但她依然緊抓著盒子。藍色火焰點燃油膩的毛皮，狼用力甩頭，喉嚨發出低吼，但不肯放開。她眼前冒出黑點。她不能昏倒。她必須掙脫。她必須回到史特林。她必須去救梅西。

「我也不會放！」她咆哮。

她轉頭看見其他人也在和狼搏鬥，那隻白毛染血的兔子在旁邊吃米色的草，身側有個血淋淋的手印，狼完全不理牠。

她更用力抓緊盒子，但她感覺到自己快失去意識了。她能撐得比這隻怪物久嗎？現在狼著火了，肉烤焦。狼在哀鳴，但牙齒依然緊咬著她骨折的手臂。疼痛難以忍受。

要是在地獄死掉會怎樣？他們在人世的身體會毫髮無傷、依舊完整？梅西會發生什麼事？

她不知道該怎麼辦。她不知道現在該救誰。她甚至無法救自己。她答應達令頓要帶他回去。

她以為能讓所有人活著離開，地獄只是另一個考驗，她可以憑虛張聲勢與赤裸雙拳殺出生路。

「我不會放手。」但她的聲音感覺好遙遠。她覺得好像聽到有人在大笑，也可能不是人。那個東西想要留下她。想要撕碎她。她會看見怎樣的地獄？她非常清楚。她會睜開眼，發現自己回到那間老舊公寓，和里恩在一起，這一切都沒有發生，只是一場瘋狂的夢。沒有耶魯、沒有忘川會、沒有達令頓、沒有道斯。沒有神秘的故事、沒有滿是書籍的圖書館、沒有詩。亞麗絲將再次孤孤單單，望著有如漆黑無底坑洞的未來。

狼突然放開她，血液衝回手臂，亞麗絲發出更慘烈的尖叫。片刻之後她才理解眼前的景象。達令頓在對付那四匹狼，他不是惡魔也不是人類，而是兩者並存。他的犄角綻放金光，他將一匹狼從透納身上扯開，扔進廢墟。狼慘叫落地，再也無法動彈，牠的背脊斷掉了。

瓷盒。依然在她手中，但現在裡面空了，那個歡欣鼓舞的震動消失了。他溜出去了。為了救他們。

他扯開道斯身上的怪物，折斷狼的脖子，然後對上亞麗絲的視線。「快走。」他說，聲音低沉，充滿威勢。「我擋住牠們。」

「我不會丟下你。」

他將纏著崔普的狼扔向沙漠，狼哀鳴夾著尾巴逃跑。但更多狼在約書亞樹歪扭的影子下蓄勢待發。

「快走。」達令頓堅持。

但亞麗絲無法就這樣離開。只差一點就要成功了，她曾經將他的靈魂握在手中。「拜託，」她懇求，「和我們一起走。我們可以——」

達令頓的笑容很勉強。「史坦，妳找到我一次，自然能再找到我。快走吧。」接著他轉身面對狼。

亞麗絲強迫自己跟其他人一起離開，但是她的鬥志已經灰飛煙滅了。不該這樣。不該再次失敗。

「快走吧！」透納命令，拖著崔普與道斯在沙漠公路上前進。

前方出現更多狼擋住路。

「我們要怎麼闖過去？」崔普哭喊。

「不該這樣。」道斯說，她的聲音充滿恐懼。她的手臂上有血，腳步微跛。「牠們不該阻止我們離開。」

透納上前，高舉雙手，彷彿希望狼群會自己讓路，像摩西分紅海那樣。「我雖然行過死蔭的幽谷、也不怕遭害——」[3]

3 聖經詩篇二十三章第四節。

其中一匹狼歪頭，動作很像聽不懂指令的狗狗。另一匹低鳴，但並非痛苦哀鳴。感覺幾乎像在笑。最大的那匹狼壓低頭部走向他們。

「因為你與我同在，你的杖、你的竿、都安慰我。在我敵人面前、你為我擺設筵席——」

巨狼張嘴，舌頭捲出。口中發出的聲音雖然是低沉咆哮，但絕對是人話。「小偷。」

亞麗絲不由自主後退一步，腦中響起恐懼尖叫，一切都不對勁。崔普張大嘴，道斯低聲嗚咽，兩個人都因恐慌而無法動彈。只有透納依然獨撐大局，雖然她看出他在發抖，他大聲背誦：「你用油膏了我的頭、使我的福杯滿溢。我一生一世必有恩惠慈愛隨著我——」

狼張嘴露出利齒與漆黑牙齦。牠在笑。「人若遇見賊挖窟窿，把賊打了、以致於死，就不能為他有流血的罪。」[4]

透納放下雙手搖頭。「出埃及記。媽的，那隻狼竟然對我引用聖經。」

另一匹狼低著頭上前。「凡在我以先來的，都是賊、是強盜。」亞麗絲察覺左右都有動靜。他們被包圍了。「羊卻不聽他們。」[5]最後這句幾乎只是咆哮。

「因為我們想帶走達令頓才會這樣。」道斯說。「因為我們想帶他回家。」

「背靠背！」亞麗絲大喊。「所有人跟著我！」她也不知道自己在做什麼，但至少要試一下。崔普哭出來了，道斯緊閉雙眼。透納依然在搖頭。她早就告誡過他，這不是什麼善惡大戰。

亞麗絲雙手掌心合在一起互搓，動作很像在暖手，藍焰隨著她的動作躍動。「來吧。」她低聲說，對他們，對自己，依然不確定在要求他們做什麼，也不確定號召的對象是誰。她不想要、卻從出生便糾纏她的魔法。外婆的魂魄。媽媽的水晶。缺席父親的血統。「來吧。」

巨狼撲向前。亞麗絲舉手一揮，火焰隨動作飛出，宛如鞭子一般發出劈啪聲響。狼群後退。她再次出招，讓火焰從身體裡竄出，成為手臂的延伸，她的恐懼與憤怒洶湧而出，化作藍色火焰。劈啪、劈啪、劈啪。

「這是什麼？」透納質問。「妳在做什麼？」

亞麗絲自己也不知道。火焰畫出的弧線沒有消散。她釋放出來之後，火焰便懸在空中搖曳晃動尋找方向，最後互相結合——融合之後開始變化，形成一個大圈圍住她和其他人，白熾耀眼。

「這是什麼？」崔普大喊。

道斯對上亞麗絲的雙眼，現在她的恐懼不復存在。道斯臉上堅定的決心，彷彿發光照亮她的臉。「命運之輪。」

---

4 聖經出埃及記二十二章第二節。

5 聖經約翰福音第十章第八節。

他們腳下的地面震動。狼群撲過來，撕咬從亞麗絲的火焰中噴出的藍白火星。

亞麗絲腳下傳來碎裂聲響，她整個人晃動。

「住手！」崔普大喊。「快住手！」

「不要！」道斯大喊。「狀況不對！」

問題是亞麗絲無法住手，現在火焰在她體內噴發，她知道要是不釋放出來，會從體內將她燒成灰。

亞麗絲回頭看黑榆莊。狼群放棄攻擊達令頓，紛紛撲向燃燒的火輪。他的犄角消失了，手裡拿著一塊石頭。她看著他小心翼翼將石頭放在牆上。

我會回來救你，她發誓。*我一定會想到辦法*。

腳下的地面裂開，轟然巨響震耳欲聾。他們跌倒，藍色火焰落下包圍他們。亞麗絲看見狼群也倒下。牠們著火了，全身冒出白色火光，彗星般炫目，接著亞麗絲什麼都看不見了。

進行這趟旅程不只是我們的權利，也是義務。倘若亥倫・賓漢三世沒有爬上秘魯高峰，我們還會有他的坩堝和看見界幕另一側的能力嗎？我們獲取的知識不能只用作學術研究。我要感謝投注其中的金錢與時間，史特林的慷慨捐獻，詹姆士・甘博爾・羅傑斯的勞力與創意，勞瑞[6]、波納威特，以及許許多多人奉獻心力，建造出如此龐大、複雜的儀式。他們願意投注自我，成就這項計畫以及實行方式。現在，我們有義務展現勇氣，實踐他們的信念，證明我們是真正的耶魯人，證明我們繼承了先人建造這所大學的行動力，證明我們不是嬌生慣養的小鬼，一想到要弄髒雙手就退卻。

——忘川會日誌，魯道夫・齊闕爾
（強納森・艾德華茲學院，一九三三）

我沒有力氣也沒有精神記錄所發生的事。我心中只有絕望。只有一個詞能概括我的罪孽：傲慢。

——忘川會日誌，魯道夫・齊闕爾
（強納森・艾德華茲學院，一九三三）

6 李・勞瑞（Lee Oscar Lawrie，一八七七～一九六三），美國建築雕刻家，耶魯校友。

28

亞麗絲仰躺著。不知什麼時候下雨了。她抹去眼睛上的水，吐掉口中的硫磺味。

「梅西！」她大喊，兩手一撐站起來，咳個不停。她的手臂完好無缺，但她感覺天旋地轉。眼前的一切感覺都太飽和、太鮮豔，光太黃，濃黑夜色有如剛研好的墨。

「妳沒事吧？」梅西在她身邊，被雨淋到濕透，不可思議的是，她身上的鹽盔甲竟然沒有融化。

「沒事。」亞麗絲撒謊。「大家都回來了嗎？」

「我在。」道斯說，在大雨中，她的臉蒼白模糊。

「有。」透納說。

崔普坐在爛泥中，抱頭哭泣。

亞麗絲看看四周，想要搞清楚狀況。「剛才我看到這裡有個人。」

「是妳停掉節拍器的嗎？」道斯問。

「對不起，」梅西說，「他叫我停掉。我不知道該怎麼辦。」

「趙小姐，這不是妳的錯。」

「糟糕。」亞麗絲低語。

她不知道原本期待會是誰——吸血鬼、灰影，其他新奇刺激的怪物。相較於麥克·安賽姆，那些都很好對付。她們告訴梅西如何應付妖魔鬼怪入侵，但現在的麻煩是人類官僚。

他站在門口躲雨，就在杜勒的神奇數字盤下方，雙手抱胸。走道的琥珀色燈光投下影子，讓人看不清他。

「所有人都起來。」他的語氣惱火不已。「出去。」

他們站起來，冷得發抖，拖著腳步走出中庭。

亞麗絲奮力催促腦子動起來。狼群。藍焰。是她救了大家嗎？還是安賽姆打斷儀式把他們拉出來，無意間救了他們？那群狼是從哪裡來的？道斯說過不該有那樣的阻礙。還是說也可以怪在安賽姆頭上？

「我感覺好像有人把整棟房子扔在我身上。」透納說。

「地獄宿醉。」崔普說。他擦乾了眼淚，臉頰也恢復紅潤。

「脫掉鞋子。」安賽姆氣沖沖說。「不准弄得地上全是泥。」

他們脫掉鞋襪，赤腳跟在安賽姆身後走進圖書館，石板地面感覺有如冰塊。在發電機的昏暗燈光下，安賽姆領著他們從通往約克街的後門出去，這才准許他們坐在矮凳上穿鞋。

「透納警探，」安賽姆說，「麻煩你留下。」然後他指著梅西和崔普說：「你們兩個，我叫了計程車。」

「我身上沒錢。」崔普說。

安賽姆的表情好像快忍不住揍人了。他拿出皮夾，抽出一張二十元紙鈔，用力往崔普濕答答的掌心一拍。「回家去。」

「我不必坐車，」梅西說，「強艾就在旁邊。」

「那套盔甲不是妳的。」安賽姆說。

梅西脫掉胸甲、護臂、護脛，尷尬地站在那裡。

「史坦小姐。」安賽姆說，亞麗絲接過那堆堆盔甲。

「妳先回去取暖，」她小聲說，「我會盡快回宿舍。」希望還能回去。說不定她會直接被載到紐哈芬市區扔進水溝裡。

了。

亞麗絲將盔甲放回帶來時用的大帆布袋。她看到那對提燈也在裡面。一定是安賽姆先收起來了。

崔普揮揮手走出圖書館。梅西慢慢倒退走向門口，彷彿在等亞麗絲給她信號要她留下，但亞麗絲只能聳肩。就這樣。她和道斯最怕的事發生了。儘管她們很清楚會失去什麼，但並沒有因此卻步。現在，她們在各種意義上都真正經歷過地獄，回來之後卻一無所獲。

至少她沒有弄丟阿令頓橡膠靴瓷盒。她把手伸進濕透的口袋摸摸盒子。當時她感覺到他生命的力量，如新葉般青翠，如旭日般明亮。但她失敗了。

她以為安賽姆會押著他們去地洞或執政官辦公室，正式進行處分。但顯然他無意讓他們有機會弄乾身體。

「我真的不知道該從哪裡開始。」安賽姆說，不停搖頭的動作像喜劇影集裡失望的父親。「你們讓陌生人加入忘川會的事務，而且不只一個。」

「崔普．海穆斯是骷髏會的人。」透納說，身體靠在牆上。「他本來就知道忘川會的存在。」

安賽姆冷冷看他一眼。「我知道崔普．海穆斯是什麼人，我甚至知道他父親、祖父是什麼人。我也知道要是今晚他有個三長兩短會發生什麼事。你呢？」

透納沒說話。

亞麗絲盡可能專心聽安賽姆說話，但她無法正常思考。她一下覺得餓得要命，好像幾天沒吃飯，下一刻又覺得天旋地轉想嘔吐。她依然在和狼群搏鬥。她依然在海莉腦中，依然在揮舞球棒。她從來不確定究竟想不想留在那個世界，但真正離開之後又感受到深刻失落。哀傷無比沉重。不應該這樣。永遠無法醒來的人應該是亞麗絲才對，死在老舊床墊上，消失在洪流中，被沖上那間公寓的地板。埋在地獄黑榆莊廢墟中的人應該是亞麗絲才對。

道斯雙手握拳放在身側。她的樣子像融化的蠟燭。深紅頭髮黏在蒼白皮膚上，有如即將熄滅的火焰。透納面無表情，看起來像在咖啡店排隊。

「你們竟然找到地獄通道。」安賽姆繼續說，語氣一樣壓抑，像是在忍住不動手揍人。「在耶魯校園裡，卻以為可以據為己有。你們未獲授權便舉行儀式，可能危害到數不清的人，甚至危及忘川會的存在。」

「可是我們找到他了。」道斯輕聲說，眼睛注視地面。

「什麼？」

她抬起頭、昂起下巴。「我們找到達令頓了。」

「要不是你打斷儀式，我們一定能帶他回來。」透納說。

「透納警探，我在此解除你百夫長的職務。」

「哎呀，真是晴天霹靂呢。」透納冷冰冰說。

安賽姆面紅耳赤。「要是你——」

透納舉起一隻手。「不要白費口舌。少賺一點錢有點可惜，但也就這樣了。」他在門口停下腳步，轉身看著他們。「這是我第一次見到忘川會和你們這些裝神弄鬼玩魔杖的傢伙認真做有意義的事。隨便你怎麼罵，至少她們兩個勇敢面對戰鬥。」

亞麗絲目送他離開。他最後的那句話讓她挺直背脊，可惜現在自尊心派不上用場。老實說，她從來沒看過秘密社團的人用魔杖，不過忘川會庫房說不定有幾根。她可能永遠無法再去庫房了。不知為何，這是她最難過的一件事——不只是被逐出耶魯、失去隨之而來的機會，更是因為從此無法進入權杖居，她早已把那裡當成家了。

她想起達令頓搬石頭的樣子，永遠努力想拯救無法拯救的東西。她之所以無法背棄忘川會金童，難道是這個原因？因為即使已經沒救了，他也不會放棄？因為他認為她值得拯救？但她對彼此都沒有半點用處。要是忘川會再也沒有人願意耗費心力拯救他，他會怎樣？她原本可以透過安賽姆弄到一點忘川會的錢，現在這個機會也泡湯了，媽媽會怎樣？

怒火讓深植的無助鬆開。「不要拖拖拉拉。」

「妳等不及想被逐出伊甸園？」安賽姆問。

「我不認為我做錯了。我只遺憾沒有成功。話說回來，你怎麼會發現？」

「我去了權杖居。到處都是你們的資料。」安賽姆抹去眉毛上的雨水，顯然很努力保持冷靜。「你們多接近成功？」

她的掌心依然能感受到達令頓靈魂的震顫，那股力量依然在她的體內流動。她依然能聽見那種嗡鳴，像鋼鐵互擊的聲音。「很接近。」

「我跟妳們說過，要是再亂搞絕不會輕饒。我也是不得已，我也不想做這種決定。」

「哦？」亞麗絲問。安賽姆這種人總是會覺得自己不得已。負責管鑰匙的人。手握法槌的人。「那你早該聽我們說。」

「我在此宣布，妳們兩個從此禁止出入忘川會屋舍、禁止接觸忘川會財物。」安賽姆說。「從今晚開始，若是妳們踏進本會的任何藏身處，將會被視為非法擅闖。若是妳們企圖使用與忘川會相關的任何紀錄、文物、資源，將會被控竊盜罪。明白嗎？」

難怪他沒有帶她們去地洞，亞麗絲曾經在那裡躲藏，不只一次在那裡自行包紮傷口，道斯曾經在那裡為她反抗桑鐸。她聽見外面有車輛在雨中駛過的聲音，萬聖節狂歡之後準備回家的人高聲喧譁。

「我需要妳們口頭確認。」安賽姆說。

「我明白。」道斯說，淚水滑落臉頰。

「你應該給她緩刑的機會。」亞麗絲說。「儘管開除我。大家都很清楚我才是壞蛋。道斯是重要資產，忘川會失去她是重大損失。」

「史坦小姐，很可惜，忘川會留下妳們任何一個都是更大的損失。已經沒有轉圜的餘地了。明白嗎？」

現在他的語氣有點撐不住了，之前他因為懲戒違規人員的責任必須保持冷靜，但憤怒令他難以自持。

亞麗絲直視他的雙眼。「是，我明白了。」

「亞麗絲，收起妳的輕蔑。我願意幫忙，妳卻看著我的眼睛撒謊。」

她苦笑。「還不是因為知道我有你們想要的東西，所以你才肯幫忙？你想利用我，只要價錢對了，我很願意出賣自己，所以啦，那只是交易，不要假裝有什麼高貴的動機。」

安賽姆齜牙咧嘴。「妳不屬於這裡。從一開始就沒資格來這裡。粗俗、無知、沒教養。妳是忘川會之恥。」

「她為他奮鬥。」道斯沙啞說。

「什麼？」

道斯用袖子抹去鼻水。她依然彎腰駝背，但收起眼淚。她的眼睛很清澈。「你和理事會假裝達令頓已經沒救了，我們找到辦法救他。其他人不肯為他出力時，亞麗絲為他奮鬥，我們為他奮鬥。」

「你們讓忘川會和校園裡每個人都陷入險境。妳們玩弄的力量如此強大，妳們難以理解更無法控制。少自以為是英雄了，妳們違反了規則，而規則是為了保護……」

道斯用力吸一下鼻水。「你的規則都是屁。亞麗絲，我們走。」

亞麗絲想著地洞樸素的美好，窗邊老舊的沙發，牆上掛著的牧羊與獵狐畫作。她想著權杖居，那裡溫暖的燈光，她消磨整個暑假的起居室，在沙發上打瞌睡、讀平裝小說，人生中第一次感到安全、輕鬆。

她舉起兩隻中指向安賽姆致敬，然後跟隨道斯走出伊甸園。

29

隔天早上，亞麗絲醒來時全身痠痛，儘管蓋了好幾條被子，牙齒依然不停打顫。她的叛逆與憤怒全都煙消雲散，她整夜做惡夢，累到沒有力氣生氣，她夢見達令頓被壓在黑榆莊底下，海莉在她眼前慢慢消失，小兔幾渾身是血的慘狀。

安賽姆禁止她們使用忘川會安全屋，亞麗絲問道斯要不要去宿舍和她跟梅西擠一擠。那裡離地洞比較近，離道斯的公寓有一段距離。但道斯想要一個人靜一靜。

「我需要一點時間獨處。我——」她哽咽不成聲。

亞麗絲略為猶豫，然後說：「有人得去黑榆莊一趟。」

「監視器沒有拍到異狀。」道斯說。「不過，我明天會去確認他的狀況。」

也可能是我現在變成的東西會在人間肆虐。亞麗絲親眼看到防禦圈閃爍。「妳不要一個人去。」

「我會請透納陪我。」

她知道應該自願陪道斯，但她還無法面對達令頓——無論他是哪種型態。他知道他們差一點就成功嗎？他在場。他又一次救了她們，犧牲了重獲自由的機會。她還無法直視他的雙眼。

「儀式前一天上，妳去見過他。」道斯說。

她一定是在監視器畫面看到亞麗絲。「我去拿容器。」

「他不肯跟我說話。只是坐在那裡冥想。」

「道斯，他在努力保護我們。一直都是這樣。」

問題在於，這次的危險來自他本人。道斯點頭，但似乎並不相信。

「千萬當心，」亞麗絲說，「安賽姆——」

「黑榆莊不是忘川會的財產。總得有人去照顧柯斯莫。他們兩個都需要有人照顧。」

亞麗絲目送道斯在雨中走遠。她不是那塊料，照顧不好任何人、任何東西。海莉是最好的證明。還有小兔幾、達令頓。

她淋著雨慢吞吞回到宿舍，換上乾爽的睡衣，吃了四個果醬餡餅，然後倒在床上。現在她翻個身，因為寒冷與飢餓而全身發抖。

梅西坐在床上，腿上放著一本翻開的《歐蘭朵》[7]，充當床頭櫃的復古行李箱上擺著一杯熱氣騰騰的茶。

「為什麼不能再試一次？」梅西問。「有什麼理由嗎？」

「妳也早安啊。妳起床多久了？」

「兩個小時。」

「靠。」亞麗絲坐起來，因為動作太急，一下子頭很暈。「現在幾點？」

「快中午了。星期一。」

「星期一？」亞麗絲尖聲驚呼。她睡了整個星期日。她睡了將近三十六小時。

「對。妳蹺掉了西班牙語。」

有差嗎？失去忘川會的獎學金，她不可能繼續留在耶魯。她失去了擺脫埃丹的機會。她失去了給媽媽新生活的機會。他們會讓她讀完這個學年嗎？這個學期？

但這一切都太淒慘，她無法思考。

「我快餓死了。」她說。「為什麼這麼冷？」

梅西翻包包。「我去吃早餐的時候順便幫妳拿了兩個培根三明治。其實沒有那麼冷。那是接

7《Orlando》，英國女作家維吉尼亞．吳爾芙（Virginia Woolf，一八八二～一九四一）的意識流小說。

觸地獄火的後遺症。」

「妳真是天使，超美超善良。」亞麗絲說，急忙搶過三明治拆開一個。「妳剛才說後遺症是什麼意思？」

「妳真是從來不用功。」

「偶爾也會啦。」亞麗絲含著滿嘴食物含糊說。

「我沒有讀原始文獻，但我讀過道斯準備的資料，接觸地獄火會讓人感覺冷，甚至造成失溫。」

「是那個藍色火焰嗎？」

「什麼？」

亞麗絲差點忘記梅西不知道他們在地獄的遭遇。「地獄火是什麼樣子？」

「不清楚。」梅西說。「但一般認為那是構成惡魔世界的元素。」

「要怎麼治療？」

梅西闔上書。「這個更不清楚。有人建議純手工烹煮的湯，也有人建議朗誦聖經。」

「第一個很好，第二個算了。」

亞麗絲強迫自己下床，在衣櫃裡一陣亂翻。她在運動服外面套上連帽外套。她還能穿忘川會運動服嗎？需要歸還嗎？她不知道。她有很多事要問安賽姆，昨晚不該那樣嗆聲完就閃人，雖然真的很爽。

她找出藏在抽屜最裡面的一小瓶顛茄魔藥，兩眼各擠一滴。她需要一點幫助，否則絕對撐不過這一天。

為什麼不能再試一次？有什麼理由嗎？梅西問。答案是沒有。亞麗絲不想再去地獄。不過他們已經去過一次了，去第二次就不必胡亂摸索。道斯負責選靈力強大的夜晚——假設她和其他人願意再去一次——這次梅西沒有盔甲了，不過他們可以準備其他保護措施，如果不能用暴風茶，就另外想辦法避開保全系統。為什麼不能再試一次？有什麼損失？他們只差一點點就成功，值得再試一次。

她察看手機。昨天道斯傳了訊息。

黑榆莊一切平安。

沒有變化？她回覆。

許久之後道斯終於回答：**他還在原位。防禦圈感覺不對勁。**

因為魔力越來越弱了。

他們可能無法等到靈力強大的夜晚。還有其他問題。安賽姆斥責他們危及忘川會和校園，但他其實不明白他們在做什麼。他不知道達令頓被困在兩個世界之間，在黑榆莊宴會廳打坐的那個生物既是惡魔也是人。亞麗絲不打算告訴他。一旦安賽姆明白他們做了什麼，一定會找出魔法驅逐達令頓，讓他永遠受困地獄，他不可能冒險讓他們再用地獄通道。

「對不起，昨晚的儀式太失敗。」亞麗絲說。

「愛說笑。」梅西說。「我好像看到威廉・切斯特・米諾[8]耶，我敢說真的是他。我原本以為會很辛苦，結果還好。」

要是妳和我們一起對付狼群，就不會這麼想了。

「我可能會被退學。」亞麗絲急促地說。

「這是……預想還是計畫？」

亞麗絲差點笑出來。「預想。」

「那我們一定要把達令頓帶回來。他可以幫妳向忘川會求情。說不定可以威脅他們要提告之類的。」

或許他會幫忙。說不定他在地獄待了那麼久，回來之後會有很多事要忙，根本無暇想到她。只有再走一次地獄通道才會知道。不過，老天啊，亞麗絲真的好累。去地獄是一場大考驗，而且受傷的不只是她的身體而已。

她傳訊息給群組：大家還好嗎？

崔普先回答：我超慘。好像感冒了。

透納只是簡單地說：在。

道斯回答：如果有人家裡有廚房，我可以煮湯。應該會有幫助。這讓亞麗絲心中湧出新的歉疚。道斯的公寓很小，雖然有微波爐、電熱爐，但沒有真正的廚房。他們應該要在權杖居聚會，療傷之後準備迎接下一次戰鬥，制定計畫。權杖居還在等他們。那棟房子知道他們去做什麼了嗎？會不會納悶為什麼他們沒回去？

亞麗絲搓搓臉。她感覺疲累迷惘。她想媽媽。她愛梅西，但現在她真的很希望能一個人在房間，她很久沒有這種感覺了。她想吃掉另一個培根三明治，然後縮成一團好好哭一場。她想去黑榆莊，直奔二樓，去見達令頓或惡魔，隨便他是什麼都行，然後說出遇上萊納斯．雷特爾九死一生的事、埃丹造成的難題。她想告訴他所有可怕的事，看看他會不會瑟縮。

「妳還好吧？」梅西問。

---

8 William Chester Minor，美國外科醫生與詞典編纂者，也是思覺失調與精神分裂症患者，他在一八七二～一九一〇年間因殺人而住進精神病院，期間為《牛津英語詞典》給出多達數萬條的引用句，是該字典最大的貢獻者。

亞麗絲嘆息。「不好。」

「要不要蹺課？」

亞麗絲搖頭。她想盡可能抓住這個世界。她想暫時不要思考達令頓、忘川會、地獄，幾個小時就好。假使忘川會不讓她讀完這學期，那她該怎麼辦？快點想出路、做計畫。她已經不是從前的她了。她並不無助。她知道如何對付灰影。她有力量。她可以找工作。上社區大學。呵，她甚至可以用通靈為賣點，把自己出租給馬里布海灘那些有錢混蛋。銀河．史坦，與繁星通靈。

她慢慢洗了個熱水澡，換上牛仔褲、靴子，以及她的上衣當中最厚的那件。莎士比亞與形上學課程在林斯利—齊坦登館，亞麗絲不禁想像，要是遇上執政官會發生什麼事。華許—惠特利教授會可憐她嗎？裝作沒看到她？不過就算教授真的在，學生實在太多，她也沒看見他。

大家排隊進教室的時候，亞麗絲聽見有人喊她的名字。她在人群中看見熟悉的深色頭髮。

「我馬上回來。」她對梅西說，然後鑽進人潮中。「蜜雪兒？」

執政官已經找來蜜雪兒．阿拉梅丁取代她了？

「嗨，」蜜雪兒說，「狀況還好嗎？」

比我早就說過了吧好多了。「還不知道。妳來見華許—惠特利？」

蜜雪兒幾乎難以察覺地猶豫了一下，然後說：「巴特勒圖書館派我來跑腿。」

「這裡？」蜜雪兒的打扮確實像是來洽公的，深色裙子、灰色高領上衣、麂皮靴子和皮包。但她在禮品部工作，來洽公應該會去拜內克或史特林，而不是英美文學系。

「來這裡最容易找到妳。」

亞麗絲沒有透納那種能感應謊言的直覺，她在他回憶中感受過那種刺刺麻麻的警報，即使如此，她依然知道蜜雪兒在撒謊。她不想害亞麗絲難過？還是說現在亞麗絲被開除了，所以不能知道任何與忘川會相關的事？

「蜜雪兒，我沒事。妳不必小心翼翼。」

蜜雪兒笑了。「好吧，被妳看穿了。我不是來開會的。我只是剛好來紐哈芬，想看看妳過得好不好。」

沒有人會關心我們的安危，我們只能靠自己。蜜雪兒勸她不要走地獄通道時這麼說。即使如此……

「妳這樣跑來跑去一定累死了吧？和男友父母共進晚餐還順利嗎？」

「噢，很好。」她輕聲笑著。「我之前就見過他們。他們人很好，只要不聊政治就沒問題。」

亞麗絲思考該怎麼做。她不想嚇跑蜜雪兒，但也不想繼續假客套。「我知道那天晚上妳沒有回紐約。」

「什麼意思？」

「妳說要回紐約。妳說要趕火車，但妳隔天早上才離開。」

蜜雪兒瞬間面紅耳赤。「關妳什麼事？」

「校園發生了兩起命案，我不得不多留心。」

但蜜雪兒很快就恢復鎮定。「雖然說不關妳的事，但我在這裡有個交往的對象，我盡可能每個月來幾趟。我男友不介意，即使他介意，也輪不到妳來審問我。我擔心妳才會來找妳。」

亞麗絲知道應該道歉賠禮，但她實在太累了，沒精神講究禮貌。她曾經將達令頓的靈魂握在手中，感受到裡面的震動，沉穩如大提琴弦音，輕盈如鳥群飛翔。假使蜜雪兒願意幫忙，一點點也好，說不定他們能準備得更妥善，甚至會成功。

「妳很擔心，所以笑著來找我？」亞麗絲說。「妳很擔心，卻不願意幫助達令頓？」

「我解釋過——」

「妳不必和我們一起去地獄。我們需要妳的知識、妳的經驗。」

蜜雪兒舔舔嘴唇。「妳去了？」

看來她還沒有和安賽姆或理事會談過，也沒有見到執政官。她真的只是擔心亞麗絲嗎？難道亞麗絲真的太不習慣有人對她好，所以立刻猜忌對方？還是說蜜雪兒．阿拉梅丁是撒謊高手？

「蜜雪兒，妳到底來這裡做什麼？貝克曼院長遇害那天晚上，妳究竟來紐哈芬做什麼？」

「妳不是警探，」蜜雪兒憤慨地說，「妳就連當學生都很勉強。乖乖去上課吧，不要刺探我的私生活。我不會再為妳浪費時間了。」

她轉身消失在人群中。亞麗絲很想跟上去。

但她只是溜進莎士比亞課堂。梅西幫她留了位子，亞麗絲一坐好，立刻拿出手機來看。道斯要去崔普的頂樓公寓煮湯。

亞麗絲傳個人訊息給透納。

蜜雪兒．阿拉梅丁來學校找我，我問她原因，我認為她撒謊。

透納回覆得很快。她跟妳說什麼？

巴特勒圖書館派她來跑腿。

她等看著螢幕等候。不可能。她沒有在巴特勒上班。

從什麼時候開始的？

從來都沒有。

這是怎麼回事？為什麼蜜雪兒要撒謊說她在哥倫比亞大學上班？她不只欺騙亞麗絲，連忘川會也一起騙了。她來耶魯真正的原因是什麼？為什麼要找亞麗絲？還有，亞麗絲說校園發生兩起命案時，蜜雪兒連眼睛都沒眨一下。學校裡的人只知道一件命案。一般認為瑪珠麗・史蒂芬死於自然因素，而且蜜雪兒認識她。但蜜雪兒沒有理由傷害他們當中任何一個。至少亞麗絲想不出來。

雖然她難得把書讀完了，但她無法專心聽講。梅西遊說她選這門課，她之所以答應，是因為她已經上了兩個學期的莎士比亞戲劇。要讀的東西很多，因為內容就是那麼多，不過至少她不必每堂課都要想辦法蒙混過關。

或許這場災難也有好處。至少以後不必為課業煩惱了。不需要看女歌手為了讓專輯大賣而吞鳥屎。亞麗絲試著想像離開之後的生活，一點也不難。她不想回洛杉磯，那裡一年四季都很熱、太陽很大。她不想找份爛工作賺死薪水，靠著一點點希望活下去，不用上班的時候就喝啤酒、找人上床，讓一個月的時間能過得不那麼痛苦。她不想忘記權杖居，音量太小的音響系統、絲絨沙發、需要哄勸才願意拿出書的圖書館、永遠裝滿食物的儲藏室。她想要早上賴床、暖氣太強的教室、講解詩的課堂、太窄的木書桌。她想留在這裡。

這裡。教授比較《暴風雨》和《浮士德博士》[9]，追溯影響的痕跡，朗誦的聲音響徹教室。怎麼，這可是地獄，連我也無從逃脫。這裡，在高聳的屋頂下，黃銅吊燈彷彿輕飄飄浮在上方，四周環繞著黃褐色木鑲板，那扇窗上的蒂芬妮彩繪玻璃太過珍貴，根本不該出現在教室，深藍、碧綠、豔紫、金黃，畫中主角是三群女孩，雖然有翅膀，但感覺像天使但又不是天使，她們穿著長袍，光環上寫著科學、直覺、和諧，另一邊則是型態、色彩、想像簇擁著藝術。亞麗絲一直覺得她們的臉很怪，太完整精確，感覺像把照片貼在畫面中，節奏是唯一看向畫框外的人物，視線很直接，亞麗絲一直很想知道為什麼。

這片蒂芬妮彩繪玻璃窗，是為了紀念一位女士而訂製的。她名叫瑪麗，其中一個像天使又不是天使的人物跪著，手裡捧著的書本封面上寫著這個名字。在黑豹黨審判期間，這幾塊玻璃被拆下來保存，以防在暴亂中受損，因為標籤弄錯，因此被放在箱子裡無人聞問，幾十年後才有人碰巧發現，就好像校園太習慣美好、富裕，以致於再出色的東西也很容易忘記，連找都不找，直接當作遺失。

意義何在？亞麗絲質疑。真的需要意義嗎？這片玻璃本身就很美，賞心悅目，光滑四肢、柔順秀髮，開滿鮮花的樹枝，全部藏在美德的訓示中，紀念逝去之人。但她喜歡這樣的人生，充滿

9《Doctor Faustus》，文藝復興時期英國劇作家克里斯多福．馬洛（Christopher Marlowe，一五六四～一五九三）根據浮士德傳說改編的戲劇作品。下面那句引文即出自於此。

毫無意義的美。這一切將如夢一般倏忽消逝，差別在於，這段記憶不會像夢一樣不留痕跡。而是會一直糾纏著她，伴隨她度過漫長平庸的人生。

蒂芬妮玻璃下方有個女生靠在牆上，金髮閃耀、膚色似蜜，亞麗絲心中抽痛，她努力忽視。那個女生長得好像海莉。冬季結束之前，誰都無法擁有那種健康膚色。

說真的，她和海莉一模一樣。

那個女生注視她，藍眸憂傷。她穿著黑色T恤和牛仔褲。亞麗絲的心跳突然加快。一定是幻覺，這一定也是地獄宿醉的症狀。她明知不可能，但瘋狂的希望進入腦海，她來不及阻止。海莉會不會穿過界幕來找她？她是不是感受到亞麗絲出現在地獄，因此終於來找她了？但灰影永遠是他們死掉那瞬間的模樣，亞麗絲永遠不會忘記海莉慘白的膚色，以及T恤上乾掉的嘔吐物。

「梅西，」亞麗絲輕聲說，「蒂芬妮玻璃下面有個女生，妳有看到嗎？」

梅西拉長脖子。「為什麼她一直看妳？我們認識她嗎？」

梅西當然不認識，因為亞麗絲抹殺了過去的一切，不分好壞。她沒有在五斗櫃上擺海莉的照片。她從不曾對梅西提起海莉的名字。站在那一群像天使又不是天使的圖案下面那個女生，不可能是海莉，因為海莉死了。

金髮女孩飄然往大講堂後門移動。感覺像測試，亞麗絲明明很清楚應該留在座位上，拿起筆專心聽講、抄筆記。但她無法不跟去。

「我馬上回來。」她對梅西說，然後拿起大衣出去，包包和書本都留在原處。

不是她。她很清楚。她當然很清楚。她推開通往高街的門，站在路邊，看著那個女生過馬路。柏油路面有如河流，她不想踏進水中。高街橋彷彿飄浮在路面上，兩端的浮雕女子輕倚在圓拱上。建築師是骷髏會校友。他也設計並建造了骷髏會墓。她想不起他的名字。

「海莉？」她喊，猶豫、徬徨、恐懼。為什麼？她擔心那個女生轉過身，結果不是海莉？

那個女生沒有停下腳步，只是過馬路之後走進骷髏會墓旁邊的小巷。

讓她去吧。

亞麗絲踏上柏油路面，小跑步跟上，追著那個女生閃耀的金髮爬上臺階，進入雕塑園，上週她和蜜雪兒在這裡說過話。

海莉站在榆樹下，微藍暮光中的金黃身影。「我好想妳。」她說。

亞麗絲感覺內在有個東西被扯下來。不可能。梅西也看到這個女生。她不是灰影。

「我也想妳。」亞麗絲說。她的聲音感覺很怪，太沙啞。「這是怎麼回事？妳是什麼？」

「我不知道。」海莉輕輕聳肩。

一定是幻覺。陷阱。這種事竟然會發生，是不是因為他們在地獄做了什麼？有危險。絕對有。願望不會平白實現。人死不能復生，即使靈魂依然存在——可能在界幕另一邊，也可能在天堂、地獄、煉獄、惡魔領域。Mors vincit omnia。死亡征服一切。

亞麗絲上前一步，又一步。她動作很慢，心中認定那個女生——海莉——會逃跑。

她的眼角捕捉到上方枝椏間有動靜。那個鬈髮灰影，早逝的小男孩蹲在那裡，低聲自言自語，聲音輕柔，有如樹葉隨風窸窣。

再一步。海莉是加州驕陽，清澈藍眸，有如從雜誌走出來。不可能是她。她們在洛杉磯河低淺渾濁的水中以鮮血與復仇訣別。海莉的力量帶亞麗絲回到那間公寓，海莉的遺體留在那裡。她哀求海莉留下，然後她躺下，有點希望再也不會醒來。她醒來時，警察用手電筒照她的眼睛，海莉，她人生中唯一的陽光，已經不在了。

「討厭啦，亞麗絲，」海莉說，「妳還在等什麼？」

亞麗絲不知道。笑聲如氣泡升起，也可能是啜泣。她放開腳步奔跑，然後一把抱住海莉，臉埋在她的髮絲間。她身上有椰子洗髮精的香氣，肌膚溫暖，像剛做過日光浴。不是灰影，不是妖魔鬼怪，溫暖的人類，活生生。

難道是懲罰或試煉？難道是她難得走好運而不是壞運？難道是她受了這麼多苦的獎賞？難道這一次魔法終於實現奇蹟，像童話故事一樣？

她們一起走向樹下的長凳坐下。「我不懂。」她將落在海莉小麥色臉龐上的柔順金髮往後撥，讚嘆她的雀斑、幾乎純白的睫毛，還有門牙的缺角，那是她在巴伯亞公園玩滑板摔倒撞傷的。「怎麼會？」

「我不知道。」海莉呢喃。「我原本在……我也不知道那是什麼地方。現在我在……」她迷惑地看看四周。「這裡。」

「耶魯。」

「什麼？」

亞麗絲大笑。「耶魯大學。我在這裡讀書。我是學生。」

「少來了。」

「我知道、我知道。」

「妳身上有藥嗎？」

亞麗絲搖頭。「我不……現在我已經不碰了。」

「好喔。」海莉笑著說。「大學生嘛。可是我很需要，只是為了消除緊張。」

現在海莉在她眼前。活生生。燦爛完美。亞麗絲不會拒絕她的要求。「我來想辦法。」

「好。」

「妳不必小聲說話。」亞麗絲搓搓海莉的手臂。「這裡很安全。」

海莉回頭張望，然後看看亞麗絲身後，彷彿以為有什麼怪物會從暮色中竄出。「亞麗絲，」她說話依然很小聲，「我覺得並不安全。」

「我會保護妳。我保證。現在我有力量了，海莉。我能使用特殊的能力。」

「里恩——」

「不用怕他。」

「他很想妳。」

亞麗絲感覺一股寒意爬過全身。「我不想說他的事。」

「妳應該再給他一次機會。」

「他死了。我殺了他。我們合力殺了他。」

「我也死了，不是嗎？」

「對。」現在亞麗絲的音量也變得很小。「妳確實死了。我每天都在想念妳。」

「妳應該來找我。」海莉說。天色昏暗，她的眼睛顯得黯然，閃著淚光。「妳應該來救我。」

「那時候我不知道我有那種能力。」亞麗絲不想哭，但強忍淚水也沒用。「沒事了。我保證。現在我可以保護妳了。」

海莉質疑的表情讓亞麗絲很受傷。「之前妳無法保護我。」

沒錯。原爆點、里恩、艾瑞奧，經歷那一切之後，只有亞麗絲一個人活下來。

「現在狀況不一樣了。」

「里恩可以幫我們。」

亞麗絲抹去海莉的淚水。「不要再說他的事了。他死了。不能再傷害我們。」

「他會照顧我們。只靠我們兩個行不通。」

亞麗絲想尖叫，但她強迫自己的語氣保持冷靜。她不知道海莉死後經歷過什麼。她不知道海莉付出多大的代價才能回到陽間。

「相信我，現在已經不一樣了。妳可以和我一起住，我幫妳找工作，妳可以去上學，想做什麼都可以。就像我們之前常說的那樣。我們不需要他。」

「那只是假裝而已，亞麗絲。」海莉的輕蔑如此堅定、如此熟悉，亞麗絲心中也閃過懷疑。該不會這些都不是真的吧？這座中庭。強納森·艾德華茲學院的高塔與骷髏會墓。耶魯。難道這些全都是她編織出的愚蠢幻想？

亞麗絲搖頭。「是真的，海莉。跟我來。」她站起來，拉拉海莉的手。「我帶妳去看。」

「不行。我們要留在這裡等里恩。」

「肏他媽的里恩、肏他們所有人。」

樹叢裡有東西在動。亞麗絲急忙轉身，但什麼都沒有。她抬頭看樹梢。小灰影蹲在樹枝上輕聲嗚咽。他不是在玩捉迷藏。他很害怕。什麼讓他害怕？

亞麗絲拉扯海莉的手，讓她站起來。

「我們得走了，好嗎？妳想說里恩的事也可以，要說什麼都可以，總之先離開這裡。我帶妳去吃東西……或是去找妳需要的東西，什麼都可以。拜託。」

「妳說過可以保護我們。」

「我可以。」亞麗絲說，但心中有些不確定。對付灰影？沒問題。對付爛人男友？她可以奮力一搏。但她也知道天快黑了，黑夜中潛伏著萊納斯．雷特爾那樣的怪物。「我需要妳信任我。」

海莉的眼神悲傷。「我曾經信任過妳。」

假使回到人世的海莉滿腔怒火、仇恨，甚至渴望鮮血，這些亞麗絲都能應付，她甚至樂於接受。她們可以一起放火燒毀世界。但她無法承受這種自責與愧疚的痛楚。她快要溺死了。

「告訴我該怎麼做才能贖罪。」亞麗絲說。「告訴我該說什麼。」

海莉捧著她的一邊臉頰，拇指輕撫亞麗絲的下唇。「亞麗絲，妳很清楚嘴只適合用來做一件事，不是說話。」

亞麗絲瑟縮。海莉不會說這種話。里恩才會。

但海莉的四隻手指用力扣住她的頭，將她拉過去。

「海莉——」

「他對我們很好。」海莉嘶聲說。「他照顧我們。」

「放開我。」

「他是我們唯一的依靠，妳竟然殺死他。」

「他想把妳丟出去，像丟垃圾一樣。」

「是妳讓我死掉。」

海莉用力一推，亞麗絲跪倒在泥土上。她感覺側腰挨了一腳，然後臉被壓進土裡，腐爛樹葉與雨水的臭味充斥鼻腔。

「亞麗絲，是妳讓我死掉。不是里恩。」

海莉說得沒錯。要是海莉夜裡回房間時她醒過來，要是她早一點回去，要是她一開始沒有在電影院睡著，要是她告訴里恩他們玩完了。要是她堅持留在拉斯維加斯，說不定現在她們還在那裡，看著大飯店的漂亮玻璃窗，聞著香水味以及散不掉的陳舊菸臭。

海莉用力壓亞麗絲的頭，但亞麗絲沒有反抗，她在哭，因為她辜負了海莉，一次、一次、又一次。

「沒錯。」海莉將她翻過來，抓起一把爛樹葉塞進亞麗絲口中。「我躺在妳身邊被嘔吐物噎死。妳卻說是里恩的錯？我讓艾瑞奧上我。他把通電的怪東西塞進我的身體裡。他幹我的屁股，覺得我驚恐的樣子很好笑。我為了我們忍受他。全都是我在犧牲，結果妳來到這裡，交新朋友、穿新衣服，還假裝以前多愛我。」

「我真的愛妳。」亞麗絲勉強說。現在也愛妳。

「死掉的人應該是妳，不是我。讀完高中的人是我。有真正家庭的人是我。妳讓我死，然後偷走應該屬於我的人生。」

「對不起。海莉，拜託，我可以解決——」

海莉打她，只是隨手一拳，不會真的打傷她，只是讓她閉嘴。

她坐在亞麗絲身上，她的身體很暖。太暖。剛才亞麗絲握住她的手，感覺很暖。剛才亞麗絲碰她的臉，感覺也很暖。

即使她只穿一件T恤。

即使紐哈芬十一月的晚上很冷。

亞麗絲伸手摸藏在領子底下的鹽珠串。不見了，大概是掉了……不對，串珠的線還在，只是斷掉了，兩顆珠子掛在上面。她抓住一顆在手中捏碎，對著濕潤的空氣一灑。

她身上那個東西迅速一縮，發出刺耳的淒厲尖叫。它的眼睛變成黑色，不再是亞麗絲鍾愛的太平洋藍。這個怪物根本不是海莉。魔法從來不會做這種好事。即使受盡苦難，最後也不會有好報。保住小命就是唯一的獎賞。人死了就是死了。

「我就知道。」亞麗絲吐掉嘴裡的葉子和泥土，搖搖晃晃站起來。她還能站起來幾次？遲早有一天她會無法再站起來。

「妳拋棄我。」海莉哽咽。

即使知道眼前的海莉不是真的，但她依然感覺到心痛、悔恨，什麼都無法阻止。但這次亞麗絲在海莉眼中看見別的東西，除了痛苦更有一種急切。嗜欲。

惡魔從人類的基本情緒中獲取養分。以欲望、愛、歡喜為食。也可能是悲傷，或羞愧。

「妳餓了，對吧？」亞麗絲說。「我就傻傻站在這裡餵妳。」

海莉燦笑，甜美又熟悉的笑容。「亞麗絲，我一直覺得妳很美味。」

「妳不是海莉。」亞麗斯怒吼。她伸出手臂，那個小灰影高聲驚呼進入她體內。她嘗到樟腦味，聽見馬蹄達達，聞到玫瑰水——他媽媽用的香水。她用雙手將那隻惡魔推開，但它沒有蹣跚後退，而是躍上環繞雕塑園的矮牆，穩穩地站在上面。

亞麗絲的心靈尖叫。像是天使又不是天使。像是海莉又不是海莉。但那個東西的模樣和海莉一模一樣，優美的動作也一模一樣。

「妳不能就這樣拋下我們。」惡魔用海莉的聲音說。「我們是妳的家人。」

曾經是。不只是海莉，里恩也是。貝恰。很長一段時間，他們是她僅有的一切。她曾經想清除往事，徹底忘卻，只剩空洞，就像老舊公寓爆破拆毀後留下的大洞。她要在那片空地上建造閃亮嶄新的人生。

「憑什麼妳有重新來過的機會？」海莉質問，朝她逼近。「憑什麼妳有新人生？」

亞麗絲知道應該逃跑，但她發現自己努力在想答案，究竟為什麼是她而不是海莉。這是謎題。這是陷阱。但也是真的。活下來的人應該是海莉才對。

海莉一手扼住她的咽喉。幾乎像是愛撫。

「應該是我才對。」她說。「應該是我重新做人。應該是我拋下妳。」

「沒錯。」亞麗絲哽咽說，感覺淚水再次滑落臉頰，抵抗的意志漸漸消失，她再次得到機會又失敗，再次面對贏不了的戰爭。海莉美麗又勇敢，絕對可以輕鬆應付。「應該是妳才對。」她重複，幾乎哽咽不成聲，同時她抓住最後一顆鹽珠。但不是妳。「人生很殘酷，魔法真實存在。我還沒打算去死。」

她將鹽珠往惡魔的前額用力一拍，感覺珠子在掌心爆開。效果就好像惡魔的頭骨粉碎，像含水的沙一樣坍塌，變成血淋淋坑洞。惡魔慘叫，皮膚冒煙起泡。

亞麗絲狂奔——衝下臺階、跑上街道。地洞比較近，但她直奔權杖居，乘著小灰影的力量前進。她需要圖書館。她需要再次感覺安全。

她手忙腳亂拿出手機打給梅西，腳步沒有停。「妳在哪裡？」

「宿舍。妳的包包在我這裡。妳——」

「待在那裡。如果有……我不知道……不該活著的人出現，千萬別開門。」

她掛斷電話，衝刺經過榆樹街。即使有灰影的力量，她的腿也開始發抖，上星期的恐怖遭遇之後，疲憊的肌肉還沒有復原。

亞麗絲冒險回頭看，想要在大批戴帽子、穿大衣的學生中看出異狀。她停下腳步撥打另一個號碼，不等道斯接聽就繼續奔跑。

「妳還和崔普在一起嗎？」亞麗絲問。她的聲音很細、很喘。「快點去權杖居。」

「我們被禁止進入權杖居。」

「道斯，快去就對了。叫透納和崔普也去。」

「亞麗絲——」

「靠，快去！我帶了東西回來。不好的東西。」

亞麗絲再次回頭張望，但她不知道要找什麼。海莉？里恩？其他怪物？

她無計可施，只能繼續跑。

30

亞麗絲跑到橘街時，感覺小灰影吵鬧著要離開，在她腦子裡亂蹦亂跳，像是吃了太多糖。但在確定能進權杖居之前，她不能放他走。

亞麗絲笨拙一跳，越過臺階直接到門口。萬一門不肯為她開啟呢？萬一忘川會理事會已經禁止她享有這棟房子的保護？禁止她享有平靜、安全、富足？

但門立刻敞開。亞麗絲搖搖晃晃走進去，往前倒下。她感覺小灰影脫離，結界禁止他進入，即使藏在她身體裡也一樣。他氣呼呼匆忙離去，帶走他的力量。門砰一聲關上，非常用力，連窗戶都在抖。

亞麗絲的大腿操勞過度，軟綿綿沒有力氣。她抓著樓梯扶手撐起身體站起來，手掌感覺到涼涼的木頭，前額抵著立柱頂端，向日葵雕花突起處觸感堅硬。這才是她的家。不是宿舍房間。不是洛杉磯的破爛人生。

她深呼吸幾次，強迫自己從前廳的窗戶往外看。海莉——假裝海莉的惡魔才對——站在對面的人行道上。亞麗絲怎麼會錯把惡魔當作真的？海莉有運動員的自信高雅，她的美有種從容自在，即使她們的人生逐漸崩塌，她也不曾失去。但站在對街的那個東西姿態僵硬，幾乎控制不住飢餓。

應該是我重新做人。應該是我拋下妳。

「閉嘴。」亞麗絲含糊說。但她無法假裝那些話只是惡魔的謊言。應該在原爆點死去的人不是海莉。

亞麗絲拿起手機在群組發訊息。**權杖居外面有個金髮女生。雖然看起來像女生，但其實不是人。用鹽。**

但她察覺人行道上有動靜。道斯和崔普來了。他們有沒有看到她的訊息？

亞麗絲猶豫了。她來不及去庫房找鹽和武器。鹽珠也用光了。她不能只是呆站在這裡什麼都不做。

妳偷走了我的人生。妳偷走了我的機會。

亞麗絲顫抖，一把拉開門。「道斯！」

惡魔一跳，躍過馬路朝站在權杖居門廊上的亞麗絲撲來，步伐狂亂，歪歪倒倒，很不像人類。亞麗絲做好迎擊的準備。

惡魔跳過黑色矮圍欄，然後慘叫摔在地上縮成一團，皮肉冒泡，道斯與崔普繼續朝它扔出一把把鹽。

她早該想到潘蜜拉・道斯會有備而來。

「快進去！」道斯大喊。

亞麗絲不需要她再次催促。她踉蹌走上臺階，回到門廳。道斯與崔普都進來之後，他們鎖好門，就在這時，後門的門鈴響了，他們嚇得差點跳起來。

梅西與透納在外面。

他們進來之後，透納掃視走道，然後問：「這裡安全嗎？」

亞麗絲腦中冒出一個可怕的念頭。「你看到什麼？」

透納走進每個房間拉上窗簾，彷彿外面有狙擊手。「死人。」

「噢，老天。」梅西驚呼。她站在起居室正面的窗前看著對街。

海莉在那裡，但現在又多了幾個。布雷克・齊利也在，頭部很完整也很完美，俊美的模樣像婚禮蛋糕一樣毫無瑕疵。旁邊還有穿廉價西裝的中年男子——雙手抱胸，身體前後搖晃，感覺好像他什麼都見識過了，而且覺得沒什麼了不起——最後是一個高瘦的年輕人，年紀應該不超過二十五歲。

「史賓賽。」崔普說。「你……你們有沒有看到他？我以為是我的幻想。」

亞麗絲知道那幾個人是誰。她在地獄看過。他們殺死的人。他們內心的惡魔。

「我們沒有關門。」道斯說，聲音粗嗄，非常害怕。「我們沒有完成儀式。我們——」

「別說。」崔普說。「不要說出來。」

道斯聳肩，臉色蒼白。「我們得回去。」

她的語氣帶著一些疑問，希望有人糾正她。

「走吧。」亞麗絲說。「我們去圖書館。」

道斯把雙手藏進運動衫裡。「萬一安賽姆——」

但亞麗絲斷然一揮手。「如果安賽姆有能力把我們鎖在外面，他早就做了。這棟房子是我們的。」

道斯略微遲疑，然後堅定點頭。「先來煮點東西吧。」

道斯動手準備雞湯麵疙瘩，然後列了一張關鍵字清單，派他們上樓去查詢阿貝馬雷之書。書架打開讓他們進圖書館時，亞麗絲驚訝地發現空間好像變大了，彷彿權杖居知道這次來的人比較多，所以需要更大的空間。

他們坐下讀書，道斯發給每個人一小疊索引卡，亞麗絲懷疑她應該囤了永遠用不完的量。他們才剛看過太多、經歷太多，現在就見面實在太快。他們需要時間甩掉彼此的記憶，將所有遺憾與悲傷推回過去，然後才能考慮下一趟地獄之旅。但他們沒有餘裕。

除了梅西，他們每個人都還因為第一趟造成的副作用而不適。亞麗絲看得出來。他們全都在打冷顫。崔普掛著濃濃的黑眼圈，平常紅潤的臉頰變成蠟黃。她每次看到透納，他都全身上下一絲不苟，但現在他的西裝皺巴巴，下巴有鬍渣。他們的樣子像被鬼糾纏。

假使他們真的要再去一次，恐怕任務不只是救人。他們必須知道如何擊退狼群或其他地獄派來對付他們的東西。他們必須誘拐惡魔回到地獄，此外，回來時要確定沒有其他東西跟來。但目前他們要先想辦法阻止惡魔接近，否則他們全都會發瘋。

亞麗絲遇上萊納斯．雷特爾之後，曾經搜尋過這方面的資料，她知道麻煩大了。對付灰影很簡單，只要用死亡真言或念死之物就能驅逐，但惡魔不一樣，它們沒有放不下的往事，沒有身為人類的記憶，沒有未竟的遺願，所以那兩招不管用。達令頓或蜜雪兒．阿拉梅丁應該要和他們一起在圖書館研究。他們知道敵人是什麼東西、如何才能戰勝。

一個鐘頭後，道斯走進圖書館問：「你們查到什麼？」

「沒有湯？」崔普的表情好像有人告訴他聖誕老人不存在。

「還要再熬一下，」道斯說，「而且不能在圖書館吃東西。」

「那些傢伙還在外面？」梅西問。

道斯點頭。「它們……它們感覺很真。」

透納點點正在讀的書。「你們認為達令頓被吃掉了，對吧？瑪門幹的？」

「有可能。」道斯謹慎地說。「與貪婪有關的惡魔太多，也有魔鬼、神。」

達令頓說過，在所有語言中，貪婪都是罪孽。桑鐸貪財。達令頓貪求知識。

「但這些惡魔沒有讓我們感到貪婪，對吧？」透納問。

野心、動力、欲望。相反的東西是什麼？

「絕望。」亞麗絲說。當海莉——假海莉——對她吼叫的時候，她感到絕望，好像這一切都是躲不過的命運，這是她的報應，她受到這種對待只是剛好而已。她是罪人，偷走了得到燦爛人生的機會，當然必須付出代價。因此折磨她的那個惡魔才會化身海莉，而不是里恩或艾瑞奧。因為亞麗絲從不曾為他們落淚。她只為失去海莉痛哭。「它們想要我們感到絕望。」

「海莉不是金髮嗎？」道斯問。

「對，」亞麗絲說，「生前是。」

梅西點頭。「我也看到她了。在莎士比亞課堂上。」

道斯一臉困惑。他們默默跟著她走出圖書館，進入但丁臥室，走向俯瞰橘街的窗。

那幾個惡魔依然在，一起站在路燈之間的陰影中。

海莉的金髮變成黑色了，眼睛也變成深色。她的衣服……一身黑。

「她變得像妳了，亞麗絲。」道斯說。她說得沒錯。

亞麗絲看到布雷克．齊利的髮色也變了，溫暖的亮紅色，很像道斯的包頭。亞麗絲第一次看到卡麥克警探時，他穿著廉價西裝，但現在他的西裝變得時尚，線條高雅，深紫色領帶，像是透納會用的東西。史賓賽是不是也變得有點傻裡傻氣、不修邊幅？

亞麗絲之前站在權杖居窗前看站在對街的假海莉時，不是也覺得奇怪嗎？假海莉沒有真海莉那種自在矯健的優美。她看起來疲憊、緊繃。因為她像亞麗絲。那種深植生命中的憤怒屬於亞麗絲。

亞麗絲拉上厚重的藍窗簾。她慢慢愛上這個房間，午後彩繪玻璃映出的圖案，那個她至今還沒勇氣使用的獸爪浴缸。「我大概知道萊納斯．雷特爾怎麼會變成那樣了。」

「誰？」崔普問。

「我在舊格林威治遇到的吸血鬼，我和他打了一架。就是因為這樣……我才會會弄丟賓士車。」

道斯倒抽一口氣。

「吸血鬼？」梅西的語氣既驚恐又興奮。

「真是夠了。」透納說。

「萊納斯．雷特爾曾經是耶魯的學生，」亞麗絲接著說，「但那時候的名字不一樣。他是骷髏會的人。我認為三〇年代走過地獄通道的人當中包括他。萊納斯的真名是萊恩諾．雷特爾，我猜想他去過地獄。」

「我們無法確定——」

「道斯，別傻了。假使他們不打算用，何必要建造？為什麼要殺死建築師——」

「他們殺死建築師？」梅西尖聲問。

「沒有人殺死伯特倫．古德修！」道斯怒斥，然後咬住下唇。「至少……我認為應該沒有人殺死伯特倫．古德修。」

亞麗絲不知不覺開始來回踱步。她忍不住一直看人行道上的怪物。像海莉又不是海莉。像亞麗絲又不是亞麗絲。

「他們幹掉了原本的建築師。」亞麗絲說。「他們在巨大的教堂裡建造了這個瘋狂的謎團。

為什麼？只是為了證明能做到？像是一種誇大的示威？」

「他們做了更瘋狂的蠢事。」透納說。

他說得沒錯。她可以想像這些隨心所欲、不知畏懼、無法無天的年輕人闖出這種禍。好玩而已嘛，邦其可以這麼說。但她認為這次的狀況恐怕不好玩。

「他們建造了地獄通道，」她說，「然後去了地獄。骷髏會成員萊恩諾・雷特爾是其中一個朝聖者。」

崔普摘下帽子，伸手扒一下沙色頭髮。「他帶了一個惡魔回來？」

「我認為應該是。我猜那個惡魔吞噬了他。不誇張。惡魔很可能吸乾他的希望，偷走他的生命。」

「可是妳說雷特爾是，呃……吸血鬼。」崔普小小聲說，好像知道這種話有多扯。

「吸血鬼是惡魔。」道斯輕聲說。「至少有一種理論這麼說。」

亞麗絲覺得很合理。雷特爾以悲慘為食；血只是載體。當然啦，他根本不是雷特爾。他是惡魔，以真正的雷特爾為食，最後言行舉止、容貌體態都變得和雷特爾一模一樣。一如外面人行道上的那四個惡魔。

萊恩諾・雷特爾是康乃狄克州富豪家族的兒子。他們製造鍋爐。他們建造優雅的豪宅。他們送兒子兼繼承人去紐哈芬練習拉丁文、希臘文，打造未來的事業人脈。萊恩諾表現很好，甚至加入了耶魯最菁英的社團。他結交許多青年才俊，帶他們回家玩，夏季在草坪上擲馬蹄鐵、打網球，冬季滑雪橇、唱耶誕歌曲。那些年輕人有著邦其、哈洛德這樣的名字。

他被領進奧秘世界，他覺得很安全，即使他親眼看到人類被切開，臟卜師伸手進去把玩器官。他穿著長袍站在旁邊念誦咒語，魔法令他興奮，同時也知道自己安全無虞，他的財富、姓氏都是保護傘，而且他不是躺在解剖臺上的那個人。那個命運之夜，他加入冒險，同行的人都是秘密社團成員，骷髏會、捲軸鑰匙會，可能還有忘川會。他走過通道，看見……什麼？那一夜的歡樂冒險團絕對沒有殺過人，亞麗絲相信她的想法沒錯。那麼，他們去到地獄的哪個地方？他們造訪了地下世界的哪個角落？在那裡看見什麼？他們回家時帶來了什麼？

「他們那趟地獄小旅行沒有紀錄，對吧？」透納問。「他們把資料全銷毀了。」

「他們企圖銷毀，但還是留下了蛛絲馬跡。」亞麗絲說。圖書館知道雷特爾是什麼，很可能是因為原本有資料記載他們做過什麼。「雷特爾大四那年的味吉爾，我們要查他的忘川會日誌。」

透納靠著牆，一直留意著外面的惡魔。「我想確定沒有誤解妳的意思。要是不把這些……東西送回它們來的地方，它們就會變成吸血鬼？」

「我認為是。」亞麗絲說。而且那些吸血鬼會偷走他們的臉、吃掉他們的靈魂。

「它們會把我們的心吸乾。」崔普嘎聲說。「史賓賽……他說……」

「嘿，」亞麗絲說，「它不是史賓賽。」

崔普猛抬起頭。「他真的是。史賓賽就像那樣。他知道……他永遠知道說什麼話最傷人。」

亞麗絲相信。她還記得那種恐懼無助的感覺，知道絕對不會有人相信史賓賽是怪物。感覺像又回到童年，被灰影包圍，孤孤單單，沒有魔法真言，沒有俊美騎士，完全沒有人可以保護她。

亞麗絲走到床邊，坐在崔普身邊。她逼迫他加入無法應付的事，他的恐懼比其他人更嚴重。

「好，史賓賽真的很可惡。但你必須記住外面那些東西以絕望為食。它們會讓你感覺沮喪挫敗，根本不給你機會反抗。它們想讓你感到絕望、渺小。」

「嗯，唉。」崔普看著地毯。「它們成功了。」

「我知道。」她看看房間裡的其他人，他們全都疲憊、恐懼。「還有誰被它們纏上？」

「卡麥克突然出現。」透納說。「他沒有說什麼。但光是這樣就讓我在辦公室嚇得半死。」

道斯將雙手藏在運動衫裡。「我看見布雷克。」

「他有沒有說話？」

她低下頭。道斯想讓自己消失的時候都會這樣。她的聲音很小、很虛。「說了很多。」

如果道斯不想說出細節，亞麗絲也不打算逼她。「但它們只是說話而已？」

「不然還會做什麼？」透納問。

亞麗絲不確定該怎麼回答。其他惡魔只是言語攻擊，為什麼海莉對她動手？因為亞麗絲去追她？還是因為亞麗絲就是這麼倒楣，每次都抽到下下籤？

「海莉揍我。」

「它們可以……可以傷害我們？」崔普用力抓住大腿。

「可能只有我吧。」亞麗絲說。「我不知道。」

「我們需要預想出最惡劣的狀況，並且先做好準備。」透納說。「以為只是激烈辯論，結果對方亮刀子，我可不想這樣。」

整段過程梅西一言不發，但現在她上前一步，動作很像無伴奏合唱團裡準備獨唱的人。

「我……剛才在圖書館我好像找到有用的資料。或許有幫助。」

「我們先吃東西吧。」亞麗絲說。崔普需要喝湯。或許也需要來杯威士忌。

31

湯實在太有效，亞麗絲非常驚訝。從地獄回來又飽受紐哈芬冷雨侵襲之後，她第一次感覺溫暖。現在她肚子裡有麵疙瘩、舌頭上有蒔蘿的滋味，好像一切都沒有那麼絕望了。

「老天，道斯。」崔普笑嘻嘻，好像忘記了史賓賽以及世上所有煩惱。「拜託來我家住下來養肥我。」

道斯翻個白眼，但亞麗絲看出她很開心。

沒有人望向窗戶，窗簾依舊闔起。

他們找出萊恩諾．雷特爾就讀耶魯時的忘川會日誌。當時的味吉爾是魯道夫．齊闕爾，然而，儘管他的《齊闕爾惡魔論》獲准保留，但他的日誌不見了。想必是連同其他證據一起銷毀了。

即使如此，梅西找到的防禦咒文依然讓道斯很激動。需要的材料忘川會庫房全都有，她認為只要用亥倫坩堝就能做出來。她給每個人一張清單去找材料，接下來一個小時，他們在庫房昏暗的燈光中打開一個個小抽屜和玻璃櫃尋覓，專注安靜的氣氛中，只有崔普哼著車庫搖滾歌曲，偶爾碰到不該碰的東西嚇得哇哇叫。

曾經屬於邱吉爾母親的鍊墜盒咬了崔普一口，他吸著手指抱怨：「為什麼你們會有這種東西？」

「因為總得有人保管。」道斯嚴肅地說。「請專心找清單上的東西，盡可能不要搞出爆炸事件。」

崔普噘起下唇，但乖乖繼續找，一分鐘後，他唱起嗆辣紅椒樂團的〈Under the Bridge〉，假音還不賴。亞麗絲不忍心告訴他，只要能不再聽到嗆辣紅椒的歌，她願意接下來兩個學期都待在地獄。

配方看起來不太可怕——各種有保護力的香草，包括鼠尾草、馬鞭草、薄荷，加上磨成粉的紫水晶與黑碧璽，用迷迭香綁成一束的烏鴉羽毛，曬乾的寒鴉眼球扔進坩堝時發出清脆聲響，像小石頭一樣。在透納的幫助下，道斯拆掉坩堝下方的幾塊底板，露出一堆炭。道斯用希臘文低聲說了幾個字，炭發出紅光，從底部小火加熱黃金大碗。

「這是我人生中最棒的一刻。」梅西狂喜低語。

「魔法是要付出代價的。」亞麗絲告誡。那堆炭從來不會完全變冷，不會熄滅，也不需要更換。聯合太平洋公司靠這種炭稱霸鐵道，製作這種炭磚每一塊都需要獻祭一名活人。沒有人知道為此犧牲的人是誰，但很可能是工人，從愛爾蘭、中國、芬蘭來的移民。不會有人來尋找的那些人。這批炭是骷髏會員威廉．埃夫里爾．哈里曼[10]送來耶魯的。這種炭大多遺失或遭竊，但這批還留在這裡，又一個送給忘川會的受詛咒禮物，又一個藏在地下室的血腥地圖。

亞麗絲和梅西扛出兩大袋鹽，分別來自南斯拉夫的普拉霍瓦鹽礦與哥倫比亞席帕基拉地底鹽礦大教堂的一間密室。她們把鹽倒進坩堝裡。「我們的材料只夠做一次。」道斯說。「麻煩幫我拿個梣木鏟。」

崔普嗤笑一聲，挨了道斯一記白眼之後急忙道歉。

亞麗絲找到一個玻璃櫃，裡面掛著各式各樣的東西：一支一八七三年款的溫徹斯特步槍，莎拉．溫徹斯特遷居加州後依然厄運不斷，她認定是這支槍將厄運帶了過去；一支掃帚，來歷可以追溯到一六〇〇年代蘇格蘭大規模焚燒女巫事件，這支掃帚在火堆中雖然燒黑，但沒有任何損壞；一支疑似純金的權杖；一支細長的梣木鏟，雕花並且打磨到光滑無比。看起來有點像巫師的

10 William Averell Harriman，美國政治人物，曾任駐蘇聯大使、商務部長、紐約州長。

魔杖——如果他打算做窯烤披薩。

「必須不停攪拌。」道斯說完之後開始以固定的速度攪拌原料。「現在呢，吐口水進去。」

「什麼？」透納說。

「我們需要用唾液融化鹽。」

「終於到我表現的時刻啦。」崔普說完之後開始大吐特吐。

「好噁心喔。」梅西嫌棄，但還是秀氣地對著坩堝吐口水。

她說得沒錯，但亞麗絲覺得比起手稿會的鳴鳥儀式，這根本不算什麼。

「好，誰想接手？」道斯問，動作沒有停。「要保持節奏。」

「要攪多久？」透納問，以流暢的動作接過梣木鏟。

「直到裡面的東西活化。」道斯似乎覺得這樣便足以解釋。

他們一個個輪流攪拌，手臂都快瘦死了。感覺不像魔法，亞麗絲覺得有點尷尬。魔法應該要神祕兮兮、充滿危險，而不是在巨大的碗中不停攪拌一堆東西。或許她內心有一部分希望能令其他人讚嘆忘川會有多厲害，能夠支配多神奇的力量。但道斯似乎一點也不在意，她的注意力完全放在工作上，坩堝發出嗡鳴，她說：「給我。」然後搶走亞麗絲手中的梣木鏟。

亞麗絲後退，坩堝散發的熱讓地板溫度越來越高。

坩堝裡的東西發出閃光與嘶嘶聲響，照亮道斯堅毅的臉。她的包頭散開，濕濕的紅色鬈髮落在肩上，蒼白的前額滿是汗水。

要死了，亞麗絲想著，道斯是女巫。她製作的靈藥、茶湯、外傷藥膏效果都非常神奇，她的純手工湯更沒話說，冰箱裡還有滿滿幾個保鮮盒的高湯隨時可以派上用場。她用熱茶、小三明治、熱湯、醃漬蔬果療癒亞麗絲與達令頓多少次？

「跟著打拍子！」道斯命令，他們一起拍打坩堝側邊，發出的音量非常不合理，響徹整個庫房，連牆壁都在震動，道斯的大鍋裡升起高熱，產生搖曳波紋。

亞麗絲聽見響亮的啵一聲，有如香檳開瓶的聲音，坩堝冒出琥珀色濃煙，湧進亞麗絲的鼻子和嘴巴，刺痛她的眼睛。他們全都顧不得打拍子，忙著彎腰咳嗽。

濃煙散盡之後，坩堝裡只剩下一堆粉粉的白灰。

梅西歪頭：「好像失敗了。」

「難……難道我弄錯比例了？」道斯說，她的自信隨煙霧消散。

「等一下。」亞麗絲說。底下有東西。她彎腰進坩堝，伸長手。坩堝太深，高度到她的腰，她得踮起腳尖才行。但她的指尖在灰裡碰到一個硬硬的東西。她撈出來拍掉灰。那是一個鹽形成的蛇雕像，繞成一圈在睡覺，扁扁的頭靠在身體上。

「護法。」道斯說，她的臉龐綻放自豪光彩。「成功了！」

「可是這要怎麼——」亞麗絲差點驚呼，因為那隻蛇在她手中動了。牠拉直身體，繞著她手臂爬上手肘，然後消失在皮膚下。

「快看！」梅西喊。

亞麗絲的整隻手臂冒出閃亮鱗片。亮光熄滅之後，鱗片也隨之消失。

「這樣正常嗎？」她問。

「我也不確定。」道斯說。「梅西找到的法術——」

「只是一個防禦法術。」梅西幫她說完。「妳有覺得哪裡怪怪的嗎？」

亞麗絲搖頭。「全身都是挨揍留下的瘀青，肚子裡滿滿好湯。沒有變化。」

崔普伸手進坩堝，差點栽進去。透納抓住他短褲的褲腰把他拉出來。崔普手中的雕像是鳥。

「海鷗？」崔普問。

「是信天翁。」道斯糾正，語氣帶著困惑。

那隻鳥在他們眼前展開白色鹽翅膀，繞著崔普飛一圈，最落在他的肩膀上，縮起身體，彷彿找到了完美的棲息地。銀白羽毛如雨落在崔普身上，然後消失在他的皮膚下。

「這種鳥很厲害，可以鎖住翅膀，一邊飛一邊睡覺。」梅西揮揮雙手做出飛行的樣子。

崔普笑嘻嘻伸長雙臂。「真的假的？」

「真的。」梅西說。這是他們之間最和平的一次對話。

道斯畏畏縮縮地伸手進去。「我……這是什麼？」

道斯手中的小小鹽動物有著巨大的眼睛，怪怪的手腳很像人類。牠坐在道斯手上，好像想把臉藏起來。

「這是懶猴。」梅西說。

「根本是可愛的化身。」亞麗絲說。

鹽懶猴從手指縫偷看，然後爬上道斯的手臂，動作優美謹慎。懶猴推推她的耳朵，然後趴在她的頸窩慢慢消失。一瞬間，道斯的眼睛發出亮光，像月亮一樣。

透納不太捧場。「那玩意能做什麼？把惡魔可愛死？」

「這種動物很有殺傷力。」梅西辯駁。「牠們是唯一有毒的靈長類，而且行動幾乎無聲無息。」

「妳怎麼會知道這麼多？」亞麗絲問。

「小時候都沒有人跟我玩。身為邊緣人的好處就是有很多時間可以讀書。」

亞麗絲搖頭。「老天，妳真是來對地方了。」

「我在書上看過懶猴，」道斯說，「只是從來沒看過真的。牠們是夜行性動物，而且非常不適合當寵物。」

亞麗絲大笑。「根本就是妳啊。」

透納嘆息，注視那堆灰。「最好給我出現獅子。」他從坩堝拿出雕像。「樹？」他難以置信地問。

崔普狂笑。

「好像是橡樹。」道斯說。

「力量的象徵？」梅西給他安慰。

「為什麼你們都拿到好東西，只有我拿到一棵樹？」

「咒文表明護法來自陽間。」道斯說。「除此之外——」

「橡樹活過來了！」崔普狂笑到彎腰。「你可以用橡實砸敵人，砸到他們認輸。」

透納板起臭臉。「不好笑——」

橡樹在他掌中開展枝葉，直直往天花板去，白色鹽樹枝張開成一個白色天棚，樹根在地板迅速增長，將崔普撞倒在地。樹包裹住透納，沉入他的皮膚。一瞬間竟無法分辨樹與人。接著散發微光的樹枝消失。

最後一個是梅西。亞麗絲扶著她，她探身進坩堝，拿出一匹騰躍的馬，鬃毛如流水般飄逸。梅西的腳一回到地面上，馬立刻張開翅膀，並且用後腿人立。馬繞著庫房奔跑，好像越變越大，馬蹄撼動地面。馬直接往梅西跳過去，她尖叫一聲，舉起雙手防護。馬消失在她的胸口，一瞬間，梅西的背上張開一對巨大翅膀。

她笑得很燦爛，喃喃說了一句亞麗絲聽不懂的話。

「我們要清掉那些灰。」道斯說。

「等一下，」崔普說，「裡面還有東西。」

他再次彎腰進坩堝，從灰中拿出第六個鹽雕像。

「貓？」透納望著手中的雕像說。

道斯忍不住啜泣，一手摀住嘴。

「不是一般的貓。」亞麗絲說，感覺喉嚨後方痛痛的，她討厭這樣。

那隻貓的一隻眼睛有疤，而且那個瞧不起人的表情絕對不會錯。儀式選擇柯斯莫作為達令頓的護法，不過她猜想那應該不是牠的真名。她記得在老人記憶中看過那隻白貓。這個生物在黑榆莊多久了？

「這些動物真的會保護我們？」崔普問。

「應該會。」道斯說。「遭受攻擊的時候，舔一下手腕或手掌……舔得到的地方應該都可以。」

「超噁。」梅西說。

道斯嘰嚕。「有另一種法術可以用，但是我得拆下其中一個人的脛骨去攪拌。」

「謝謝喔，還是算了吧。」透納說。

「我保證不會痛。」

「還是算了吧。」

亞麗絲想起達令頓用來清除她身上刺青的信蛾，他用這種方式向她展示超自然力量並非只會造成她的痛苦，也可以用來做好事。這是童年想像中美好的魔法。友善的精怪給予保護。貓、蛇、長翅膀的動物，守護他們的心。她將鹽塑造的柯斯莫放進口袋，和阿令頓橡膠靴瓷盒放在一起，現在她不管去哪裡，都隨身攜帶那個瓷盒。她需要魔法幫他們一次。只要能帶達令頓回家，只要能將四隻惡魔拖回它們的老巢……唉，天知道可能會發生什麼？說不定她能就此放下海莉和達令頓，放下所有放不下的事。說不定忘川會董事會將大發慈悲。之前向安賽姆提過的交易，她可以再跟董事會提一次。只要能留住這個王國的鑰匙，她很樂意以她的天賦交換。

「最快什麼時候可以再去一次？」亞麗絲問。

道斯用舌頭抵住牙齒彈了一下，開始計算。「三天後月圓。我們應該等到那時候。地獄之門會為我們開啟。只是這次不會那麼容易。」

「容易？」透納難以置信。「我一點也不想再經歷你們人生中最慘的時刻。真是多謝了。」

「我的意思是傳送門不會那麼容易開啟。」道斯說。「因為我們沒有萬聖節的助力。」

「應該不會。」亞麗絲說。「我認為門一定會立刻為我們敞開。」

「為什麼？」

「因為另外一邊會有東西往外推，想要出來。最困難的部分是關閉。」

「我們應該……」道斯咬著臉頰內側，彷彿她有頰囊，並且在那裡儲存了過冬用的詞彙。

「我們應該做好準備……可能會發生更糟的狀況。」

崔普將他的耶魯帆船隊帽子摘下，頭髮亂七八糟也不管。亞麗絲發現他的髮線開始後退了。

「更糟？」

「惡魔熱愛謎題，也熱愛整人。我們回到它們的領域，它們不會讓我們玩同樣的劇本。」

崔普的表情好像很想爬進坩堝再也不要出來。「我不確定能不能再經歷一次。」

「你非去不可，沒得選。」梅西說。她的語氣很嚴厲，崔普像挨了一巴掌。但亞麗絲終於明白為什麼梅西如此厭惡崔普。他太像布雷克。他不是掠食者——他的殘酷屬於無意間傷人，擁有比別人更多的資源，這就像手握一把刀，但他不知道那是傷人的武器——不過他們的外在特質簡直是一個模子刻出來的。

「我們全都有選擇。」透納說。

亞麗絲張嘴想反駁——要是想好好活下去、不受折磨，就非去不可，他們必須償還債務——但這時她聞到煙味。

「有東西燒起來了。」她說。

他們衝下樓。

「廚房！」透納大喊。

但亞麗絲很清楚道斯不會忘記關火。

一樓全都是煙，他們到了樓梯底，亞麗絲看到彩繪玻璃窗映著火光。惡魔在權杖居門口放火。

「它們企圖把我們燻出去！」透納說。他已經拿出手機打電話給消防隊了。「你們的滅火器在哪？」

「廚房。」道斯嗆咳著說，急忙跑去拿。

亞麗絲轉身對梅西和崔普說：「從後門出去。不要分開。在外面等我，好嗎？」

「好。」梅西堅定點頭，然後對崔普說：「快點。」

權杖居的煙霧警報器開始發出嗶嗶聲響，受了傷哀哀哭泣。確定梅西和崔普往後門走去之後，亞麗絲拔腿衝向廚房。她攔截道斯，搶走滅火器。以前里恩在公寓廚房煎培根，油燒起來，所以她用過，但現在還是不太熟練。

透納從她手中接過滅火器。

「走吧。」她說。

她一把打開大門。火燒上草坪與樹籬，眼看要燒到大門外的柱子上。亞麗絲覺得好像自己也著火了，彷彿可以聽見房子慘叫。

四個惡魔站在火光中，身後的影子彷彿在綳跳舞動。她聽見滅火器發出咻咻聲響，透納正在努力滅火。亞麗絲沒有停下腳步。她大步走到惡魔面前。

「亞麗絲！」透納大喊。「妳在搞什麼鬼？它們就是想要妳過去。」

假裝海莉的那個東西嘻笑。她變得比較瘦，好像沒吃飽。更像亞麗絲，但還不是亞麗絲。她的雙手勾成爪狀。她的眼睛顏色很深，眼神瘋狂，嘴裡有太多牙齒。

「廉價仿冒品，妳想要我？」亞麗絲質問。她舔一下手腕。「那就來抓我啊。」

惡魔衝向她，然後尖叫，猛然往後跳開，噁心的笑容消失。亞麗絲看見自己的影子變形，彷佛她長出一百隻手臂——不是手臂，是蛇。那群蛇圍繞著她發出嘶嘶聲響，對著惡魔張口就咬，惡魔瑟縮躲開。

「亞麗絲。」那個假裝海莉的東西說——她又變回海莉的樣子，眼睛的顏色是濃烈水彩藍，而且含著淚。「妳承諾過會保護我。」

亞麗絲的心在胸口扭絞，哀傷太過強大、太過熟悉。對不起、對不起。

蛇的影子晃動，彷彿感應到她的猶豫。亞麗絲深吸一口氣，被嗆到咳嗽，口中滿是空氣中的煙味，她的家在燃燒。她聽見響尾蛇發出的嘎嘎聲響，蛇尾隨著她的憤怒震動，發出警告。

「最後一次機會。」她對假海莉咆哮。「從哪裡來的就滾回哪裡去。」

海莉瞇起眼睛。「這是我的人生。妳才是假貨。」

好吧。或許亞麗絲只是個賊，偷走了別人改頭換面的機會。但她活著，海莉死了，她要保護屬於她的東西——即使她沒資格擁有，即使很快就會失去。

「這不是妳的人生。」她對著那個不是海莉的東西說。「而且妳擅闖私人土地。」

一條蛇撲向前，動作太快，亞麗絲只看到殘影，那隻惡魔整個縮起來，手捧著冒煙的臉頰。

「妳以為這麼容易就能驅逐我嗎？」海莉哀怨地說。現在她的樣子很像里恩，頭髮亂糟糟，前額滿是青春痘。「我們瞭解妳。我們熟悉妳的氣味。妳不過是塊踏腳石。」

「或許吧。」亞麗絲說。「但現在我是看門的保鑣，你們最好快給我滾。」

亞麗絲知道那些惡魔一定沒走遠。它們需要新鮮採收的悲慘才能在這個世界生存。它們一定會回來，而且會準備更充足。

她聽見警笛聲從街道另一頭迅速接近，她轉身看到火勢已經控制住，不再往屋內延燒。權杖居正面被燒黑，而且灑滿泡沫，大門兩側的石柱也燒黑了，還在冒煙，彷彿權杖居大大吁了一口氣，吐出大量煤灰。樹籬與草坪的火已經熄了——被透納的樹根拍熄。象徵力量的橡樹。她看著樹根縮回，她的蛇也消失了。

恐懼與勝利在她心中糾結成團，難以拆解。魔法生效了，但能維持多久？除非將那些惡魔塞回瓶子裡把蓋子蓋緊，否則他們會一直遭受威脅。他們要怎麼跟執政官和理事會解釋失火的事？她大言不慚宣稱權杖居是她的，但其實她已經不是忘川會的人了。

「妳去和其他人會合，」透納說，「我負責跟消防員說明。我已經通報警局了，我依然是警察，即使妳們兩個已經被……」

「逐出忘川會？」亞麗絲幫他說完。執政官很可能根本不會想到她們在權杖居裡，因為起火點在外面。不過，假使他稍微觀察一下屋內的狀況，就會發現沒吃完的晚餐還放在桌上，還有其他來不及收走的東西。安賽姆說會以擅闖民宅的刑事罪處理，亞麗絲不確定他有多認真，但她不想試探。

梅西、崔普和道斯一起在巷子裡等，冷得直跺腳。

她接近時，道斯問：「妳沒事吧？」

「亞麗絲，」崔普雙手按住她的肩膀，「剛才太酷了。那些惡魔落荒而逃，不誇張！史賓賽嚇到快挫屎。」

亞麗絲掰開他的手。「好啦、好啦。不過它們還會再來。我們必須保持警覺。還有，你要記住，那個東西不是史賓賽。」

「遵命。」崔普嚴肅點頭。「不過還是酷得要命。」

梅西翻個白眼。「房子的狀況很糟嗎？」

「不算太嚴重。」道斯的聲音很沙啞。「希望消防員會告訴透納受損的程度。」

「妳的聲音超難聽。」崔普說。

梅西氣急敗壞地吁一口氣。「我猜他的意思是妳的聲音很沙啞，好像吸到太多煙。」

「外面有救護車。」亞麗絲說。「去給他們檢查一下吧。」

「我不希望有人知道我們在這裡。」道斯反對。

亞麗絲鬆了一口氣，她知道不應該，但她很慶幸透納願意包庇她們，而且道斯願意配合。

除了消防車、救護車，現在還多了兩輛警車，透納在和兩名警員說話，亞麗絲看到華許—惠特利教授來了，他穿著長大衣、頭戴帥氣小軟帽，朝透納走去。

「執政官來了。」亞麗絲說。

道斯嘆息。「我們要出去見他嗎？解釋發生了什麼事？」

亞麗絲對上透納的視線，他輕輕搖頭。以前的亞麗絲會懷疑他只是想自保，讓麻煩遠離他，並且直接引向她與道斯。她們是最方便頂罪的人選。畢竟是亞麗絲帶他們來權杖居，並且宣稱那棟房子屬於她。

「我們快點離開吧。」亞麗絲帶領他們走向停車場。他們可以溜到林肯街等透納。

「我沒看到安賽姆。」道斯說。

崔普似乎不在意。「他大概回紐約了吧？」

「有可能。」

他有家庭。他有自己的生活。但亞麗絲總覺得不太對勁。他中斷他們的地獄小旅行之後已經過了兩天，他一直沒有聯絡。沒有正式的開除通知，也沒有後續行動，權杖居也沒有禁止她們進入。安賽姆打斷了史特林的儀式。亞麗絲不知道惡魔世界的規矩，但會不會安賽姆也被盯上了？

她回頭看權杖居一眼，煙從房子冒出來，有如輕柔雲朵，示警之焰、儀式之火。

她放慢腳步讓其他人先走，她一手按住牆壁，彷彿撫摸動物側腹給予安撫。她想著媽媽的公寓，用絲巾蓋住的檯燈，到處都是水晶和精靈擺飾。她想著原爆點，鮮血噴在牆上，她想著黑榆莊，像墳墓一樣困住達令頓，逐漸腐朽。亞麗絲感覺石牆隱隱震動。

透納以他的方式搏鬥，運用法律、武力以及警徽賦予他的所有權力。道斯用她的書、她的頭腦，以及追求秩序的無盡能力。亞麗絲有什麼工具？一點魔法。天生衰運。很能挨揍。不夠也得夠。

這是我的家，她發誓，什麼都休想奪走。

艾美莉雅·貝納第的鹽珠項鍊；鹽與銀線

出處：義大利曼托瓦；十七世紀早期

捐贈者：不明，可能由紐哈芬博物館秘密館藏所贈

為何鹽能夠防禦惡魔？其中的機制至今依然無解。我們知道鹽有淨化作用，許多文化都用來對抗邪惡。也可能是因其生活上的功能而引發聯想——擦洗時作為磨砂顆粒，以醋清潔時也可以作為催化劑；天然防腐劑，可以使花朵與水果保鮮。鹽曾經是士兵的薪餉。鹽也曾經是朋友之間的贈禮。然而，當以利沙將鹽倒入耶利哥人的水源中，使耶利哥人重新服從上帝[11]，這又有什麼含意呢？為何日本家庭會在葬禮過後在地上灑鹽？為什麼所有紀錄都顯示，驅逐惡魔——無論有形或無形——用鹽效果最好，遠勝過其他物質？

艾美莉雅·貝納第可能在鹽珠上施了魔法，也可能只是單純訂製，我們無法得知何者為真。然而，一六二九年曼托瓦爆發惡魔瘟疫，艾美莉雅與其家族是少數倖存者。一八八〇年代，她的後代移民美國，定居紐哈芬，後來成為義大利社區的中流砥柱，一九三六年於聖安德魯社交慶典所拍攝的照片中即有他們。隨著舊世界的迷信逐漸失傳，鹽珠項鍊可能也隨之棄置。這串項鍊後來列入紐哈芬歷史學會秘密典藏，但無人得知該會如何獲取。

——引自《忘川會庫房目錄》，眼目潘蜜拉·道斯修訂

11 舊約聖經列王記下第二章十八～二十二節。以利沙是舊約中的先知。耶利哥城的人告訴以利沙，因水惡劣，以致這地荒蕪；他就將鹽倒在水中，使水變好。

32

他們全都擠上透納的道奇車，有如拼車共乘的乘客，但每個人都神情鬱悶、滿身煤灰。道斯坐副駕駛座；崔普、亞麗絲、梅西擠在後座。這個晚上不適合單獨走路回家。

他們先放道斯在神學院附近的公寓下車。透納與亞麗絲陪她走到門口，然後用鹽畫出所羅門結作為防禦整棟大樓的結界。

道斯關門之前，亞麗絲說：「我們明天再集合。每個小時在群組報平安。」

下一個是崔普，他從座位中間往前靠，告訴透納怎麼走，他家離綠原不遠，大樓佔地很廣。這棟公寓很高級。裸露紅磚，溫暖的仿工業風照明。崔普的老爸雖然斷了金援，但崔普八成有信託基金可以用。堂堂海穆斯家族，吃苦也和一般人不一樣。

他們先在外面設下結界，然後在崔普家外面的踏腳墊也畫一個鹽結，給他雙重保障。

「呃，你們要進來嗎？」崔普問。他的興奮已經消散，恐懼悄悄爬回心頭。

「你可以來我們宿舍睡。」亞麗絲主動提出。「我們的交誼廳有長沙發。」

「不用啦，我沒事。我有海鳥，對吧？」

「每個小時在群組報平安。」透納說。「沒事別出門。」

崔普點頭，伸出拳頭來要和他們碰。就連透納也配合了。

下樓時，透納說：「送妳們回去之後，我要去黑榆莊一趟。我想確定達令頓有沒有乖乖待在他的窩裡。」

亞麗絲差點跌倒。「為什麼？」

「少裝傻了。妳也看到瑪珠麗．史蒂芬的死狀。她被人吸乾了生命。絕不是自然因素。」

「但這也不代表達令頓有涉案。」

「對，但如果是他的同類幹的，或許他會知道。說不定有什麼鬼東西用瑪珠麗．史蒂芬的樣子在外面亂跑。」

「他不是惡魔。」亞麗絲憤慨地說。「他不一樣。」

「那就當作我只是去探望吧。我只是想確定他還關在裡面。」

去校園的路上沒人說話，亞麗絲與梅西在約克街與透納道別。

「確定不用畫鹽結？」他問。

「不用。」亞麗絲說。「我們的房間本來就有結界。我會在大門也設一個，不過中庭那邊先不設，這樣我需要灰影的時候才能叫來。你會畫了吧？」

「嗯。」透納之前說他家他自己畫就好。亞麗絲感覺得出來，無論他家是公寓、透天還是別的，總之他不希望她去。他不希望忘川會和超自然滲透他的現實生活。他似乎以為等這個特別可怕的章節結束之後，他就可以闔上這本書的封面。

「假使卡麥克出現，不要聽他說的話。不要讓他搞亂你的心思。」

「不要教育我，史坦。」

「不要弄皺你的高級西裝，透納。」

他發動引擎。「明晚見。」

她們沒有留在原地目送他，她們不想在外面逗留。

宿舍感覺異常平凡，每個房間都透出金黃燈光，音樂與交談聲傳到中庭。

「為什麼生活還能照常過下去？」梅西問。她們遇到的人都包緊緊，裹著圍巾、戴著手套、捧著熱茶或咖啡。樹葉彷彿一夜之間褪去夏季青綠，黃葉捲邊，彷彿月亮脫皮落下的明亮皮屑。

亞麗絲通常很喜歡正常世界的感覺，讓她覺得有家可歸，讓她知道世界上不只有忘川會、魔法、鬼魂，等到這份詭異的工作結束之後，說不定會有正常生活等著她。但今晚她滿腦子只有一個念頭：這些人全都是無力抵抗的獵物。危機無處不在，但他們看不見。他們歡笑、爭吵，為了他們所知甚少的世界做各種計畫，渾然不知可怕的東西可能正伺機而動。

蘿倫在客廳，窩在安樂椅上研究經濟學問題集，唱盤播放歡樂分隊樂團的唱片。

「妳們兩個死去哪裡了？」她問。「為什麼妳們身上有煙味，好像森林大火一樣？」

亞麗絲疲憊的腦子努力編謊言，但梅西先回答了。「我們去教堂幫忙捐贈糖果的後續工作，橘街有棟房子失火了。」

「又是教堂？妳們該不會要跟我傳教吧？」

「我喜歡免費紅酒。」亞麗絲說。「還有果醬餡餅嗎？」

「冰箱上有Tastykakes小蛋糕。我媽寄來的。妳們兩個真的嚇到我了，知道嗎？妳們要出去也跟我說一聲，不要直接消失。校園發生了謀殺案，妳們竟然七晚八晚還隨便亂跑，像沒事一樣。」

「對不起。」梅西說。「我們沒有留意時間，而且我們兩個在一起，所以沒有想那麼多。」

蘿倫總是隨身攜帶大水壺，她拿起來喝了一口。「我們該開始想明年要住哪裡了。」

「現在？」亞麗絲問，把奶油餡小蛋糕整個塞進嘴裡。她還沒準備好要思考未來，因為她很可能根本沒有未來可言。即使如此，她沒有幾個朋友，知道蘿倫真心想要和她再當一年室友，她覺得好開心，感覺好像她不必把壞掉的地方掛在外面給大家看，警告別人不要靠近。

「我們要住在校園裡還是外面？」蘿倫問。「我們可以和大四學長姐先拉好關係，看看有沒有好的公寓。」

「我可能會出國一個學期。」梅西說。

她什麼時候有這個計畫的？亞麗絲納悶。難道梅西只是想找個藉口遠離她和忘川會？

「去哪？」蘿倫問。

「法國？」梅西的語氣很沒說服力。

「噢，我的天，法國超恐怖。那裡的人全都有性病。」

「才沒有咧，蘿倫。」

亞麗絲拿了第二個小蛋糕，走向長沙發和梅西坐在一起。「難道說比起巴黎，妳更想待在紐哈芬？」

「當然囉。」蘿倫說。「這叫死忠。」

等到準備睡覺的時候，亞麗絲才終於有機會問梅西法國的事。「妳真的要出國？」

「現在我知道魔法真的存在，當然不會。」梅西穿上復古風睡衣，開始搽保養品。「不過，要是不必煩惱蘿倫問東問西，不是比較容易去做那些忘川會的事嗎？」

「我已經不是忘川會的人了。」亞麗絲提醒她。「妳也一樣。而且有惡魔在獵殺我們。」

「我知道，可是……既然知道了，我就沒辦法裝作不知道。」

可惜由不得我們。亞麗絲沒有說出口，但她躺在床上很久都睡不著，呆望著黑暗。她從出生就活在有魔法的世界，雖然以前她不認為那是魔法。從來都由不得她。只有一次她可以選，就是當桑鐸院長出現在醫院病床邊，邀請她加入忘川會。現在那個選擇也被奪走了。她還能逃多久？埃丹那樣的人。萊納斯・雷特爾那樣的惡魔。應該被丟在過去的怪物，跑來現在作亂。

她不記得什麼時候入睡的，但她肯定睡著了，因為手機鈴聲將她驚醒。

是道斯。

「妳沒事吧？」亞麗絲問，努力想搞清楚狀況。她又睡過頭了。已經過了上午九點。

「執政官剛才打電話來，要妳今天去見他。」

終於來了嗎？正式開除？用冠冕堂皇的詞彙叫她滾蛋？

「他說了什麼？」亞麗絲追問。

「有鑑於昨晚的事故，執政官要求味吉爾在會客時間去他的辦公室報到。」

完全沒有提到權杖居或地洞。「他依然稱呼我味吉爾？」

「沒錯。」道斯疲憊嘆息。「也稱呼我眼目。說不定有什麼程序要先完成，然後我們才會……怎麼說？被解除職務。」

亞麗絲望著窗外的中庭。早晨的天空灰暗，地面潮濕。滿天鉛灰色烏雲，看來雨會繼續下。天氣太冷，不適合坐在戶外，但有個女生彎腰駝背坐在下面的長凳上，只穿著T恤和牛仔褲。假海莉抬起頭對亞麗絲笑，她的嘴歪歪的，牙齒太長。像他們在地獄交手過的狼。似乎她餓得越久，越難假扮人類。然而，真正令亞麗絲心中恐懼的，是坐在她身邊的那個男人。一頭偏長的金髮，一身白西裝，秋季灰暗的日光讓那張骨架精美的臉顯得近乎溫和。萊納斯・雷特爾抬頭看她，神情困惑，彷彿有人講了個笑話，但他聽不出哪裡好笑。

亞麗絲用力拉起窗簾。不管了，叫不到灰影就算了。她要在中庭設結界，乾脆整個校園都設好了。

「亞麗絲？」

道斯還在電話上。

「他在這裡。」亞麗絲好不容易發出聲音，音量很小、語氣緊繃。「他……」

「誰？」

亞麗絲無力坐在床邊的地上，立起膝蓋抱在胸前，心臟怦怦跳。她呼吸不順。「萊納斯・雷特爾。」她喘一口氣。「那個吸血鬼。他在中庭。我不能……我沒辦法……」她聽見血液衝上耳朵。「我好像快昏倒了。」

「亞麗絲，說出五樣妳在房間裡看到的東西。」

「什麼？」

「說就對了。」

「我……我的書桌。椅子。梅西的藍色紗帳。我的『燃燒的六月』[12]海報。不知道是誰貼在天花板上的星星。」

「好，現在說出四件妳能摸到的東西。」

「道斯——」

「快點。」

「我們要警告其他人——」

「快點說，味吉爾。」

道斯從來不會那樣稱呼她。亞麗絲顫抖著勉強吸一口氣。

「好吧……床架。很光滑，木頭涼涼的。地毯——軟軟的但又有點粗糙。裡面有亮粉。可能

12 英國學院派畫家弗雷德里克·雷頓（Frederic Leighton，一八三〇～一八九六）於一八九五年畫成的油畫。

是萬聖節那時候弄到的。」

「還有什麼？」

「我的坦克背心——應該是棉質。」她伸手摸摸梅西床頭櫃上的乾燥玫瑰。「乾燥花，觸感像面紙。」

「現在說出三個妳聽到的聲音。」

「我知道妳在做什麼。」

「那就聽話。」

亞麗絲再次用鼻子深吸一口氣。「我碰到乾燥花的時候發出細細聲響。外面走道有人在唱歌。我的心臟在胸口狂跳的聲音。」她搓搓臉，感覺恐懼減輕。「謝了，道斯。」

「我會傳訊息到群組警告大家雷特爾出現了。別忘記，妳的鹽護法應該也能對付他。」

「妳怎麼這麼鎮定？」

「我沒有被吸血鬼攻擊過。」

「現在是白天。他怎麼——」

「我猜他應該沒有直接接觸陽光，一直躲在陰暗處，太陽下山之前，他絕對沒有力量狩獵。」

亞麗絲沒有因此安心。

「亞麗絲，」道斯堅持，「妳必須保持冷靜。他只是另一個惡魔，他無法變形，也無法影響妳的心靈。」

「他速度很快，道斯。力氣也很大。」她打不過他，即使有灰影的力量也辦不到。上次她勉強逃跑，下次恐怕不會那麼幸運。

「好吧，不過我讀過的資料都表示他不會離開巢穴太久。他不能一直在外面。」

他的精美巢穴，到處是價值連城的寶貝和白花。亞麗絲放火燒過的地方。

亞麗絲強迫自己站起來、拉開窗簾。假海莉不見了。她看到雷特爾穿過中庭往閘門走去，離開強艾學院，希望也會離開校園。一個穿深色衣服和連帽外套的人跟在旁邊，撐著一把白傘遮住雷特爾。

「萬一雷特爾回家的路上忽然嘴饞怎麼辦？」亞麗絲說。「是我把他帶來校園的。現在他可能對那麼多人下手，都是我害的。」

「不要這樣想。雷特爾比妳更早出現在耶魯。我認為……我認為他只是來嚇唬妳。可能是因為我們走過地獄通道。」

現在道斯的聲音沒有那麼沉著了。假使亞麗絲的理論——其實是魯道夫・齊闕爾的理論——

正確，那麼萊納斯．雷特爾其實是惡魔，跟隨萊恩諾．雷特爾來到人間，盜用他的外表與身分。他吃掉了萊恩諾的靈魂，現在靠吸血為生。跟隨他們從地獄過來的惡魔，是不是以某種方式召喚他？他在乎地獄通道甦醒這件事嗎？還是說他單純只是想找亞麗絲報仇，因為她毀了他的那些奢侈寶物？

無所謂。只有一個辦法能對付他。

「道斯，把他加進名單裡。把惡魔帶回地獄的時候，連他一起。」

「恐怕不容易。」道斯說。現在照顧亞麗絲的任務完成了，她又變得沒有自信。「他們知道的那些事……」

亞麗絲看著下面空空的長凳。「告訴我布雷克說了什麼。」

道斯沉默許久。「今天早上他在我的窗外。在雪裡。輕聲呢喃。」

亞麗絲等她說下去。

「他說他很無辜。他沒有傷害任何人。他媽媽每天晚上都哭到睡著。他說……」道斯好像快哭了。

亞麗絲知道道斯不想說下去。但惡魔以愧疚為食，那是在黑暗中收集的種子長出的果實。

「海莉說我偷走了她的人生。」亞麗絲說。「該死的人是我，不是她。」

「胡說！」

「有差嗎？」

「或許沒有。只要感覺像是真的就行。他說……布雷克說我殺死他，是因為他永遠不會想和我這種人上床。他說……他感覺得出來我的……下面長怎樣。他說我是醜八怪。」

「老天，這真的是布雷克會說的話。」

這些惡魔是什麼構成的？海莉的悲傷。布雷克的殘酷。亞麗絲的愧疚。道斯的罪惡感。還有什麼？抱負與嗜欲之間的差異何在？這些生物想活下去。它們想吃飽。亞麗絲很懂飢餓，明白飢餓會驅使人做出什麼事。

「那些都不是真的，道斯。我們必須一直提醒自己，直到真正相信。」問題在於，那些話實在太容易在心裡扎根。

「他還在嗎？」亞麗絲問。

「懶猴咬了他。」道斯笑出聲。「懶猴跑出窗戶咬他臉頰。他不停尖叫，『我的臉！我的臉！』」

亞麗絲也笑了，但她想起蛇也是攻擊假海莉的臉。鹽護法似乎不喜歡惡魔的謊言，不喜歡它們戴著的人類面具。

她的手機叮了一聲。透納傳的訊息：打電話給我。為什麼他不直接打給她？

掛斷道斯的電話之後，她察看群組：所有人都報平安了，道斯已經傳訊息要大家提防雷特爾。所有人都要隨身帶鹽，天黑之前在權杖居集合。一起待在有結界的地方比較安全。

亞麗絲打電話給透納，他說看到卡麥克在警局徘徊。

「你沒事吧？」她問。

「什麼？沒事。」透納當然沒事。他是象徵力量的橡樹。「我們逮捕了艾德・蘭頓的兒子。」

亞麗絲花了一秒才想起蘭頓是誰。與兩起命案有關的教授。「他不是在亞利桑那州嗎？」

「安迪・蘭頓在紐哈芬。他躲在他父親的一個研究員家裡，我們在公寓外面逮到他。」

「假造數據的研究員？」

「沒錯。我們已經派人去保護其他與懲處有關的教職員，以及在實驗室工作的研究員。」

看來查理二世這個線索沒有錯，果真是兒子為父親報仇。但感覺太戲劇、太詭異。「他真的因為覺得爸爸受委屈就殺了兩個人？」

「看起來應該是。我希望妳和他見一面。」

「史上最糟的陌生人約會。」

「史坦。」

「透納，你怎麼轉性了？你從來不想讓我介入你的工作。」透納向來只願意讓她參與案件比較不重要的部分，觀察犯罪現場、聊聊想法，但是會見嫌犯屬於完全不同的層次。更何況，現在亞麗絲很可能已經被忘川會與耶魯大學開除了，永遠無法回歸，她沒有心情研究神秘命案，也沒有意願。

「我總覺得不對勁，但其他人看不出來。」

「他有不在場證明？」

「已經被推翻了。而且他也認罪了。」

「那還有什麼問題？」

「妳到底想不想見他？」

她想。即使她已經被忘川會摒棄了，但透納依然重視她的想法，這讓她覺得很得意。更何況，既然透納認為不對勁，那絕對有問題。她曾經進入他的頭腦，透過他的眼睛觀察。她以他的方法看世界，其中的細節，其他人看不見或不在意的徵兆與訊號。她感覺過後腦勺底部那種刺刺麻麻。

「今天下午我要去見執政官。」她說。「那邊結束之後我就可以過去。不過你得載我去監獄。」

「他不在監獄。」透納說。「他在耶魯紐哈芬醫院。」

「醫院？」

「精神病房。」

亞麗絲不知道該如何回答。她進出類似機構太多次，勒戒中心、恐嚇矯正所、全天候觀察病房，她再也不想踏進那種地方。但她也不想告訴透納那些經歷。或許不必說。他曾經透過海莉的眼睛看過她的人生。

「失火的事，我需要知道你是怎麼跟警察和執政官解釋的。」

「惡意破壞。」透納說。「因為不可能假裝是意外。消防人員沒有發現助燃物質，火勢也不是慢慢燒起來，而是一下子就掀起大火。這個謎他們恐怕永遠解不開了。」

地獄火？還是別的東西？那些惡魔有多少武器？透納不能直接逮捕萊納斯・雷特爾嗎？這樣可以省掉很多麻煩。

換衣服的時候，她集中心精神思考執政官召見的事，以及接下來會怎樣，盡可能不煩惱其他問題。她想回權杖居。她希望透納能派警員在外面看守，以免房子再遭到破壞。她希望有人能承諾會保障媽媽、朋友和自己的安全。她一直將權杖居視為堡壘，以魔法、歷史、傳統作為根基。

她很想知道，假海莉是否知道那場火災撼動她多深。

她摸摸手腕，鹽蛇曾經盤繞在那裡。她不像之前毫無招架之力。下次再遇上假海莉，或那個既不是萊恩諾也不是萊納斯．雷特爾的東西，或許有機會勢均力敵。

亞麗絲一整個上午都無法專心聽課，她甩不掉心中沉重的憂慮。這是她最後一次上課了嗎？最後一次在下課時間享用豐盛早餐？最後一次坐在威廉．哈克尼斯館努力思考，希望在發言時能說出感覺很聰明的話？

華許－惠特利教授的會客時間是下午兩點到四點，亞麗絲考慮要不要拖到最後再去，但她受不了憂慮的折磨。不如早死早超生，先搞清楚狀況有多嚴重，然後再想辦法爬回有利位置。

她去藍州咖啡館買咖啡和貝果，先吃飽了再面對現實。隔壁的空屋外面總是有個年輕灰影，穿著格紋法蘭絨襯衫，有時候他也會進去，在靠近櫥窗的地方徘徊，以前那裡是家披薩店，在那個角落放了點唱機。她偶爾會聽到他哼唱〈加州飯店〉那段悅耳的副歌。但今天他只是坐在臺階上，好像在等披薩店開門進去買一塊。亞麗絲的視線掃過他，沒有停留，這時，突然有人從後面推她。

她勉強撐住沒有摔倒，但熱咖啡全灑在大衣上了。

「搞屁啊？」她猛轉過身。

她看了很久才認出那個人是茨維，埃丹的保鑣出現在紐哈芬實在太突兀，但那個人身材精瘦、面無表情，絕對是茨維沒錯。

「嗨，亞麗絲。」埃丹就站在茨維身後，穿著一件很醜的皮外套，頭髮剪得很短，古龍水的香味感覺很昂貴。他的脖子上掛著金鍊。

她的第一個念頭是快跑。第二個念頭則是殺掉他們兩個。這兩個選擇都很不理性。就算她逃跑，還是會被他們找到。光天化日之下在紐哈芬殺死兩個人，這更是不明智。

他們站在熙來攘往的人行道上注視對方，趕著去上課或開會的人自動繞過他們。

「跟我來。」她說。她不想被人看到和他們在一起。他們太顯眼——外套、髮型全都不對。他們不只是罪犯，而且還是洛杉磯的罪犯。太搶眼、太浮誇，無法融入紐哈芬。她帶他們去音樂學院與伊莉莎白俱樂部中間的小路。

「這裡很不錯。」埃丹說，她領悟到他不想去沒有人的地方，這讓她感到既懊惱又得意，她不確定埃丹和茨維是不是怕她，但他們很謹慎。這就是埃丹最大的壞處。他太會找活路。

「妳去過伊莉莎白俱樂部嗎？」

亞麗絲搖頭。

「只有會員才能進去。他們保存著莎士比亞的初版……」

「對開本。」亞麗絲想都不用想就說出口。那裡也有初版的《失樂園》。金庫裡藏著各種文學寶物。更重要的是，那裡也供應奢華下午茶。達令頓是會員，但他從來沒有帶她去過。

「沒錯！對開本。」埃丹說。「妳正要去上課？」

亞麗絲考慮要不要說謊。她可以說她在學生餐廳工作。她之前跟埃丹說過，她打算和不存在的男友一起遷居東岸。他甚至說要幫她在賭場找工作。埃丹到處都有事業，也到處都有樂意賣人情的朋友。

然而，既然埃丹在這裡，就表示他知道了不應該知道的事。他八成已經挖出她的所有大小事，更何況，既然他能在到處是學生的校園裡找到她，就表示他已經監視她一段時間了。

「沒有。」她說。「今天的課上完了。我正要回宿舍。」

「我們跟妳一起去。」

這就太超過了。她說什麼也不要讓這兩個混蛋接近梅西和蘿倫。

「埃丹，你有什麼事？」

「亞麗絲，不要這麼衝嘛。有點禮貌。」

「你差點害死我。這讓我很難有禮貌。」

「對不起。妳知道吧？我欣賞妳。妳幫我工作一直表現很好。雷特爾本來就是個大麻煩。」他感覺好像真的很抱歉。差不多是吃掉最後一塊蛋糕或赴宴遲到那種程度。

「你知不知道他的真實身分？」亞麗絲問。

「我不需要知道。」埃丹說。「他是問題，妳是解答。」

「你要我再去找他？」休想。光是看到雷特爾出現在中庭就夠可怕了，不過假使道斯說得沒錯，他在白天比較虛弱，必須避開日光，而且也不能離開巢穴太久。在他的巢穴，他有優勢。一想到那棟白色豪宅，她就覺得肺部緊縮、無法呼吸，就好像所有氣都被拉出去纏在快速轉動的線軸上。那個老師鬼不是說了嗎？他殺死了好幾百人，甚至可能不只。

「妳在這裡很幸福。」埃丹說。

亞麗絲不確定幸福是什麼，但她確定應該不包括被惡魔追殺、失去獎學金。「還不錯。」

「幫我解決雷特爾，這筆帳就算清了。妳可以享受新生活，不必擔心茨維出現在妳家門口。」

「你特地來這裡就是為了讓我去送死？」

「我來市區談生意。這個市場很不錯。這麼多年輕人，加上環境壓力很大。每個人都想找樂子。」

這感覺像是威脅。埃丹打算強迫她在校園販毒？凡事都有界線，這件事不該沒完沒了。亞麗絲太清楚感受到四周的人，他們的脆弱、他們的軟弱。在惡魔和埃丹這樣的人眼中，他們是毫無反抗能力的獵物。他不屬於這裡，她也一樣。他們是花園裡的蛇。

亞麗絲衡量她的選擇。「我解決掉雷特爾，你就放過我。這是我的條件。不准再找我做事，也不要再來討價還價。」

埃丹微笑，拍拍她的肩膀。「好。」

「要是我回不來……」亞麗絲用力握拳，指甲陷入掌心，想起雷特爾的獠牙刺進身體時的感覺。「要是我回不來，你要給我媽一點錢。讓她能好好活下去。」

「亞麗絲，別說這種話嘛。妳不會有事。我看過妳有多厲害。」

亞麗絲注視他的雙眼。「你根本不知道我有多厲害。」

他沒有退縮。埃丹不會讓她有機會和他獨處，但他不怕她。或許她能操縱鬼魂，但他統治活人。

他再次拍拍她的肩膀，彷彿鼓勵幼童。「搞定這件事，我們就不會再出現，好嗎？」

「好。」亞麗絲說。

「這樣很公平。妳完成贖罪。所有人皆大歡喜。」

她覺得他的看法不正確，但她只是說：「沒問題。」

「好乖。」埃丹說。

這次他的看法也不對。

33

埃丹與茨維的黑色大型Suburban休旅車怠速停在路邊，亞麗絲在原處等他們上車，確定他們離開了。她早該注意到那輛車才對，但她的心思全放在另一個威脅上，完全搞錯方向。

她靠在巷子的牆上往下滑，雙手抱頭。她必須回宿舍，必須找個有保護地方，一個可以獨自思考的地方，但她的腿在發抖。

埃丹竟然跑來耶魯。他知道去哪裡找她。她沒有那麼傻，不會真的相信只要再去找萊納斯·雷特爾一次，埃丹就會放過她，更何況，她很可能會死在雷特爾手中。埃丹深信她無法逃出他的手掌心，所以絕不可能白白放棄一件好用的武器。她的事他知道多少？他還能找到什麼把柄？他不可能得知忘川會的秘密，但他是不是跟蹤她去過權杖居？黑榆莊？

一片陰影籠罩，她抬起頭看到一個黑髮女生。

「已經全都完蛋了。」她說。「一切都從妳手中溜走了。妳以為還能假裝多久？」

亞麗絲有種詭異的感覺，好像在照鏡子。假海莉的頭髮現在變成中分黑髮，眼睛如石油般漆黑。**她在吃我。**亞麗絲的絕望心情如同晚餐鈴聲召喚她。

亞麗絲很清楚，但內心的悲傷令她難以思考。她覺得自己落入井底。她應該要奮力一搏。她應該要保護自己。儘管她催促自己快動起來、快採取行動，什麼都好，心中卻覺得像試圖爬上長滿青苔的濕滑井壁。沒有可以施力的地方。她實在太累了，沒有力氣反抗。

假海莉的身上開始出現刺青。牡丹與骷髏。命運之輪。兩條蛇在她的鎖骨相會。響尾蛇。

妳心裡躲著一條毒蛇，隨時會發動攻擊。

真正的海莉曾經對她說過這樣的話。那個海莉愛她，直到生命結束、變成鬼魂還在保護她。這個可惡的假貨膽敢用她的臉。

「那些刺青不是妳的。」亞麗絲怒吼。她強迫自己將手臂舉到嘴邊，伸出舌頭舔指節。她的鹽護法跳出來，蛇群猛咬假海莉。惡魔後退，但比上次慢。

「不准碰她！」

亞麗絲抬起頭，看到崔普大步走進巷子。她很想叫他小聲一點，但她實在太高興看到他急忙跑來救援，所以完全不在乎會不會引起別人注意。

她很慶幸巷子裡很暗。崔普舔一下手臂，他的信天翁發出尖銳鳴叫朝假海莉撲過去。惡魔倉促後退，發出刺耳哀鳴，逃向人潮洶湧的大街，但依然笑容滿面。她當然很開心。她吃飽了。

亞麗絲不確定路過的人有沒有看到。或許他們真的沒有看到蛇群、海鳥，以及一個動作很不像人類的女生匆忙逃跑。也可能他們的心靈選擇逃避現實，編造一個合理的解釋，讓他們能夠繼續日常生活，幸福地遺忘所有怪異或超自然的狀況。即使她死在那條巷子的陰暗處，路人也只會匆匆走過。

「妳沒事吧？」崔普問。他很不安，無法壓抑精力與緊張。

「不太好。」她好像沒辦法站起來。

「妳的樣子有夠慘。」

「崔普，你是來說風涼話的嗎？」

「信天翁趕跑她了。」

沒錯。亞麗絲很想相信可以靠她的蛇度過難關，但她的精神狀態似乎會影響護法的力量。

「謝謝。」她勉強撐起身體站直。她顫抖、無力，崔普伸出手，她不得不接受他的攙扶，因此感到很丟臉。

他們走回藍州咖啡館，找了張桌子坐下休息。「那種感覺真的很糟。」
「史賓賽還在纏你？」
「我一走出公寓大門就看到他。我得去上班。幸好可靠的海鳥幫了大忙。」
即使如此，崔普的樣子還是不太妙。他臉色蒼白、臉頰凹陷，好像很久沒吃東西了，雖然昨天才見過面，但他惡化了很多。
亞麗絲朝櫃臺後面用粉筆寫的菜單一撇頭。「這裡的辣肉醬有可能是純手工的嗎？」
「嗯，不過好像是素食的。」
「現在沒辦法挑三揀四。」
崔普去點餐，亞麗絲打電話給道斯。「我們需要看一下黑榆莊的監視器。」
「要找什麼？」
「看看車道上有沒有一輛黑色Suburban休旅車。」
「要是有人去黑榆莊，我會收到通知。」
「好。多留意。」
「是什麼人讓妳這麼擔心？」
亞麗絲猶豫了。再過兩天就是滿月，但她不知道怎麼才能過完這兩天。「我只是想謹慎一點。」她說。

「既然妳提到黑榆莊，」道斯說，「我需要——」

「我趕著去見執政官，快來不及了。」亞麗絲匆匆忙忙說完之後掛斷。

她感到很抱歉，但道斯一定會拜託她去黑榆莊確認達令頓的狀況、餵柯斯莫、拿郵件。她應該去。這次輪到她了，而且道斯已經幫了很多忙。但現在她沒有餘力想黑榆莊的事。她必須去見執政官、必須解決掉埃丹。她必須找到逃生門。她累積了太多失敗。她無顏去見關在金色防禦圈裡的達令頓，他依然困在兩個世界之間，依然不完整，想到這裡，她又開始感到絕望。

她傳訊息到群組警告所有人：保持正面情緒。我們情緒低落的時候它們會知道。

崔普端著兩碗辣肉醬和一個巧克力馬芬回來，他問：「妳真的覺得它們知道？」

「嗯。」

崔普吃了一口肉醬，用運動衫的袖子抹抹嘴。「我快要受不了了。史賓賽——」

「它不是史賓賽。」

「妳每次都這樣說，但是有差嗎？」

「我們必須記住它們是什麼。它們不是我們愛過恨過的人。它們只是……很餓。」

崔普又吃了一口，然後推開碗。「那是史賓賽沒錯。我不知道怎麼講。我懂妳的意思，但問題不是他說的話，而是那種樂在其中的態度。」

亞麗絲回想在《齊闕爾惡魔論》讀到的內容。假使魯道夫・齊闕爾的說法沒錯，那麼很長一段時間，惡魔只靠亡魂的情緒為食，但是活人的痛苦與歡愉能帶給它們無上的滿足。既然它們已經來到活人的領域，當然會開懷享用。免費自助餐開放。

「那個，崔普……對不起，是我把你拉進這件事。」

「我瞭啦。這是妳的工作嘛。」

亞麗絲躊躇一下。「你……你知道我們沒有得到忘川會允許吧？就算你不答應，我們也不能拿你怎樣，更不可能影響骷髏會。」

「噢，我知道。」

「既然知道，你還願意幫忙？」

「嗯，對啊。我需要錢，而且……我處在一個搞不清該往哪去的狀態。我的朋友都去紐約市工作了。我沒有拿到學位。我甚至不確定還想不想拿到。我欣賞達令頓，而且……怎麼說？我喜歡當好人。」

我們真的是好人嗎？這件事根本沒有什麼崇高善良，也不是為了改善世界而奮鬥。但梅西不是說過嗎？妳救我、我救妳，事情不就是這樣？要還債就必須先搞清楚債主是誰。必須決定你願意並肩作戰的人是誰，肯為你赴湯蹈火的人又是誰。這個世界說到底只是這樣。沒有英雄、沒有反派，只是有些人你願意為他們兩肋插刀，有些人你會選擇辜負。

亞麗絲與崔普在綠原道別。相較於一個小時前，她的心情好多了，但埃丹加假海莉造成的雙重夢魘讓她心煩意亂。她現在的狀態不適合去見執政官，但她無法逃避。

她敲敲辦公室的門，他說：「我的天，妳的樣子好慘。」

「最近幾天不太順。」

「過來坐下吧。喝茶嗎？」

亞麗絲搖頭。她希望快點結束，但她實在感覺太悽慘，所以教授用電熱壺燒水的時候，她放任自己癱坐在位子上。她實在沒有力氣演乖寶寶，而且也沒必要了。

「好。」執政官一邊挑選茶葉一邊說。「該從哪裡開始呢？」

「昨晚的火災……」

他不以為意地揮揮手。「紐哈芬就是這樣。」

看來華許－惠特利接受透納的說詞，相信只是惡意破壞。說不定他根本沒有進去。或許他已經躺進溫暖的被窩又不得不出門，所以巴不得早點回家。

「八〇年代更糟。」執政官接著說。「那時候，紐哈芬是眾人的笑柄。餅乾？」

他遞上一個藍色餅乾桶。

亞麗絲很困惑，但她從不會拒絕食物，於是拿了兩片。

「當然啦，那個年代也有好處。我們在舊鐘錶工廠舉行非常精彩的派對，根本沒有人管我們。有幾個建築學院的學生在牆上畫圖，現在還在呢。那種一切即將崩毀的末日感其實很美。」

為什麼執政官要緬懷研究所時代的狂歡派對？他不是應該責備她擅自啟用地獄通道，竊據忘川會與大學財產，不然也該說明開除她和道斯的程序——如果要讓她們復職那就更好了。要不是亞麗絲早就知道會發生什麼事，恐怕會誤以為他想和她打好關係。難道他只是在享受慢慢折磨她的過程，等玩夠了再一腳踢出去？

「好。」華許—惠特利端著茶走到辦公桌後面坐下。「開始吧。」

「我……有什麼文件要簽名嗎？」

「狼奔儀式？沒有，他們全都很清楚風險。所以才會選擇在陸地上進行集體變形。下學期他們好像打算變形成——」他看了看資料。「——兀鷹，進行飛行儀式。」

亞麗絲不明白執政官的意思。她知道他在講明晚狼首會即將舉行的儀式。他們計畫要變形成狼群，在沉睡巨人國家公園跑一圈。現在才剛開學沒多久，所以他們被禁止嘗試飛行，以前因為法術不熟練出過太多意外。但亞麗絲以為儀式會延後到……呃，她不知道沒有但丁也沒有味吉爾的狀況下，忘川會打算怎麼辦。她猜蜜雪兒．阿拉梅丁應該會被找回來幫忙。

既然如此，為什麼執政官的表情好像期待她拿出一堆索引卡，開始說明魔法安全程序？

「請問一下，」她說。「您希望由我負責監督狼奔儀式？」

華許－惠特利揚起眉毛。「我當然希望由妳去，妳該不會要我這把老骨頭在三更半夜跑去沉睡巨人公園吧？振作點，史坦小姐。上次手稿會儀式的報告很詳盡，我希望妳維持那樣的水準。」

到底怎麼回事？難道理事會還沒有決定要開除她和道斯？

亞麗絲隱約感到不安。還有另一種可能。自從安賽姆打斷儀式之後就一直沒有聯絡。該不會安賽姆沒有活著回到紐約？該不會他根本沒機會向華許－惠特利與董事會報告？

「教授，非常抱歉。」她說，盡可能搞清楚狀況。「我沒有時間準備。」

華許－惠特利的嘴角往下垂。「史坦小姐，我知道妳有特殊天賦，或許是我不該請妳為我……示範。請妳記住，我不會因為妳天生擁有非凡能力，就容忍隨隨便便的工作態度。」

「我真的非常抱歉。最近我……身體不太舒服。」

「妳確實看起來像生病了。」執政官讓步。他蓋上餅乾桶。看來只有能順利完成工作的人才有資格吃餅乾。「但我們對八大社團有義務，星期四就是滿月了。專心點，史坦小姐。萬一出了差錯，後果不堪設想——」

「我會準時到場。」亞麗絲說。那天晚上她必須先監督十六個大學生集體變形，然後再跑一趟地獄，一點問題也沒有。「我會做好準備。」

華許─惠特利似乎不太相信。「把資料寄電子郵件給我，我們約個時間在地洞見面討論。權杖居要等整修完畢才能使用，我已經向董事會申請經費了。」

「你聯絡過理事會？」

「當然囉。要是妳無法善盡職責，我絕對會——」

「是，我明白。」

亞麗絲站起來後退離開，不給華許─惠特利機會嘮叨。她知道應該留下來安撫執政官才對，但她需要和道斯商量。她們順利躲過了一顆子彈，換言之，她們可以使用忘川會的所有資源。或許是因為她們運氣太好。也可能是因為麥克·安賽姆運氣太差。

34

「狀況不對勁。」她一邊對道斯說，一邊快步穿過校園去和透納會合。「執政官好像不知道地獄通道的事，也不知道我們遭到懲處。」

「說不定安賽姆改變主意了？」

「道斯，他真的很生氣。他不可能再給我們一次機會。」

「妳認為有東西……其中一個惡魔……」

「妳去調查一下他有沒有回家。」

「我怎麼有辦法？」

「打電話去他家，假裝是他的同事。」

「亞麗絲！」

「真是的，道斯，難道所有事都要我來做？」

「不道德的事妳自己去做！」

亞麗絲掛斷電話。她無法平靜，總覺得暴露在危險中，假海莉隨時可能出現。不然就是埃丹或萊納斯．雷特爾。道斯曾經說過，惡魔並不聰明，只是狡詐。亞麗絲很想知道，多少人也這樣看她。

「好吧，我該怎麼做？」她自言自語嘀咕，看著自己呼出的白霧，快步往查普街走去。躲起來觀察。尋找機會。設法將局勢變成對她有利。

假使安賽姆真的出事了……那麼他們的問題就少了一個。但他如果真的失蹤，忘川會不可能坐視不理，尤其是現在還發生了兩起教職員命案。亞麗絲在大學美術館前停下腳步。瑪珠麗．史蒂芬。貝克曼院長。安賽姆也遇害了嗎？如果透納抓對了嫌疑犯就不可能。安賽姆幾乎與耶魯毫無交集，艾德．蘭頓的兒子沒理由殺他。除非他們從一開始就想錯了。

幾分鐘後，透納的道奇停在路邊，亞麗絲坐上副駕駛座，很感謝車上的暖氣。

「老天。」她說。「你都沒睡覺嗎？」

他搖頭，下顎有條肌肉在抽動。他像平常一樣打扮帥氣，海軍藍羊毛西裝上有幾乎看不出的細條紋，鉛灰色領帶，Burberry大衣整整齊齊摺好放在後座。但他的黑眼圈很嚴重，皮膚也顯得暗沉。透納長得很好看，但假使繼續每天晚上和內心惡魔玩捉迷藏，很快他就會變醜。

「惡魔說了什麼？」亞麗絲問。

透納將車開上馬路。「這次它出現的時候不是卡麥克的樣子。它假扮成我的爺爺躲在停車場埋伏，自以為很有趣。」

「很糟？」

他緊繃地點一下頭。「一瞬間我以為……我也不知道。」

「你以為真的是他。」

「人死無法復生，對吧？但他……實在太像了，聲音也一模一樣。看到他的時候我好開心，感覺像發生了奇蹟。」

天賜的禮物。彌補他所受的苦。抱住海莉時亞麗絲也有一樣的感覺。再度失去幾乎令她崩潰。

「我不知道還能撐多久。」透納說。

「你是怎麼掙脫的？」

「他說我們兩個都有危險，我必須跟他走，走了半條街，我突然發現他走路好快、腳步好輕盈。我爺爺有風濕，每走一步都會痛。我說……或許我心中有個部分早就知道不對勁。我說：『耶和華啊、求你醫治我、我便痊癒。』[13]」

「他有沒有全身冒火？」

透納苦笑一聲。「沒有，他只是露出淺淺的笑容看著我，就好像我只是說天氣很好。我爺爺最愛聖經了。他有一本口袋版的，去哪裡都帶著，總是放在胸前的口袋，貼近心臟。聽到我背誦聖經的句子，他應該會整張臉亮起來，像日出一樣。」

狡詐，但不聰明。

「然後就變得很糟。」透納說。「即使我知道那不是我爺爺，我依然無法放出橡樹對付他、趕跑他。他的樣子……」透納的聲音緊繃，亞麗絲領悟到他在努力忍住不哭。她看過他生氣、沮喪的樣子，但從沒看過他哀傷、失落的表情。「他很老、很虛弱。我指責他，他看起來好害怕、好迷惑。他……」

「那不是你爺爺。」亞麗絲說。「那個東西用你當食物。」

車子開進停車場。

「我知道，但是——」

「感覺還是很慘。」

「沒錯。」他注視前方的鐵絲網與更遠處四四方方的紅磚大樓。「妳知道嗎？教會說惡魔是謊言之父。現在我才真正體會到。」

亞麗絲盡可能不要表現出彆扭。每次透納搬出基督教那一套，她都覺得很不自在，就好像他在描述大型妄想，而她別無選擇，只能一本正經點頭，假裝她也看到奇蹟發生。不過，話說回來，從小到大她一直能看到別人看不見的東西；或許不該這麼快否定他。

一時間，她有股衝動想告訴他所有事，埃丹要她做的事，她幫他做過的事，以及他來到紐哈芬這件事。透納很清楚被逼進死角的感覺，不得不做錯誤的事，因為做了正確的事反而會陷得更深。

但她沒有說，只是開門下車。「我懷疑麥克・安賽姆可能遭遇不測。」

「因為他沒有去權杖居？」

「我原本以為他回紐約了，但剛才我去見新任執政官，他完全沒有提起地獄通道的事，而且也不知道我們被忘川會開除了。」

「說不定安賽姆直接去找董事會了。」

「也有可能。」亞麗絲說。他們迅速過馬路走向門口，經過旋轉門進入一個面積驚人的大廳。這裡不像醫院，只憑外觀根本無法判定這是什麼地方。「但或許他還沒回紐約就被什麼東西害死了。」

透納在櫃臺出示警徽和證件，他們往電梯走去。

「我以為那些惡魔只會糾纏我們。為什麼會找上安賽姆？」他的語氣很憂慮，亞麗絲能夠理解。他們都不希望惡魔纏上他們的家人朋友。

「天知道有沒有其他東西跟著來？安賽姆中斷了儀式。說不定因此造成反蝕。」

「妳只是推測而已。」透納說。「我們警察的行話稱之為瞎猜。天曉得呢，說不定安賽姆只是和老婆吵架，沒心情找我們麻煩。」

「現在只是瞎猜，透納，但你應該有辦法查證。」

透納嘆息。「好吧。我試試看能不能在不引起注意的條件下調查。拜託妳先專心在這件案子上。」

專心點，史坦小姐。但亞麗絲不想專心。這裡的一切都太熟悉。雪白牆壁上掛著柔和畫作，接待區鋪著地毯，但病房區只有冰涼磁磚。就是在這樣的地方她學會撒謊，假裝她只是普通孩子，只是交到壞朋友，告訴善良的社工和好奇的心理醫師，她只是喜歡編造瘋狂的故事，只是喜歡引人注目。

那些謊言當中也有幾分真實。她不想讓媽媽傷心。她知道自己害媽媽頭痛、心痛、財務困難、自責不是好媽媽。她想交朋友，但不知道怎麼做。要哭很容易。最難的是隱藏她多想好起來，多想擺脫她看見的那些東西。精神病房唯一的好處，就是灰影比人類更討厭這種地方。

只有一次她放棄掙扎說出實情。那時她十四歲，已經開始和里恩那群人鬼混了，也已經讓他在床單很髒的小床上睡她。事前事後他們都會抽菸。她很失望，因為其實不太美好，但她盡可能配合，發出似乎讓他很興奮的聲音。她撫摸他瘦削的背脊，心裡的感覺可能是愛，也可能只是太想要感受愛。

媽媽硬拉她去接受評估，她全程配合，因為里恩說過，只要她說出關鍵詞，醫師就會處方好東西給她，也因為她不想被又被送去恐嚇矯正機構。在那種地方會有穿迷彩服的男人對她大吼大叫，逼她做伏地挺身、掃廁所，不過她從小到大一直處在驚嚇狀態中，所以效果適得其反。

亞麗絲其實還滿喜歡那天在微爾衛精神健康中心遇到的醫師，瑪希．高德。她比其他醫師年輕，而且很風趣。她的手腕上刺了一圈玫瑰籐。她給亞麗絲一根菸，然後她們一起坐下望著遠處的大海。瑪希說：「我不能假裝世界上的事我全都懂。那種想法很傲慢。我們以為什麼都懂了，結果咧，一下來個伽利略，又一下來個愛因斯坦。我們必須敞開心靈。」

於是亞麗絲說出她看到的那些東西，稍微描述那些總是纏著她的安靜東西，只有大麻能讓他們消失。她沒有全說出來，只說了一點點，測試一下。

但光是那一點點就已經太多了。她立刻就看出來了。她在瑪希的眼神中看到理解與熟練的溫暖，但更深處則是藏不住的興奮。

亞麗絲急忙閉嘴，但傷害已經造成了。瑪希．高德要她留院六週接受治療，電擊混合諮商與水療。幸好米拉沒那麼多錢。而且媽媽作風太嬉皮，無法接受在女兒的頭上裝電極片。

現在亞麗絲知道那些療法都沒有用，因為灰影是真的。再多藥物或電擊都無法除去幽靈。但那時候她還懷抱一點期待。

至少耶魯紐哈芬醫院盡力營造出人性。角落有植物。屋頂有大型天窗，牆上也有幾抹藍。搭電梯上樓時，透納問：「妳沒事吧？」

亞麗絲點頭。「你為什麼覺得這個人有問題？」

「我也不確定。他認罪了。他說出犯案的細節，鑑識結果也全部符合。但是……」

「但是？」

「感覺就是不對。」

「那種刺刺麻麻的感覺。」她說，透納吃了一驚，然後搓搓下顎。「嗯。」他說。「就是那個。」

那種感覺從來沒有出錯。透納信賴他的直覺，或許現在也信賴她。

一位醫師出來迎接，中年，挑染金髮剪出時尚瀏海。

「塔其尼安醫師會在場觀察。」透納說。「亞麗絲認識安迪的父親。」

「妳是他的學生？」醫師問。

亞麗絲點頭，透納竟然沒有先和她串通好。

「安迪和父親很親。」醫師說。「艾德・蘭頓的妻子兩年多前過世。安迪特地來參加葬禮，並且勸父親搬去亞利桑那州和他同住。」

「蘭頓拒絕了？」透納問。

「他的實驗室在這裡。」塔其尼安醫師說。「我能理解他的選擇。」

「他應該聽兒子勸才對。說真的，他幾乎沒有在管手下的博士候選人。他的心思根本不在那裡。」

亞麗絲看出這番話讓塔其尼安醫師感到困窘。

「妳認識他。」亞麗絲說。

塔其尼安點頭。「很多年前我也曾經是他帶的博士生。很遺憾妳沒有看過他表現最出色的那些年。」她的表情變得生硬。「我也認識貝克曼院長，他不該那樣慘死。」

她帶他們去到一間陽光室，一名三十多歲的男子坐著，手銬在輪椅上，背對著壯觀的紐哈芬景觀。他的嘴唇乾裂，雙手不斷握住扶手又放開，彷彿在練習秘密節奏，除此之外，他感覺沒什麼特別。健康。正常。深色頭髮，短短的落腮鬍夾雜灰白。他的樣子像精釀啤酒廠的老闆。

我本來也可能像他一樣，她想著。我曾經像他一樣。第一次在醫院見到桑鐸院長時，她被銬在病床上，大家還搞不清楚她究竟是受害者還是嫌疑犯。可能到現在還有人在設法釐清。

安迪．蘭頓身後，一片烏雲低垂在紐哈芬上方。她可以看到紐哈芬綠原、遠處的東岩、哈克尼斯鐘塔的巨大哥德風尖頂，不過在這裡應該聽不見鐘聲。

「風景真美。」亞麗絲說，安迪抖了一下。

他們在他對面坐下。

「安迪，你好嗎？」透納問。

「很累。」

「他最近睡不好嗎？」透納問醫師。

亞麗絲打斷他的話。「不要那樣說話，他本人就在這裡。安迪，你最近睡不好？」

「對。」安迪承認。「這裡的環境很難入睡。」

「我看過更差的。」亞麗絲說。

安迪聳肩。「我不喜歡這裡。」

「不喜歡醫院？」

「不喜歡這個城市。」安迪回頭張望，彷彿紐哈芬會偷偷湊到他身後偷聽。

但安迪很冷靜，態度輕鬆。亞麗絲猜想可能是藥物的作用。

透納彎腰向前，兩隻手肘放在膝蓋上，十指交握。「我想和你談談事發的經過，絕對不會留下紀錄，沒有錄音、沒有筆記，沒有任何會在法庭上對你不利的資料。」

「為什麼？我已經說過了。」

「我想理解。」

安迪·蘭頓的視線移向亞麗絲。「她能幫你理解？」

「沒錯。」

「她全身都是火。」他說。

亞麗絲強迫自己不要轉頭看透納，但她知道他一定也想到在地獄時環繞她的藍焰。

「我已經承認是凶手了。」安迪說。「你還想怎樣？」

「我只是想弄清楚幾件事。我們仔細檢查過你的電腦。除了一些很平常的A片，你的搜尋紀錄根本沒什麼特別。完全沒有與史蒂芬教授或貝克曼院長有關的資料。」

「我刪除了。」

「你沒有。這也很不尋常。」
安迪再次聳肩。
「你如何進入貝克曼院長家中？史蒂芬院長的辦公室呢？」透納接著問。「你跟蹤他們？監視他們？」
「我就是知道。」
「怎麼會？」
「他告訴我的。」
透納差點因為挫敗而咆哮。但亞麗絲感覺到安迪不是在耍固執。有其他因素。
「誰告訴你的？」透納逼問。
現在安迪猶豫了。「我……我爸？」
透納往椅背一靠，似乎滿意了。「他知道你打算殺人？」
安迪猛抬起頭。「不！」
「他給你門禁卡、告訴你他們的工作時間，只是為了好玩？」
「他什麼都沒有跟我說。是公羊告訴我的。」安迪咂咂嘴，用舌頭舔一圈牙齒，好像不喜歡那句話的味道。

亞麗絲一動也不動。「公羊？」

安迪翻白眼，不是輕蔑的那種。那個動作有種瘋狂的感覺，像落入陷阱的動物用盡力氣想脫逃。

即使如此，他的語氣依然很理性。「找到那兩個人、說服他們讓我進去，其實並不難。我幾乎一輩子都住在耶魯，對吧？」他伸出一隻手指比比透納。「休想誣賴我爸。你說過不會留下紀錄。」

「我不會找你爸麻煩。我只是想搞清楚究竟發生了什麼事。」透納端詳安迪。「來聊聊查理二世吧。」

「那個……國王？」

「為什麼你要翻開瑪珠麗．史蒂芬的聖經？為什麼選士師記？」

安迪的臉上閃過怒火。「她害我爸失去一切。明明不是他的問題，是別人犯的錯。」

透納攤開雙手，彷彿拿出證據。「根據我的瞭解，他是實驗室的負責人。監督下屬是他的責任。」

「他們太過分了。」

「他有終身職，不會因此失業。」

安迪笑了一聲，聲音尖銳冷酷。「如果只是失業那還沒什麼，他變成了笑柄。研究誠實的論文竟然數據造假？他再也不敢出席學術會議。你不懂……你不懂他有多痛苦。他不想繼續教書。他什麼都不想做了。就好像他有一部分死掉了。」

「他們審判他。」亞麗絲說。「他們等於簽署死刑命令，要了他的命。你想復仇。」

「我……沒錯。」

「你想羞辱他們。」

「對。」

「讓高高在上的他們摔在爛泥裡。」

「對——」他嘶聲說，長長的尾音盤繞迴盪。

「但你不想殺死他們。」

安迪一臉錯愕。「我當然不想。」

透納瞇起眼睛。「但你確實殺死了他們。」

安迪點頭，然後又搖頭，彷彿連他自己都難以理解。「我殺了。因為他讓殺人變得很容易。」

「公羊？」亞麗絲說。

安迪的眼瞼迅速眨動。「他很和氣。」

「哦？」亞麗絲催促。

「很好說話。他……他知道好多事。」

「什麼事？」

安迪再次回頭張望。「這座城市。這裡的人。他知道好多故事。他知道所有答案。但他不會……不會想主宰我。他只是想幫忙。想讓一切回到正軌。他很有禮貌。真正的——」

「紳士。」亞麗絲幫他說完。她全身冒冷汗，拚命忍住不發抖。

是公羊告訴我的。亞麗絲想到達令頓的犄角，從前額往後彎曲延伸，散發光芒，他在金色防禦圈——他的監獄裡。

但說不定防禦圈只是幌子。說不定達令頓讓他們相信他出不去，但其實對他而言，根本只是一圈發光的粉末而已。

她從一開始就覺得犯罪現場不對勁，刻意布置配合紐哈芬的傳說。惡魔喜歡的遊戲。

透納看著她。「史坦，有什麼要和同學分享嗎？」

「不……我……我要走了。」

「史坦——」透納想叫住她，但亞麗絲已經到了門口，大步往外走。她必須去黑榆莊。

達令頓，他對紐哈芬的歷史瞭如指掌，他「辨認出」達文波特佈道詞的內容。那天他怎麼說來著？我向來仰慕德行，但始終無法仿效。亞麗絲將那句話輸入手機搜尋。結果立刻出現：查理二世。達令頓說他是洞穴裡的隱士。可想而知，他說的是法官洞。安賽姆告誡過她：在地獄活下來的那個東西，也早已不是妳認識的達令頓。

惡魔熱愛遊戲。從一開始他就一直在耍他們。

第二部・啟下

35
十一月

「這裡還有其他人。」那個灰影低語，舉起一隻手指按住嘴唇，像在演戲一樣。

亞麗絲叫了一輛車去到黑榆莊閘門外。

她大步走過碎石車道，憤怒有如火車頭，推著她快步向前，拋下常理。

她拿出鑰匙開門，整理好郵件之後洗手。她看到地下室的門開著，有如裂開的傷口、敞開的墳穴。

她明明有過千百次機會可以仔細思量、改變主意。她站在地下室樓梯頂端，注視黑暗，一手拿著刀，竟然還相信這樣很謹慎。

墜落發生得太快。但一向如此。

在冰冷黑暗的地下室裡，亞麗絲終於看清自己犯了多少錯。她應該留在醫院，和透納一起偵訊安迪·蘭頓。她不該一個人跑來黑榆莊。來之前她應該先告訴道斯或透納，誰都好。她根本不該信任她的紳士惡魔。但是她太想相信達令頓是好人，他在地獄無論遭受過怎樣的磨難，都不會留下印記，她想相信他會原諒她，一切都能恢復正常。他能夠重新成為完整的人類，她也一起得到救贖。

不過，她現在的想法會不會太武斷？在樓梯上推她的人會不會是假海莉或其他惡魔？會不會有人侵佔空屋，只是道斯的監視器沒有拍到？難道埃丹和茨維跟蹤她來到這裡？還是撐著白傘的萊納斯．雷特爾？

太多陰影、太多歷史、太多屍體堆積如山。太多敵人。她沒辦法全部打倒。

至少監視器會拍到亞麗絲。有人會知道她的下落。她的肋骨很痛，無法深呼吸。她看著眼前的兩個灰影。他們不是陌生人，而是荷波．阿令頓與丹尼爾．阿令頓四世。達令頓的父母。

亞麗絲的那一長串敵人當中，沒有任何一個會想要他們的命。只有達令頓有動機，一次次被拋棄的小丹尼。天堂為維護其美，而將他們驅逐，卻連地獄也不願接納。

「你們在這裡多久了？」

丹尼爾的視線飄向牆角，好像覺得有東西會從牆壁冒出來。「我不知道。」

荷波跟著點頭。

「你們出不去？」亞麗絲問。除非有特殊的理由，否則灰影不會在自己的屍體旁邊待太久。

例如，海莉是想要道別。真正的海莉，愛亞麗絲的海莉。

「他要我們待在這裡。」

「誰？」

他們沒有回答。

亞麗絲彎腰看屍體。因為寒冷，腐壞不算太嚴重，但還是很臭。她輕輕將屍體翻到正面。兩個人的胸口都有很大的傷口。爪子造成的。傷口很深。穿透胸骨、肋骨，留下兩個血淋淋的深紅大洞。他挖走了他們的心臟。

「是誰幹的？」

荷波張嘴又閉上，有如拙劣操偶師手中的木偶。「他是我們的兒子，」她說，「但又不是我們的兒子。」

丹尼爾的視線再次飄向牆角。「他把那個丟在那裡。他說我們也會變成那樣。他說會吃掉我們的生命。」

亞麗絲不想知道牆角的東西是什麼。那裡感覺特別黑、特別冷。她將手機的光束轉到那個方向，她雖然看見了卻不知道是什麼。一堆木屑？一張紙？片刻之後她才驚覺那是屍體——屍體殘存的部分。那個人被吃光了，只剩一層皮。要是她被萊納斯·雷特爾抓到，也會被吃成那樣嗎？

達令頓是不是原本也打算將瑪珠麗．史蒂芬吃成那樣，但最後決定留下乾枯衰老、但依然能夠辨認的模樣？

亞麗絲很清楚打不出去，但她還是撥打道斯的手機。號碼停留在螢幕上，一直沒接通。黑榆莊的訊號很差，地下室更是根本收不到。她將手機的光重新轉向樓梯。樓上會有什麼東西在等她？達令頓把她推下來是想留著當宵夜？他依然無法離開黑榆莊嗎？還是他一直在紐哈芬悄悄出沒，設計殺人現場？其實相當合理。達令頓以半人半惡魔的姿態在地獄活下來。一部分的他回到人世，在金色防禦圈裡打坐。那個變成惡魔的青年依然熱愛紐哈芬與這裡奇特的傳說，他絕對會知道三個法官的故事，絕對很樂意為她和透納設計一場謀殺尋寶遊戲。

這推論真的說得通嗎？他的焦急只是在演戲？他惡魔的部分比人類多嗎？一直都是這樣嗎？

無論他是什麼，他不清楚她的能力，儘管她虛弱受傷，但他留在這裡嚇唬她的東西反而會成為她的武器。她每次呼吸肋骨都會痛，肩膀撞到樓梯的地方不停抽痛，但她受過更嚴重的傷。即使如此，通往一樓的門太重，她無法靠自己的力量出去。她摸摸手腕，護法進入的點留下了一個鹽星。希望護法準備好應戰了。

「我可以帶你們上去，但需要你們其中一個幫忙。」她對兩個灰影說。

「妳可以讓我們活過來？」丹尼爾問。

看來阿令頓家的好頭腦跳過了他這代。

「不行。」她說。「但我至少可以帶你們出去，不必永遠困在地下室。」

「我跟妳去。」荷波說。

「不要把我一個人丟在這裡！」丹尼爾大喊。

「不管了。」亞麗絲說，雖然她也不確定是否能辦到。「你們兩個一起吧。」

她伸出雙手，達令頓的父母一起進入她。她感覺身在熱鬧的派對現場，好幾百個人大聲說話，吵到受不了。她的舌頭嘗到清爽的香檳滋味，鼻子聞到丁香、晚香玉和琥珀的香味，法國高級品牌Caron的辛辣調香水Caron Poivre。香水名稱進入腦中的同時，她看到梳妝臺上的香水瓶，造型很像玻璃手榴彈。她在鏡子裡看見自己瘦長的臉；鏡子也照到在旁邊玩耍的小男孩，深色頭髮、眼神嚴肅。他總是看著她，總是需要她做這做那，他的依賴讓她快累死了。

接著她走在黑榆莊的花園裡。那時候花園比較整齊，在夏季酷暑中顯得綠意盎然。前面不遠處，一個老人帶那個小男孩在小徑上散步。他愛他們。他也恨他們。他恨自己的父親、自己的兒子。要是他能找到立足點，要是他能設法讓運氣好一點，他也不會有這種感覺，他明明是阿令頓家的子孫，卻落得一事無成。

亞麗絲甩一下頭。她快被自我厭惡淹死了。「你們兩個真的要好好思考一下該怎麼度過死後的時間。我建議你們接受心理諮商。」

她看一眼地上的屍體。她記得夢中的達令頓，那個感傷的人類。我不知道怎樣才能不愛他們。看來他想到辦法了。

她衝上樓。她體內的力量幾乎太超過，好像身體快要無法容納了。她感覺不到肩膀與肋骨的疼痛，耳朵裡的心跳聲也變得更加響亮。她兩步併作一步上樓梯，舉起手臂護住臉，然後撞開上了門閂的門。

亞麗絲聽見有人尖叫，接著就看到麥克·安賽姆蹲在打開的門邊，臉色慘白、眼神驚恐。

「亞麗絲？」他尖聲問。

「你在這裡做什麼？」亞麗絲問。

「我……妳又在這裡做什麼？」

「黑榆莊不屬於忘川會。而且得有人來照顧柯斯莫。」

「所以妳撞壞地下室的門？門都掉下來了。」

亞麗絲很慶幸安賽姆沒有被惡魔吃掉，不過這不代表她信任他。「你有什麼事？這一陣子你怎麼都沒有出現？」

安賽姆站起來拍拍身上的灰塵，然後拉拉袖口，想找回一點尊嚴。「紐約。過我的日子，去上班，陪小孩玩，努力忘記忘川會。今天早上理事會找我來。我來轉達他們的決議。」

「這裡？」

「道斯說妳在這裡。她應該也要來才對。同樣的話我不想說兩遍。」

道斯一定是在監視器畫面上看到她。她甚至可能打過電話給亞麗絲，想警告她安賽姆準備去黑榆莊，但亞麗絲受困地下室。她快被腦子裡的兩個灰影吵死了，但是她還不想放棄他們的力量。剛才推她下去的人會不會是安賽姆？他有什麼理由這麼做？她只知道要快點擺脫他。達令頓雖然可能殺了人，但她不打算讓安賽姆決定他的命運。

「我們先出去吧。」她說。「這裡又冷又詭異。」

安賽姆瞇起眼睛。「發生了什麼事？」

地下室有兩具屍體，可能還有第三具，我身體裡擠了兩個幽靈，因為我相信忘川會紳士覺得犯下多起命案並且吃掉一個人很好玩。

「太多了。」她說，因為如果說沒事，她恐怕無法自圓其說。「不過你已經不需要幫我解決問題了，對吧？」

「如果妳的問題變成忘川會的問題，那依然是我的工作。」他看看四周，然後搓搓手臂。

「不過妳說得沒錯。我們去別的地方談吧。這棟房子早該被拆掉才對。」

砰。

那個聲音震動牆壁，好像有人在二樓引爆炸彈。

「那是什麼聲音？」安賽姆大喊，他死命抓住廚房中島，動作像溺水的人。

亞麗絲聽過那個聲音：有東西在敲那扇永遠不該開啟的門，企圖闖進人世。

砰。

安賽姆直直看著她。「為什麼妳不害怕？」

她很害怕。但她不驚訝。她的錯誤在於讓他看出來。

「亞麗絲，妳到底做了什麼？」現在他生氣了，他從她身邊闖過去，大步穿過餐廳往樓梯走去。

「不要上去！」亞麗絲追上他。「我們得快點離開。你不知道那裡有什麼。」

「妳知道？看來是我低估了妳無知與自大的程度。」

「安賽姆。」她抓住他的手臂，將他轉過來。因為她身體裡有兩個灰影，所以很輕鬆，她的力量令他錯愕怔愣，呆望著她的手。

砰。客廳天花板的石膏板如雨落下。現在他們在宴會廳正下方，頭頂就是防禦圈。

「不要碰我。」他堅持，但語氣很害怕。

「安賽姆，如果得用蠻力把你拖出去，我絕對不會手軟。這裡不安全，我們必須立刻離開。」

「妳可以做到，對吧？」安賽姆說，驚恐的眼神觀察她的眼睛。「我比妳重多少？將近一百磅？妳卻可以直接把我拖出去。妳到底是什麼？」

亞麗絲得救了，她不必回答他的問題，因為天花板塌了。

砰。

齊闕爾：有個理論認為，所有魔法基本上都來自於惡魔，每個儀式都是同時召喚並限制惡魔的力量。

你們有沒有想過，為什麼使用魔法要付出這麼大的代價？我們與超自然擦肩而過的體驗，其實是接觸這種寄生的力量。即使力量受到限制，惡魔一樣會進食。魔法越大，惡魔越強。節點不過是一扇門，讓惡魔能夠短暫通過。

瑙恩司：你的想法無論怎麼看都很病態。

齊闕爾：但你不認為我錯了。

——《齊闕爾惡魔論》，一九三三

36

宴會廳的地板塌陷，落下大量石膏與木板碎片，亞麗絲與安賽姆一起後退閃躲。達令頓蹲在碎片中央，犄角發光，金色眼眸有如探照燈。他的體型感覺比之前更大，背也更寬。

他咆哮，從他發出的聲音中，她聽出一個詞，好像是名字，但她無法理解。

亞麗絲急忙擋在達令頓與安賽姆中間。「達令頓——」

達令頓嘶吼，那個聲音很像地下鐵駛過時隆隆噪音。他往地板揮爪，在木板上留下很深的抓痕。她想起他父母胸口的抓痕。

「快逃！」她對安賽姆大喊。「我攔住他。」

安賽姆緊貼著牆，西裝上全都是石膏粉，眼睛像月亮一樣大。「這……他……什麼……」

達令頓大步朝他們走來。

她舔舔手腕，鹽蛇從身體竄出，發出嘶嘶聲響進攻。安賽姆尖叫。蛇沿著地板蜿蜒朝達令頓變成的東西衝過去，他停下腳步。

安賽姆嗚咽。「那……那是丹尼爾．達令頓？」

響尾蛇朝達令頓衝過去，咬住他的腿和手臂。他嗥叫，企圖甩掉，同時朝樓梯後退。

「這……這實在太可怕了。」安賽姆口齒不清。「趁妳佔上風，快阻止他。」

「你快點出去！」亞麗絲回頭大喊。

「妳該不會以為能救他吧？他會害忘川會垮臺，他會害死所有人。」

達令頓抓起一條鹽蛇往樓梯扶手砸，然後用椅角插住。

「看看他。」安賽姆氣憤地說。「拜託妳用腦，史坦。」

用腦。史坦。

「不要讓他回到防禦圈裡！」安賽姆大喊。「把那個怪物送回地獄，我就想辦法讓妳回忘川會。」

不過，為什麼達令頓想回他的監獄？為什麼安賽姆知道防禦圈的事？

用腦，史坦。安賽姆平常都稱呼她亞麗絲，生氣的時候則是史坦小姐。只有達令頓會叫她史坦。她猶豫了，一個難以置信的念頭奮力鑽進她混亂的腦海。她想起安賽姆告訴她三個法官的故事那次，她一直覺得他很像達令頓。

沒有魔法、沒有黑榆莊、沒有靈魂的達令頓。

她還記得，當時他問起她媽媽，她吃了一驚。她讓妳覺得丟臉？強烈的愧疚湧上心頭，那次見面之後她覺得非常累。她想起安賽姆在陽光下伸懶腰，宛如吃飽的貓。我覺得幾乎像個人了。

亞麗絲知道不該背對受傷的惡魔，但她感覺到自己已經做錯了。她謹慎地緩緩移動，設法同時看到達令頓與安賽姆。

安賽姆的西裝皺巴巴，整個人貼著牆。

亞麗絲舔一下手腕。鹽蛇出擊。牠們很清楚誰是惡魔。即使那個人穿著人皮，並且擁有忘川會的權力。蛇往前撲。

安賽姆高舉雙手，畫出一圈橘色火焰。鹽蛇遇到火發出燒灼爆破的聲響，裂成一片火花。

「呵。」他拍拍西裝上的灰，這是今天第二次了。

「我原本希望妳會出手殺他。這樣我就可以欣賞妳因為謀殺親愛的導師而痛苦。」

她讓妳覺得丟臉？這個問題讓她感覺像肚子挨了一拳，讓她內心慌亂，無法擺脫愧疚。他用她填飽肚子。她想起在史特林圖書館，他搖頭的動作很像電視上無可奈何的爸爸。很像在模仿人類。

「你是他的惡魔。」亞麗絲說，領悟如潮水湧上。「我們第一次帶達令頓離開地獄時，你趁機跟來。我和道斯在捲軸鑰匙會舉行儀式出包的那次。從那之後你就一直在干擾我們。」他是我們的兒子，但又不是我們的兒子。「你殺死了達令頓的父母。」

安賽姆轉動肩膀，身體好像在皮膚下變形。「那時候，我正在想辦法把我比較弱的那一半弄出防禦圈，他們突然跑來黑榆莊。」

也可能是我現在變成的東西會在人間肆虐。達令頓不只是靠意志力待在防禦圈裡；他也以僅存的人性作為束縛。他的人性想盡辦法給她們暗示，甚至給她警告。在夢中有兩個他：惡魔與人類。他說：不得不如此，人類與怪物。

在人類世界，達令頓受到防禦圈保護，安賽姆無法以他為食。因此惡魔必須換個外型。「你也殺死了麥克．安賽姆。」她說。地下室那個只剩皮的屍體就是安賽姆。惡魔吃掉了安賽姆，偷走他的人生。那天在海濱與安賽姆共進午餐時，亞麗絲就察覺他感覺很不一樣——年輕、放鬆、英俊，似乎在享受美好時光。因為他確實很愉快。他飽餐了一頓人類的悲哀。她和他握手。為了讓媽媽活命而和他談條件。看到她狗急跳牆的樣子，他一定覺得很好笑吧？

站在樓梯上的達令頓咆哮，依然被亞麗絲的鹽蛇圍攻，但她不知道如何叫牠們住手。相較於假海莉、假布雷克和其他惡魔，安賽姆更能有效打敗她的鹽護法，為什麼？

「那兩起命案，」她說，「三個法官和蘭頓教授的的事，全都只是為了轉移我們的注意。」

「是解謎遊戲才對。」安賽姆溫和笑著糾正。

為了讓他們沒空找出地獄通道去解救達令頓的靈魂。

「死了兩個人，安迪．蘭頓進了精神科病房。」

「很精彩的遊戲。」

在捲軸鑰匙會儀式徹底失敗的那個晚上，在權杖居的那個是真的麥克．安賽姆——不耐煩、冷冰冰，一心一意保護忘川會遠離麻煩。同一個晚上就發生了第一起命案。惡魔吃掉瑪珠麗．史蒂芬，讓她變老，效果像可怕的毒藥一樣，不過他沒有吃到只剩一層皮。他不想用她的外型，因為對他沒有好處。此外，他的重點是打造戲劇場景。殺害貝克曼院長時他更加謹慎，壓抑惡魔的飢餓，由安迪．蘭頓下手殺人。

「我必須盡快斬斷達令頓與人間的牽繫，以免你們這些傻蛋救出他的靈魂，讓他回歸肉體。」安賽姆承認。「但只要他待在防禦圈裡，就能受到保護。不過我眼前就有最好的誘餌，只要讓他的公主落難就行了。果然他立刻殺過來。」安賽姆舉起一隻手。「剩下的事就簡單了。」

一道弧形橘色火焰飛出，從亞麗絲身邊經過，燒傷她的肩膀，然後直直打中達令頓。

「不！」她吶喊。她撲向安賽姆，讓灰影的力量充滿全身。她把他往牆上用力撞，聽見他脖子斷裂的聲音。她腦中的兩個灰影尖叫。因為安賽姆是惡魔。因為他是殺死他們的凶手。因為她也是殺人凶手。荷波與丹尼爾奮力離開她的身體，她變得全身無力、氣喘吁吁。

安賽姆的頭在斷掉的脖子上晃動，但他只是笑嘻嘻再次舉起手，火焰再次飛出。亞麗絲從口袋掏出一把鹽拋向他，他皮膚起泡，慘烈吼叫讓她覺得很痛快。至少鹽對他有用。她將身上的鹽全部灑在他身上，但她很清楚不可能真正殲滅安賽姆。要除掉他必須用木樁或鹽劍——說不定就連這些武器也殺不死他。這個惡魔不一樣。

亞麗絲的蛇出擊，堆在安賽姆顫抖冒泡的身體上。「絆住他！」她懇求，雖然不知道鹽蛇能不能聽懂。

她奔向達令頓。他全裸倒在樓梯上，身上的圖騰光芒越來越暗，脖子上的枷鎖更顯璀璨。他胸口有一大片焦黑燒傷。她的蛇也被安賽姆的火燒傷，焦黑一團不停扭動。

亞麗絲跪在樓梯上。「達令頓？」他的皮膚很熱，但她的指尖感覺到底下正在變冷。「快醒醒，丹尼。不要走。告訴我怎麼解決這團亂。」

達令頓睜開金黃眼眸。光芒黯淡，逐漸籠罩一層白霧。

「史坦……」他的聲音感覺很遙遠，彷彿只是回音。「盒子……」她點頭。阿令頓橡膠靴盜盒在她的外套口袋裡。她一直隨身攜帶。

「我會盡量撐久一點。去地獄。帶我的靈魂回來。」

「地獄通道——」

「聽我說，輪行者。防禦圈就是門。」

「但——」

「妳就是門。」

海莉過世那晚也曾經這樣形容過亞麗絲。

當她告訴達令頓他們準備開啟地獄通道時，他說：為什麼要等？那時候他是不是想告訴她，她不需要地獄通道？門就在她眼前，兩個世界之間的那條裂縫，只有她能溜進去？隨妳吧，輪行者。**這支舞由妳決定舞步**。

「別死。」她說，然後強迫身體爬上樓梯。

失去灰影之後她的動作變得很慢，劇痛讓她行動笨拙。但瓷盒就在她的口袋裡，感覺像第二顆心臟，貼著她的胸口跳動。她不知道安賽姆會不會跟來。他沒有理由這麼做。他不知道她打算做什麼，而且他的注意力會放在達令頓身上，設法弄死他。她一定要快，否則他會被安賽姆活活燒死，根本沒機會等她把靈魂帶回來。希望她的想法沒錯。希望她不會搞砸、害死他們兩個。

她踉蹌走向宴會廳，看到閃耀金光的防禦圈，現在比較黯淡了，而且好幾個地方破掉。不過在金光最亮的地方，她可以看到另一個黑榆莊，她在地獄看過的那個廢墟。在這個世界，在她的世界，地上只有一個大洞。要是她掉下去，很可能會摔斷腿甚至脊椎。但現在沒辦法想考慮這麼多了。所有世界都對我們開啟。

「達令頓，希望你的想法沒錯。」

亞麗絲奮力從門口助跑。一步、兩步。縱身一跳。

穿過防禦圈時她感覺全身發熱，但她沒有墜落一樓。她落在滿是灰塵與石塊的地面上。她依然能看到四周閃耀的金色防禦圈，但現在她進入了惡魔領域。

「達令頓！」她大喊，從口袋拿出瓷盒。「丹尼，是我！」

這次她不需要老人的聲音。他記得她。他知道她曾經試圖帶他回家。

他抬頭看他，雙手依然抱著一塊石頭。「亞麗絲？」

她打開盒子。「相信我。最後一次。相信我能帶我們出去。」

但他神情驚恐。

她驚覺那是警告的時候，已經太遲了。

有個東西撞上她的背。盒子從她手中飛出去。感覺就像看著水中的慢動作。盒子在半空拉出一條拋物線，然後落地粉碎。

亞麗絲尖叫。她手腳並用朝碎片爬過去。她感覺到有東西抓住她背後的上衣，將她整人翻過來，強大的力道讓她無法呼吸。

一隻兔子站在她身前，六英尺高，一身西裝——安賽姆的西裝。牠一腳踏住她胸口用力踩。亞麗絲斷掉的肋骨移動，她尖叫。但現在一切都無所謂了。盒子破了。她沒辦法帶達令頓回身體裡。在人間的他死去之後，靈魂將永遠受困地獄。

兔子彎下腰，紅眼睛抽動。「小偷。」牠輕蔑地說。

一個又一個，她任由生命逝去。小兔幾、海莉、達令頓。這次或許她也會死，被怪物踩死。要是她在地獄死掉，會永遠困在這裡嗎？還是會前往另一個領域？藍焰沿著她的身體燒上兔子的毛，但牠似乎不在意。

「妳怎麼越過防禦圈的？」兔子質問，移動重心更用力踩她。

亞麗絲甚至無法吸氣尖叫。她轉頭發現達令頓在看，他的表情哀傷，手中抱著石塊。他想幫忙，但他像她一樣，不知道還能怎麼辦。

「妳怎麼越過防禦圈的？」兔子再次逼問。牠動了動爪子，亞麗絲痛到發抖。「現在沒那麼強悍了吧？也沒那麼可怕了。沒有了偷來的力量妳根本不算什麼。空空洞洞、無足輕重。」

她想著達令頓倒在樓梯上燒焦的身體，舊瓷盒裂成好幾片，還有他們帶去人間的惡魔。她的肋骨刺痛；她的肩膀抽痛。那個快要踩扁她的怪物說得沒錯。她感覺空空洞洞。她被掏空了。無足輕重，像空杯子。

像碎裂的盒子。

差別在於，她沒有破，真正重要的部分依然完好。她滿身瘀血創傷，她有種不妙的感覺，肋骨好像刺到一邊肺，但她還在這裡，還活著，她擁有安賽姆不知道的天賦——無論在哪個世界都通用。貝爾邦說過：**妳無法想像活人的靈魂有多強大的生命力**。亞麗絲只用過亡魂的力量。但如果用活人呢？

她想起達令頓帶她走上地洞的樓梯、走進權杖居的門廳、走過幽靈出沒的街道、穿過秘密小路。他一直引導著她，她的味吉爾。多少次他轉頭問她：**跟我來？**他承諾她會看見奇蹟與恐怖，他實現了。

她伸出手，就像對海莉伸出手，就像對無數幽靈伸出手，就像達令頓對她伸出手，一次又一次。

「一起來吧。」她低語。

達令頓放下石塊。他的靈魂有如一道金光流入她體內。如新葉般青綠。如晨光般耀眼。大提琴弓的美妙震顫。鋼鐵敲擊發出的高昂音色。她的身體爆出白色火焰，灼熱耀眼。

火焰燒穿兔子的身體，牠發出尖銳無助的慘叫。

亞麗絲的痛消失了。她跳起來，趁安賽姆來不及恢復，她拔腿朝閃爍金光的防禦圈奔去。她縱身跳進去。世界變成一片白。她閉上眼睛阻隔強光，當她驚覺自己在墜落，不由得驚呼一聲。

黑榆莊的地板急速接近。但她身體裡有達令頓的靈魂，灰影的力量根本沒得比。如果說灰影在她體內點燃燭光，現在就是一千支探照燈、炸彈爆發的強光。她輕盈落地。她靈巧、優雅，世界變得無比鮮豔。房子不知哪裡漏風，她感覺到一股涼意。空氣中的每一片木頭與石膏碎片她都看得清清楚楚，如落雪般美麗。她看到樓梯上達令頓的身體，脖子上的枷鎖依然耀眼，但他的身體徹底焦黑。他蜷起身體側躺，試圖躲避安賽姆。安賽姆跟隨亞麗絲回地獄，現在又回來了。

現在他恢復人形，不再是巨兔，但被亞麗絲的火焰燒傷的地方依然焦黑。他一躍越過她的頭頂，撲向達令頓，指尖射出橘色火焰——但他半路墜落，蹲在那裡發出嘶嘶聲響，無法靠近。

是柯斯莫擋住了他。

那隻貓一路大叫從二樓下來，全身炸毛，綻放白色亮光。達令頓的守護獸。牠守護這棟房子的屋主多少年了？牠是鹽護法嗎？還是完全不同的東西？安賽姆尖叫，雙手雙腳貼地，身體前後搖晃。現在的他非常不像人類。

亞麗絲聽見鋼鐵敲擊的聲響，感覺到達令頓的靈魂在體內。現在她終於體會到貝爾邦吞噬活人靈魂時的快感。在所有語言中貪婪都是罪孽。達令頓的聲音，幸災樂禍的譴責。她能聽見他的思緒，非常清晰，有如她自己的心聲。她不想交出這種強大的力量、這份高昂狂喜。他的滋味有如蜂蜜。但她很清楚對這種毒品上癮的下場。她只希望現在還來得及。

「去吧。」亞麗絲強迫自己輕聲說。

他流出她的身體，宛如金色河流。她的舌尖依然能嘗到他靈魂的滋味，暖熱香甜。他飄進樓梯上的那個身體。

「小偷！」安賽姆嘶吼。柯斯莫狂叫，惡魔射出一道強大的火焰吞噬達令頓。

亞麗絲太急著想阻止安賽姆，完全沒有思考，直接衝過去。失去那麼強大的力量，她應該感到衰弱才對，但她完全不痛了。肋骨恢復完整。胸口的刺痛消失。活人靈魂的力量就是如此不可思議。她將安賽姆撞倒在地，但一轉眼就變成他在上面，雙手扼住她的咽喉。

「我要燒光妳的生命。」他喜孜孜地說。「我要把妳吃……光……光。」

他的牙齒暴長，變長的同時也變黃。達令頓依然躺在旁邊的地上，依然全身焦黑。他看起來很像圖片中的龐貝災民，蜷縮起來，背對化為灰燼的世界。太遲了。沒有人被燒成那樣還能復活。

但接著，她察覺珠寶枷鎖不見了。

他身上的圖騰開始發光，焦黑皮膚的裂痕綻放光芒。亞麗絲的舌尖再次冒出蜂蜜滋味。安賽姆嘶聲咆哮，她看見藍色火焰迅速爬上他的雙手、手臂，他整個人陷入火海。她的火。地獄火。怎麼會？之前只有在惡魔領域才會出現。

他尖叫後退，他在她眼前閃爍，身體開始變形，她知道他要現出原形了，長著利爪的怪物，骨頭的角度很詭異。

「戈爾加洛。」達令頓再次咆哮，但這次她聽懂了惡魔的名字。

樓梯上矗立在她前方的怪物變得更像達令頓，同時也更不像。他的聲音很正常，回音消失了，但前額依然冒出彎曲犄角，身體也太巨大，不完全是人類。他身上的圖案也變了。符號消失，現在只剩手腕、脖子、腳踝有金色寬環。

「殺人凶手！」安賽姆怒吼，西裝下的身體扭曲搏動。「騙子！弒母！你——」

他沒機會說出下一個字。達令頓用巨大雙手抓住安賽姆舉起，讓他雙腳離地。他發出一下狂怒嘶吼，將安賽姆撕成兩半。

惡魔的身體像紙一樣輕易裂開，化做無數扭動的蛆。

亞麗絲往後跳開。

達令頓的身體再次變化，這次是縮小。犄角與金環消失。他感覺像普通人。他站住不動片刻，注視安賽姆的殘骸，然後轉身上樓。

「達令頓？」亞麗絲結結巴巴說。「我……你要去哪裡？」

「穿衣服，史坦。」他往上走，一路留下血腳印。「男人太長時間沒穿褲子會感覺像變態。」

亞麗絲抬頭看他，一手抓住樓梯扶手。忘川會紳士回來了。

難道沒有人發現八大社團捐贈給忘川會的「禮物」，都是他們認為太危險或不值得收藏的魔法？剩餘物資、引發災難的東西、買錯的收藏品、老舊物件、效果不一的道具。儘管忘川會庫房典藏眾多，堪稱是最豐富的大學魔法收藏，但絕對也是最危險的，幾乎可以說是收藏越多越危險。

——忘川會日誌．雷蒙．華許—惠特利
（希利曼學院，一九七八）

死神麻雀（亦名：血雀、黑翼預言鳥）；雀科

出處：尼泊爾；年代不明

捐贈者：聖艾爾摩會，一八九九

沒有人知道這種麻雀是從何而來，可能是人為繁殖或施以魔法，也可能是在野外自行演化出獨特的性質。大約在西元七〇〇年首次發現，當時有一群死神麻雀住進山村，不久之後村民便集體服毒自殺。此種鳥類的數量也不明，但至少有十二隻由人類豢養。

飼育注意事項：死神麻雀一般以魔法保持沉睡狀態，但每週必須餵食並放飛一次，以免翅膀萎縮。這種麻雀喜好黑暗清涼的環境，在陽光下會失去活力。照料死神麻雀時必須用蠟或棉花塞住耳朵，否則可能導致瘋狂、憂鬱，暴露時間過長甚至可能導致死亡。

請參照泰恩賽德[14]金絲雀與手稿會的后月夜鶯。

由聖艾爾摩會捐贈，據說他們原本要購買雲喙預言鳥，這種鳥的飛行模式能夠預測暴風雨。

——引自《忘川會庫房目錄》，眼目潘蜜拉·道斯修訂

14 為英格蘭東北部之煤礦場。由於金絲雀對有毒氣體極為敏感，礦工會帶金絲雀至礦坑，用來偵測天然氣是否外洩。

37

達令頓睡著了，在夢中他是怪物。現在他醒了，感覺冷得要命。可能依然是怪物。

他轉身上樓，隱約察覺自己留下一串血腳印。他自己的血。安賽姆已經沒有血了。他被撕成兩半，彷彿身體裡塞滿木屑，像人偶一樣。達令頓的每一步都有如擊鼓：憤怒、欲望，憤怒、欲望。他想做愛。他想打架。他想睡上一千年。

達令頓知道他遲早會因為之前一直裸體而感覺丟臉。然而，或許他處在兩個世界之間太久，羞恥心好像不見了。他不想查看宴會廳被他破壞成什麼樣子。事實上，被囚禁那在裡這麼長一段時間，他恐怕再也不想看見宴會廳了。他直接上三樓去臥房。

他感覺好像透過厚厚的玻璃看這個房間，也很像老式投影機的畫面，按鈕換幻燈片的那種。顏色很怪，書本很陌生。以前他很愛這個房間。以前他很愛這棟房子。但現在的他不再是以前那個人。黑榆莊不再帶給他快樂。

我回家了。

他應該高興才對。為什麼他沒有開心的感覺？或許是因為雖然亞麗絲釋放了他的靈魂，但他的一部分依然永遠受困地獄，在那裡，他不停搬石塊，一塊又一塊，堆疊起無數石頭，哀求要停止、要休息，卻無法得到。他不覺得無聊、不知道自己一直重複同樣的動作。那整段時間他的心情非常急切，彷彿企圖讓死屍復活，為已經冰冷的屍體注入生命，尋覓一絲希望的跡象。每搬一塊石頭都深信，這次一定能找回黑榆莊的榮耀。他在地獄有很多身分，既是囚犯也是獄卒，受虐的同時也施虐，但他還沒準備好回想那些事，他只覺得鬆了一口氣，有些秘密銀河．史坦永遠不會知道。

他能感應到她站在樓梯底端不知所措，他腦中冒出的想法令他羞恥。那些肉欲幻想可以歸咎於惡魔嗎？或者單純是因為他被囚禁了一年？他的老二不在乎原因，他很慶幸沒有別人在場，也很慶幸他的勃起不會發光了，之前簡直像新英格蘭燈塔。他穿上牛仔褲、運動衫、舊大衣，耐心等待欲望消退。他簡單收拾了過夜的行李——用爺爺的老舊真皮旅行袋。然後他才猛然想到那件事。

他的父母死了。可以說是他殺的。戈爾加洛在地獄以他的靈魂為食，大吃他的愧疚與絕望。他吃進達令頓的記憶，以及最深的悲傷與需求。他殺死麥克．安賽姆是為了進行計畫，達成目的的權宜手段。但殺死達令頓的父母肯定讓他樂在其中，不只是因為安賽姆能從他們的疼痛中得到滿足，也是因為達令頓心中有個乾枯苦澀的部分希望父母死，而且死得越慘越好——戈爾加洛非常清楚。那個被遺棄在黑榆莊石牆裡的孩子，他對父母沒有寬容，只有暴力。

達令頓坐在床邊，發生過的所有事同時擠進腦海。倘若他在任何一個念頭上停留太久，絕對會發瘋。說不定他已經瘋了。他看過、做過太多，怎麼可能重拾人類的身分？

景物依舊、人事全非。他的臥房還是他離開那天的模樣，黑榆莊似乎也沒有變化，只是宴會廳地板多了個大洞，他永遠負擔不起整修費用。

他的父母死了。

這個事實依然太過飄忽，無法在他心中安頓。

於是他只好忙來忙去。想著行李袋，拎起。想著門，打開。想著走向樓梯的每一步。這些念頭再多也很安全。

達令頓下樓。安賽姆留在樓梯上的那一灘蛆應該令他噁心才對，但他毫無反應，或許是他的惡魔皮膚拒絕冒出雞皮疙瘩。亞麗絲在廚房等，抱著一盒早餐麥片乾吃。她也沒有變——太瘦，氣色差，隨時準備出擊，任何東西只要看她的眼神不對都會倒大楣。

她是殺人凶手。他曾經很在意這件事，揭露一個黑暗的秘密。他記得她站在羅森菲爾館的地下室，在他需要她救援的那一刻，她卻一動也不動，沉默的女子，眼眸宛如黑玻璃，眼神平穩、警戒，像現在一樣。我從一開始就呼喊著妳的名字。

他們在安靜的廚房裡看著對方。他們對彼此瞭如指掌，同時也一無所知。他感覺到他們進入了彆扭的停火狀態，但他不知道他們之間的戰爭是什麼。她比印象中更美。不對，不是這樣。她的容貌並沒有改變，他的眼光也沒有改變。只是現在他不那麼怕她的美了。

許久之後，亞麗絲遞上麥片盒子。怪異的和平獻禮，但他接受了，伸手進去抓了一把小圓球放進嘴裡。然後馬上後悔。

他倒抽一口氣，急忙把東西吐在廚房洗碗槽裡，然後漱口沖掉嘴裡的味道。「我的天啊，史坦。妳吃的是什麼鬼東西？根本全是糖！」

亞麗絲又抓了一把垃圾食物塞進嘴裡。「哪有，還有玉米糖漿啊。真實水果風味。我知道你喜歡那種堅果全麥的玩意，我們可以去買來囤……前提是你還想留在這裡。」

達令頓還沒準備好，無法決定如何處置這棟房子。他無法做任何決定。「今天晚上我先去權杖居睡。」接下來那句話他不想說，但他強迫自己說出來。「我要去看他們的遺體。」

「好。」亞麗絲說。「他們的車在車庫裡。」

「一定是戈爾加洛停進去的。」用人類的舌頭說出這個名字感覺好怪，就像在用觀光客口音說話。

「我只認識他假扮成安賽姆的樣子。他的——真安賽姆的皮也在下面。」

「妳不必跟我去。」

「太好了。」

達令頓差點笑出來。亞麗絲．史坦為他去了兩趟地獄，但說什麼也不肯再去一次地下室。他從抽屜找出手電筒之後走下樓梯。

氣味很可怕，他早就預料到了。但他沒有預料到父母遺體的慘狀。

他在樓梯上停下腳步。他原本想……他也不清楚原本想做什麼。溫柔闔上他們的雙眼？說一些安慰的話？

他花了三年的時間研究死亡真言，但他依然不知道該說什麼。他只能想到忘川會所有印刷品上都有的那句話。

「Mors vincit omnia（死亡征服一切）。」他低語。他能給的只有這個了。他被沖上熟悉的海岸，但海洋改變了他。哀傷可能要慢慢來。

他用手電筒照亮麥克．安賽姆剩下的那層皮，他只有在大一那年見過這個人一次，當時他以新但丁的身分被介紹給忘川會高層。死了一個董事，他們要怎麼解釋？這個也慢慢想吧。

他回到一樓。地下室的門板和鉸鏈分離了，於是他小心將門板靠在門框上，有如陵墓門前的巨石。

亞麗絲將那盒恐怖的麥片放回櫥櫃，靠在流理臺上看手機，漆黑頭髮宛如幽暗深冬的河流。

「我想問你要怎麼跟道斯說。」她說。「監視器沒有拍到安賽姆，但她知道我在這裡，也知道宴會廳的監視器斷線了。你準備好回去了嗎？」

「這個很重要？我還真沒想到。不然還是當面解釋吧。」他猶豫了一下，但沒理由不問。「妳有看到他們嗎？我父母？在他們……」

她點頭。「他們幫我逃出地下室。」

「他們認為殺死他們的人是我？」

「算是吧？」

「他們還在嗎？」

亞麗絲搖頭。可想而知。他明明知道。灰影很少會回到喪命的地點。小說和電影經常有這種情節，鬼魂去找殺害他們的人報仇，但其實灰影根本不會這麼做。他們只想記住曾經愛過的人和地方，人類的享受。只有執著復仇並且不惜一切的幽靈才會纏上人類，但他的父母都沒有那種性格。

而且他們一定會想盡快遠離戈爾加洛。亡魂很怕惡魔，因為遇到惡魔就免不了痛苦折磨，但人死了之後明明應該不會痛了才對。他們確實非常怕達令頓。

亞麗絲拉緊外套裹住身體。「不過老人還在。」

「我爺爺？」

「我可以聽到他的聲音。現在我能聽到每個灰影的聲音。」

達令頓盡可能不表現出驚訝、好奇，以及嫉妒。這個瘦瘦小小的女生怎麼會擁有如此強大的力量？那個他長久以來求而不得的世界，為何她能輕易看見？他都已經受困地獄一年了，到底為什麼還會在乎？

「他們從來不會閉嘴。」她補上一句。

她在表示對我的信任，他告訴自己。亞麗絲告訴他的這些事，他敢篤定地說忘川會絕對不知道。另一個獻禮。他發現自己除了羨慕她的力量，也貪求她的信任。他推開這些念頭。

「他說什麼？」

亞麗絲的視線移動到腳尖，一看就很心虛。「他要你自由放手。你已經為這個地方付出太多心血了。你可以自己決定要留還是要走。從一開始就該這樣才對。」

達令頓嗤笑。「妳騙人。他究竟說了什麼？」

亞麗絲聳肩，抬頭看他的雙眼。「現在黑榆莊比以前更需要你，這裡是你的家，是血緣賦予你的權利，是珍寶，還有一堆阿令頓家傳承的胡言亂語。」

「這才是他會說的話。」他停頓一下，端詳她。「妳知道這裡發生過的事吧？我做過的事？我被地獄獸吞掉還能存活的原因？」

亞麗絲沒有移開視線。「我知道。」

「我一直懷疑那樣做到底對不對。」

「不知道這樣說能不能給你安慰，不過呢，如果可以再殺他一次，我很樂意親手悶死他。」

達令頓噗哧笑出來，連他自己也嚇一跳。或許在羅森菲爾館那天晚上，亞麗絲可以阻止他被吃掉。或許她希望他發現的秘密和他一起死在那個地下室。或許可以說她背叛了他。但最後依然是這個怪物女孩將他從地獄拖回來。無論他說什麼她都能淡然處之，這是種非常強大的自在。

「我會回來。」他說，希望爺爺能夠理解他即將做的事。「與其落入死亡魔爪，不如速速逃脫。」他用這句死亡真言驅逐爺爺。這是他給亞麗絲的和平獻禮。

「謝了。」她說。

「我不知道該怎麼處理……」他說不出他們的遺體，於是只是用下巴朝地下室一比。

「先別管了，現在有更大的問題。」亞麗絲離開流理臺站直。「走吧，我叫了車。」

「為什麼不開賓士？」他問。她一臉心虛。「史坦，我的車怎麼了？」

「有點難解釋。」

他們出去之後，她鎖好廚房門，他們沿著碎石車道往外走。但是才走了幾步，他就得停下來，雙手按住膝蓋，彎腰深呼吸。

「你還好吧？」她問。

他很不好。天空低垂，顏色灰暗，雲層很厚，看來要下雪了。空氣中有青苔的氣息，寒冷的氣溫非常舒服，簡直是上天的恩典。他心中有一部分相信黑榆莊是唯一的世界，車道盡頭沒有馬路、遠方也沒有城鎮。他忘記了萬物有多龐大，充滿生命，能夠知道季節、月份、時間是件多美妙的事，能夠說冬天來了是一種幸福。

「沒事。」他說。

「那就好。」她繼續往前走。務實、冷血，她是求生存的人，永遠會繼續前進、繼續搏鬥，無論上帝、惡魔、耶魯給她多少艱難險阻。她是騎士？女王？還是她自己也是惡魔？有差嗎？

「有好消息也有壞消息。」她說。

「麻煩先說壞消息。」

「我們得回地獄。」

「這樣啊。」他說。「那好消息呢？」

「道斯在做雞蛋檸檬湯。」

「嗯，真令人安心。」他們走到石柱前，這裡就是阿令頓豪宅的盡頭。

他沒有回頭。

38

他們到權杖居的時候，道斯站在大門臺階上，脖子上掛著耳機，雙手藏在運動衫袖子裡焦急地扭著。透納站在她身邊，靠在被燻黑的柱子上。他穿著牛仔褲和襯衫，看到他沒穿西裝的樣子，幾乎向看到天花板塌陷一樣恐怖。

惡魔從對面陰暗出走出來，達令頓問：「那幾位客人是誰？我沒有邀請他們。」

亞麗絲緩緩打開車門下車，很想知道司機看到暮色中那群怪人有什麼想法。

「惡魔。」她說。「跟著我們回來的。」

「交換學生？」

車子開走，她說：「只是意外。它們放火燒權杖居。」

「為什麼我一點都不驚訝？」

「達令頓，我們去地獄是為了救你。小差錯在所難免。」

「史坦，我怎麼不知道妳這麼會大事化小？」

「惡魔等級的小差錯。」

「亞麗絲？孩子？」亞麗絲的外婆站在人行道上，深色頭髮夾雜銀絲，穿著柔軟的深色高領衫配曳地黑長裙。亞麗絲小時候很喜歡長裙掃過地板的聲音。「外婆，裙子不會弄髒嗎？」外婆對她眨眨一隻眼，然後說：「這樣惡魔就找不到我了，一點髒不算什麼。」

亞麗絲很清楚那不是外婆，但她依舊心痛。愛絲翠雅．史坦天不怕、地不怕，一心一意保護奇怪的外孫女，不讓她受輕浮的女兒傷害，她用祈禱、搖籃曲、美食庇護亞麗絲。但後來她過世了，亞麗絲頓失依靠，只剩下媽媽的廉價奇蹟、水晶擺飾、乳清奶昔、針灸師男友、巴西武術教練男友、歌手兼作曲家男友。

「孩子，有人煮飯給妳吃嗎？」愛絲翠雅問，眼神溫暖，敞開懷抱。

「亞麗絲！」道斯大喊，但她的聲音感覺很遙遠，而家就在眼前。達令頓衝到她前面，大聲咆哮。亞麗絲親眼看到他的外型改變，前額冒出彎曲的金色犄角。

亞麗絲口中冒出蜂蜜的滋味。她全身竄出藍色火焰，外婆惡魔慘叫，無法維持外型，瞬間變回年輕女性的模樣，混合了海莉、亞麗絲，以及某種不自然的生物，肩膀高聳、頭低垂，彷彿要隱藏歪斜的嘴、數量太多的牙齒。

達令頓像鬥牛一樣撲向前，將惡魔撞倒壓在人行道上。他用犄角戳刺，惡魔慘叫。其他三隻惡魔畏縮躲回建築之間的暗處。

「達令頓！」亞麗絲喊。天快黑了，路上到處是下班回家的人。要是引起太多人注意，問題會更大。

但他沒在聽，也可能是內在的惡魔不在乎。他咆哮一聲，再次將惡魔往地上戳，撕裂它的上半身。惡魔的腿變成無數扭動的蛆，但依然不停尖叫。

「達令頓，夠了！」

她的藍焰竄出，發出霹啪聲響，有如藍色繩索，他脖子上原本配戴枷鎖的地方，如今只剩一圈金環，藍焰繞金環一圈，勒住他的喉嚨往後拽，強迫他離開假海莉。惡魔剩下的身體也化成扭動的蛆。

達令頓吼叫一聲往後蹲坐，有如被命令坐下的獵犬。

「糟糕。」亞麗絲急忙拍拍藍焰繩索，看著火消失。「對不起，我不是——」火熄滅之後，達令頓的角也跟著消失。他又變回人類，跪在人行道上。

「對不起。」她重複。

他的眼神深幽尋思，彷彿在研究新文章。他站起來，拍掉外套上的灰塵。「我們還是快點進去吧。」

亞麗絲點頭。她感覺暈眩疲憊，達令頓的靈魂在她身體裡留下的力量終於完全消散。她竟然像外行人一樣，任由惡魔以她為食。剛才那又是怎麼回事？

「惡魔真的死了？」她問，跨過那些蛆，努力不作嘔。

「沒有。」達令頓說。「它的身體會重新組合起來，然後再次企圖以妳為食。」

「安賽姆呢？」

「戈爾加洛也一樣。」

亞麗絲很想知道，萊納斯．雷特爾那樣的怪物是否也一樣。

梅西站在權杖居門口，緊張兮兮地笑了一下。「看來惡魔不喜歡他呢。」

「一點也不。」透納說，他身邊滿是橡樹的葉子。他叫出了鹽護法，是為了幫助達令頓，還是制服他？或許當透納看見他長出犄角，突然懷疑他可能不是良善一方的士兵。「西班牙好玩嗎？」

達令頓清清嗓子。他又變回人類，但惡魔的形體似乎依舊殘存，既是記憶，也是威脅。「沒想到會那麼熱。」

「有沒有人想解釋一下他怎麼會在這裡？」透納問。「亞麗絲又為什麼滿身火？」

剛才道斯站在臺階上動彈不得，現在終於解凍了。她緩緩走下臺階，然後停住。

「這……這是不是惡魔的詭計？」她輕聲問。

這個問題非常明智，到現在惡魔已經化身成他們的朋友、父母、祖父母、忘川會董事。更別說剛才達令頓還用犄角把惡魔壓在地上。不過這次魔法很善良。

「真的是他。」亞麗絲說。

道斯啜泣奔向前，一把抱住達令頓。

「嗨，潘蜜。」他柔聲說。

亞麗絲尷尬地站在一旁，道斯大哭，達令頓任由她哭。或許她也該有這樣的反應，手上沒沾那麼多血的人會有的反應。歡迎你回家。歡迎你回來。我們好想你。我思念你超過合理的程度，超過我想要的程度。我為你去了地獄。重來一次我還是願意。

「快走吧。」達令頓摟著道斯的肩膀，催促大家進屋裡去，迅速回歸味吉爾的角色，彷彿不曾離開。「去有結界的屋裡。」

然而，當他踏上權杖居的臺階，石塊震動，焦黑的柱子搖晃，大門上方掛著的燈在鍊子上擺盪。亞麗絲聽見門廊下傳來胡狼的嗚咽。

達令頓遲疑了。亞麗絲懂這種感覺，生怕被自己視作家的地方摒棄在外。那時候安賽姆怎麼說來著？妳等不及想被逐出伊甸園？那也是惡魔的笑話，又一個她沒解開的謎語。

門在鉸鏈上搖晃，發出焦慮的尖銳聲響，彷彿無法決定門前是否有危險。權杖居好像終於下定決心了。臺階恢復穩定，門大大敞開，每扇窗都亮起燈光。就連權杖居也能說出亞麗絲說不出口的話：歡迎回家。我們很想你。我們需要你。無論他是否變成半個惡魔，總之忘川會金童回來了，而且人類的成分夠高，可以通過結界。

「崔普呢？」她問。

「他不接電話。」道斯說。

亞麗絲的胃翻攪。「他最後一次報平安是多久之前？」

「三小時了。」透納說。他們走進餐廳，有人已經先擺好餐具了。「我去過他家，沒有人應門。」

達令頓一臉質疑。「現在問這個好像不太合適，不過，我很想知道為什麼你們會選崔普．海穆斯跟你們去地獄？沒有其他人選了嗎？」

亞麗絲氣惱地雙手一甩。「要在短時間內找到四個殺人凶手組隊真的很難，你自己試試就知道。」她之前和崔普在紐哈芬綠原道別。她看著他朝市區走去。他會不會只是忘記報平安？還是不敢再去一次地獄？他明明很清楚，只有再去一次才能擺脫他們的惡魔。他們是誘餌。他們的悲傷。他們的絕望。

「我們應該陪著他才對。」她說。

「他有海鳥。」透納說。

「但鹽護法的功效有限。我不知道你的狀況，不過我看得出來假海莉慢慢適應了。上一次我放出蛇的時候，她沒有那麼害怕了。剛剛在人行道上她也沒有嚇跑。」

大家坐下之後，梅西說：「你們都忘了，說不定他只是沒膽。」

「這樣說太不厚道。」道斯在廚房高聲說。

「怎樣？」梅西不客氣地說。「你們也看到他嚇破膽了。他不想去第二次。」

「我們全都不想。」透納說。「如果妳去過，也不會想再去。」

「我去。」梅西傲然昂起下巴。「你們少了一個朝聖者。需要有人填補空缺。」

「妳沒有殺過人。」亞麗絲說。

「現在還沒有。說不定我大器晚成。」

道斯端著一大鍋熱騰騰的湯進餐廳。「這不是鬧著玩的！」

「拜託大家不要忘記，沒有殺過人是件好事。」達令頓說。「我取代崔普。我當第四個。」

道斯將湯鍋往桌上重重一放，發出響亮的砰一聲，充分表明她認為不妥。「不可以。」

亞麗絲也覺得不太好。地獄通道不該是隨意進出的地方。「我還沒放棄崔普。我們還不確定他是不是被假史賓賽吃掉了。現在我們什麼都不知道。」

「但差一個人是真的。」透納說。「要四個朝聖者才能開啟地獄之門——四個人要完成旅程，最後把門關上。明晚就是滿月，除非崔普突然現身，否則只能讓這位惡魔少爺去了。」

「我們再想其他辦法。」道斯堅持，凶巴巴地將湯盛進碗裡。

「好啊。」透納回答。「乾脆讓梅西殺個人好了。」

梅西躍躍欲試的模樣有點嚇人。道斯斥責：「當然不行。不過……」

達令頓露出憂傷淺笑。「說吧。」

現在道斯反而欲言又止。「看看你，」她輕聲說，「你已經不是……不完全是人了。你和那個地方有了連結。」她不自在地看一眼亞麗絲。「你們兩個都有。」

亞麗絲雙手抱胸。「跟我有什麼關係？」

「剛才妳全身冒火，」道斯說，「就像在地獄的時候一樣。」道斯拿起湯匙要舀湯，但又放下。「我們不能讓達令頓回去，我……萬一崔普的惡魔……萬一他有個三長兩短，都是我們害的。」

沒有人反駁。道斯說達令頓與亞麗絲和地獄有連結，但事實上，他們全都被綁在一起分不開。他們看過彼此最糟的時刻，感受過每個醜惡、可恥、驚恐的經歷。四個朝聖者。四個在黑暗中顫抖的孩子。四個傻瓜，膽敢探究不該觸碰的事物。四個冒牌英雄一起出任務，他們應該要一起度過凶險難關活下來才對。

但崔普不在這裡。

「明天我再去他家一趟。」透納說。「也聯絡他工作的地方。不過現在大家應該都同意吧？無論如何，明晚一定要去。我們不能任由那些惡魔吃我們。我這一生見識過不少鳥事，也親身經歷過。但我恐怕無法撐到下一次滿月。」

同樣沒有人反駁。亞麗絲不希望達令頓回地獄，但他們已經別無選擇了。剛才他都把假海莉弄成那樣了，還無法阻止這些怪物，那麼，人間沒有任何東西可以了。

「好吧。」亞麗絲說。

道斯勉強點一下頭。

「妳究竟怎麼把達令頓救出來的？」透納的語氣有點太輕鬆。

亞麗絲很想嗆他是不是要寫份自白書給他。但道斯、梅西與透納應該要知道真相，至少要給他們一個可以拼湊起來的答案。

於是他們邊吃邊解釋——安賽姆已經不是安賽姆，黑榆莊的那兩具屍體，史蒂芬教授與貝克曼院長的命案，若非透納及時逮捕安迪・蘭頓，還可能發生第三起命案。

結束之後，透納推開空空的碗，雙手搓搓臉。「意思是說，蘭頓是無辜的？」

「他確實在場，」亞麗絲說，「至少貝克曼的案子他在。瑪珠麗・史蒂芬的案子他可能也在。安賽姆大概覺得讓他當共犯很好玩。」

「他不是安賽姆。」達令頓說。

「隨便叫他什麼都行。戈爾加洛，惡魔大王。」

「他是王子，不是大王。小看他會倒大楣。」

「我不懂，」梅西說，「那個……惡魔王子什麼的……他吃掉了安賽姆。那他不是應該會變成吸血鬼？為什麼他還可以到處亂搞，唆使別人隨便殺人？」

「不是隨便殺。」達令頓說。他的語氣荒蕪冰冷，有如被遺忘在湖底的東西。「他設計了一個謎題，加入大量紐哈芬歷史，特別設計來引誘我的頭腦、亞麗絲、透納警探。完美的調虎離山之計。他玩得很開心。」

「可是他不必吸血？」亞麗絲問。她和安賽姆交手過，他最厲害的就是憑空變出火焰，但體能相當弱，遠遠比不上萊納斯・雷特爾。

「戈爾加洛比較特別，和你們的惡魔與吃掉萊恩諾・雷特爾的惡魔不一樣。他在地獄折磨我。他以我的痛苦為食，所以妳們在捲軸鑰匙會打開傳送門的那次，他能夠跟著我一起過來。」

「黑榆莊的防禦圈限制你的行動。」道斯說。

「但關不住戈爾加洛。雖然他以我為食，但他吃得不夠多，所以不會被桑鐸的魔法困住。」

「你怎麼會長角？」透納問。

「你們只是遊客，在這個世界與惡魔領域間移動，但肉體一直在這裡。我不一樣。我走進地獄獸的嘴裡，進入惡魔領域之後，我一分為二。」他保持語氣穩定，但眼神變得迷離。「我變成惡魔，充滿……嗜欲的怪物，必須服侍戈爾加洛。另一方面，我也是人類，以自身的痛苦餵飽主人。」

「從中間切兩半？」

達令頓的笑容若有似無。「不，警探。我相信你非常清楚，人可以同時是殺人凶手也是善良好人。或者該說盡可能做好事的人。人類與惡魔同時受困地獄。人類與惡魔同時受困防禦圈。」

「我進入防禦圈的時候，安賽姆跟著我去了地獄。」亞麗絲說。

「他必須回地獄才有機會擊敗妳。相較於你們的惡魔，戈爾加洛的力量比較強，但也比較弱。只要我還被困在防禦圈裡，他就可以自由移動，吞噬他看上的犧牲者，但力量很弱。除非殺死我，或把我永遠關在地獄裡，否則他無法完全進入人間。」

「不過……現在他死了吧？」梅西問。

達令頓搖頭。「我毀壞了他打造的人類肉體。但他會在地獄等我。等我們所有人。」道斯蹙眉。「他知道我們找到了地獄通道？」

「不，」達令頓說，「他知道你們在找，但不知道你們成功找到，並且在萬聖節晚上舉行儀式營救我。」

「他說來過權杖居，看過我們的資料。」梅西說。

「他撒謊，」亞麗絲說，「根本不可能。他是惡魔，無法通過結界。所以那天晚上開除我們的時候，他才沒有帶我們去地洞。」

達令頓點頭。「他安排了預警系統。地獄非常遼闊，他無法顧到每個入口。但他知道你們要去哪裡，警報一旦啟動，他就知道你們找到我了。」

透納深吸一口氣。「那四匹狼。」

「沒錯。他派牠們監視黑榆莊。」

「牠們是惡魔。」亞麗絲說，接著恍然大悟，有如當頭棒喝。「牠們變成我們的惡魔。」

四匹狼應對四個朝聖者。狼攻擊他們時吸了血，品嘗到人類恐懼的滋味。亞麗絲還記得當他們逃出地獄時，那四匹狼像彗星一樣全身起火。那四個惡魔跟隨他們回到人間。

「戈爾加洛中斷儀式。」梅西說。「他強迫我關掉節拍器。」

「但他沒有走進中庭。」亞麗絲想起來他站在杜勒的魔法方塊下面。說不定他不想看到方塊，擔心會被謎題困住。

「他不會容許你們把我從地獄帶走。」達令頓說。「他想把你們一起困在地獄。」

「但亞麗絲帶我們離開。」透納說。

亞麗絲在座位上彆扭地動了動。「而且沒有關門，所以惡魔跟著出來。」

「我不懂，」道斯說，「為什麼忘川會圖書館的資料沒有警告地獄通道很危險？為什麼沒有建造的紀錄？第一批使用通道的朝聖者發生了什麼事？萊恩諾・雷特爾發生了什麼事？」

「我也不清楚。」達令頓承認。「忘川會歷史中做過很多掩蓋真相的事，那絕不是第一次。」

亞麗絲對上道斯的視線。她們很清楚。忘川會的成員、董事會、少數知道秘密社團真相的校務高層，這些人一直以來都將醜事藏在看不見的地方，可謂歷史悠久。魔法造成的傷亡、神秘停電、離奇失蹤，還有皮博迪博物館地下室的那個地圖。上個學期幾乎所有人都相信丹尼爾・阿令頓去了西班牙，幾乎沒有人知道艾略特・桑鐸是殺人凶手。無論做什麼都不必付出代價，只要一直找地方埋葬錯誤即可。

梅西將紅筆記本放在湯碗旁邊，在上面畫了好幾個同心圓。「也就是說他們掩蓋了真相。但萊恩諾．雷特爾變成吸血鬼。我們不知道其他朝聖者和他們的護衛發生了什麼事。既然他們知道地獄通道很危險，為什麼不毀掉？」

沒有人說話，因為為沒有人知道答案，但他們都知道真相一定很醜惡。第一批去地獄的人，他們的旅程絕對出事了，因為太嚴重，所以他們使用地獄通道的紀錄被徹底抹去，魯道夫．齊闕爾的忘川會日誌也被藏起來或銷毀。可能只是一隻惡魔跟隨雷特爾來到人間，忘川會的錯誤製造出一個吸血鬼。不過，為什麼沒有獵殺他？將近一百年來，忘川會放任他殺害無辜民眾，為什麼？

「不然我一個人去好了。」亞麗絲說。她不想說這句話、不想做這件事。但他們可能少一個朝聖者，而且拖得越久，狀況會越惡劣。「我不需要地獄通道。乾脆我獨自從防禦圈進去，設法把惡魔一起帶下去。」

「這樣的自我犧牲也太偉大。」透納說。他看達令頓一眼。「她摔倒撞到頭了？」

「我不是想當英雄。」亞麗絲酸溜溜地說。「但我已經害死崔普了。」

「我們還不確定。」道斯反駁。

「猜也猜得到。」她多希望猜錯。她希望崔普平安無事躲在奢華頂樓豪宅大吃素食辣肉醬，但她知道不可能。「是我把他拉進這次的行動，他很可能回不來了。」

「妳不能一個人去。」達令頓說。「或許妳可以拉著妳的惡魔一起下去，但必須要用通道才能擺脫其他惡魔。」

「史賓賽怎麼辦？」梅西問。「呃……假史賓賽，崔普的惡魔。」

「假使惡魔吃掉了崔普的靈魂——」達令頓開個頭。

「我們無法確定。」道斯堅持。

「但假使真的發生了，那隻惡魔就可以留在人間，以活人為食。」

現在紐哈芬很可能已經多了一個吸血鬼在狩獵人類。另一個亞麗絲間接造成的傷害。梅西當然有權利不信任崔普，質疑他是懦夫。但亞麗絲欣賞崔普。他是個傻蛋，但他為他們盡心盡力。我喜歡當好人。

「我們必須製造一條繩索。」道斯說。「開啟地獄之門，把它們全部拉進去。」

「包括吸血鬼？」梅西說。

「不。」達令頓說。「假使崔普的惡魔真的成為吸血鬼，那就必須單獨處理，我們得獵殺它。」

「我和梅西去查詢圖書館和庫房，看看有沒有辦法誘使惡魔下地獄。」道斯說。「不過，要開啟通道，我們必各就各位，如此一來能做的很有限。」

「我們感到悲慘的時候，它們會自己找來。」亞麗絲說。

透納看她一眼。「要是一整天都很慘呢？」

「可以用死神麻雀。」梅西翻看資料。「把這種麻雀放在一個空間裡，牠就會散播混亂，造成整體失和。七〇年代曾經用來阻撓工會組織的會議。」

「你可曾聽見那樣的寂靜，鳥兒已然死去，但不知何物依然發出鳥鳴？」[15]達令頓引用。

「我真的很懷念聽不懂你在說什麼的感覺。」亞麗絲說。她是認真的。「但是在心情沮喪挫敗的狀態下進入地獄似乎不太好。」

「也可以用伏尼契手稿[16]。」道斯說。「但我不知道如何取得。」

「還有其他東西可用，為什麼要選伏尼契手稿？」梅西問。

伏尼契手稿大名鼎鼎。就連亞麗絲都聽說過。除了原版古騰堡聖經，伏尼契手稿很可能是拜

15 引自英國詩人詹姆斯．埃爾羅伊．弗萊克（James Elroy Flecker，一八八四～一九一五）的詩作〈Gates of Damascus〉。

16 一本內容不明的神秘書籍，共二四〇頁，附有插圖，卻與內文完全沒有關聯。名稱來自一九一二年買下此書的書商。多年來經過許多密碼專家與語言學家分析，但至今依然無法解讀內容。

內克圖書館最有名的館藏。而且連要看都很難。古騰堡聖經一直放在大廳玻璃櫃展示，每天都會翻一頁。但伏尼契手稿被鎖在很隱密的地方。

「因為那是一個謎題。」達令頓說。「無法理解的語言、無法破解的密碼。這就是這本書的意義。」

梅西啪一聲闔上筆記本。「等一下。這……意思是說，伏尼契手稿是為了困住惡魔而製造的？學者專家花了幾百年的時間在猜。」

達令頓聳肩。「看來困住學者的效果也不錯。但道斯說得沒錯。頂多只能拿到電子副本，不可能取得正本，而且還要從拜內克圖書館拿出來？想都別想。」

「如果用皮耶織匠呢？」梅西問。

透納往椅背上一靠，雙手抱胸。「最好有用。」

道斯用筆點嘴唇。「這個想法很有意思。」

「簡直神來之筆。」達令頓說。

梅西微笑。

「有沒有人想告訴我和透納皮耶是誰，他織什麼？」亞麗絲說。

「皮耶織匠是手稿會買的。」道斯說。「許多邪教領袖和假宗師都用過，誘拐信徒的效果一流。皮耶・伯納[17]是最後一個使用的人，所以才有這個名字。重點在於要讓織匠織出正確的情緒之網。」

「可以困住惡魔？」透納問。

「只能短時間。」道斯說。「總之……風險很大。」

「什麼都不做風險更大。」亞麗絲不想再紙上談兵了。他們無法等到下一個新月。「我不會任由那些傢伙追著我們到處跑，吃我們的內心情感，最後被它們一個接一個幹掉。」

「它們只會變得越來越強大、越來越狡猾。」達令頓說。「我個人不希望看到你們被吃掉，然後還得對付那些盜用你們長相的吸血鬼。」

「好。」透納說。「我們就用皮耶織匠。困住它們，然後拖它們回地獄。我手上還有一個謀殺嫌犯，他……就算不是受到惡魔誘騙，也是受到鼓勵，協助犯下兩起驚人凶案，並且策畫第三起。我無法用惡魔教唆為由為他爭取減刑。」

「他已經被逼瘋了。」達令頓說。「用這個理由就能爭取到減刑。無論他的惡魔是真的還是想像出來的，結果都一樣。」

17 Pierre Bernard，美國瑜伽大師、神秘學者，一九〇五年將崇尚性愛修行的譚崔瑜伽（Tantra）引進美國，人稱美國譚崔之父。

「姑且當作我願意不追究這件事。」透納接著說。「別忘了黑榆莊地下室還有三個失蹤人口的遺體，遲早會有人來找他們。即使惡魔用安賽姆的外型跑來跑去，穿他的西裝、刷他的卡，但我相信安賽姆的老婆一定會納悶他怎麼一直沒回家。」

把屍體裝進袋子，租車換掉車牌之後載來權杖居，放進坩堝花上幾個小時慢慢烤成灰。把車擦乾淨之後丟棄。亞麗絲很清楚他們該怎麼做。透納也是。她也知道他不會說出來。儘管他冷血殺害卡麥克，但他畢竟是警察，他絕不會參與掩蓋犯罪的行為。

「我們會處理。」亞麗絲說。

「我不會幫忙收拾你們的爛攤子。」

「不會麻煩你。」

透納似乎不太相信。「要是處理不來我也不會幫。你們說了那麼多，但一直沒有解釋剛才在外面人行道上發生的事。我看到一個惡魔把另一個惡魔撕成兩半。我看到妳全身起火，而且是不該出現在我們世界的火，然後又看到妳牽制他。有沒有人想解釋一下這些事？」

達令頓聳肩，伸手再盛一碗湯。「要是能解釋，我們早就解釋了。」

從透納的表情，亞麗絲看得出來他認為達令頓在撒謊。

亞麗絲也有同感。

39

房子夠大，每個人都可以在有結界的地方過夜。達令頓回到三樓的味吉爾臥房。道斯睡起居室的沙發，透納在庫房打地鋪。

亞麗絲與梅西一起睡但丁臥房。關燈之前，亞麗絲再一次傳訊息給崔普。晚上去找他太危險，但明天早上她和透納會再去一趟。

「我對他很刻薄。」梅西說。

「他不是因為妳而出事。妳不必對每個人都好。」她躺在枕頭上。「明天的事，妳要先做好準備。道斯說這次下去會不一樣。我不知道會對地面上的妳產生什麼影響，但現在有吸血鬼在作亂，而且可能不只一個。我不想害妳又發生危險。」

梅西在被子底下動了動。「可是我們一直都有危險。參加派對會遇到壞人，走在路上也會遇到壞人。我認為……我認為與其等麻煩上門，不如主動去面對。」

「就像爛約會。」

梅西大笑。「嗯。不過，要是我出事了——」

「不會啦。」

「萬一真的——」

「梅西，要是有人敢惹妳，我會教他們暴力的新定義。」

梅西大笑，聲音清脆。「我知道。」她坐起來拍拍枕頭之後靠在上面。亞麗絲可以看出她的頭腦在轉動。「既然能成為朝聖者……就表示你們四個都殺過人？」

亞麗絲知道梅西遲早會問。「對。」

「我知道……我知道道斯殺死了布雷克。其他人做了什麼我不太想知道，但……」

「為什麼我有資格加入殺人凶手探險隊？」

「嗯。」

亞麗絲跟梅西說過忘川會的事、魔法的事，甚至告訴梅西她能看見灰影並使用他們的力量。但她掩埋了過去。梅西只知道她是從加州來的，教育中斷過幾次。

亞麗絲可以想出各種謊言混過去。只是自衛。只是意外。然而，實際上她每天早上都在思考怎麼殺掉埃丹，要是她能擺脫嫌疑，並且找到地方藏屍，她一定早就下手了，而且不會後悔。更何況，她答應過梅西不會再騙她。

「我殺了很多人。」

梅西翻身側躺看著她。「多少？」

「夠多了。現在已經夠了。」

「妳……妳怎麼有辦法承受？」

她該說怎樣的實話？因為讓她良心不安的並非她殺死的人。而是她任其死亡的人，她無法拯救的人。亞麗絲知道應該說些讓梅西安心的話才對。例如她每天祈禱、哭泣，為了遺忘而不停奔跑。她沒幾個朋友，所以不想失去這個。但她受夠了，不想繼續偽裝。

「梅西，我天生不正常。我不知道究竟是少了自省能力還是良心，也可能是我肩膀上的天使去放長假了。但我從來沒有因為殺死那些人而睡不著。這樣的室友很可怕吧？」

「或許吧。」梅西關燈。「但我很高興妳站在我這邊。」

亞麗絲等到梅西開始打呼之後才偷溜下床，赤腳上去三樓。味吉爾臥房的門開著，壁爐點著火，上方的彩繪玻璃窗戶描繪一片鐵杉樹林。達令頓懶洋洋坐在火邊的椅子上。他換上忘川會運動褲和舊浴袍——也可能是叫做晨袍的那種東西。她不確定。她只知道，明明過去幾週她早就看慣了他赤身裸體的模樣，但看到他現在的樣子——腳架在腳凳上，睡袍敞開，胸口裸露，一手拿著書——讓她覺得自己像偷窺狂。

「史坦，妳有什麼事嗎？」他沒有抬頭，繼續看書。

這個問題很難回答。

「你對透納撒謊。」她說。

「我猜有必要的時候，妳也會做一樣的事。」他終於抬起視線。「妳要整個晚上都站在門口還是要進來？」

亞麗絲強迫自己進去。為什麼她這麼緊張？這個人是達令頓——學者、勢利眼、討厭鬼。沒有任何神秘之處。但她曾經讓他的靈魂進入體內。她的舌尖依然能嘗到他的滋味。

「你在喝什麼？」她問，拿起椅子旁小茶几上的小玻璃杯，裡面裝著琥珀色飲料。

「雅瑪邑白蘭地。想喝自己來。」

「可是我們——」

「我知道，我的那瓶雅瑪邑為了崇高目的犧牲了——我爺爺的賓士車可能也一樣。這瓶沒那麼昂貴，也沒那麼稀有。」

「但也不便宜。」

「當然囉。」

她放下酒杯，在對面的椅子坐下，舉起腳對著壁爐取暖，右腳襪子上的洞讓她非常尷尬。

「你確定沒問題？」她問。「你真的可以再去一次地獄？」

他的視線回到手中的書上。蜜雪兒．阿拉梅丁的忘川會日誌。

他是不是納悶為什麼護衛不是她？「有沒有發現有意思的事？」

「還真的有。一個之前我沒有發現的模式。但惡魔熱愛謎題。」

「她有幫忙，」亞麗絲說，「她告訴我們你相信地獄通道在校園。」

「她不欠我什麼。我曾經對自己承諾永遠不會看她的日誌，不會探究她對但丁的看法，絕不會輸給那份虛榮心。結果我還是看了。」

「她說什麼？」

他的笑容惆悵。「沒說什麼。她說我做事講究、重視細節，而且態度積極——超過五次。整體印象很籠統，而且其實不算好評。」他闔上那本書之後放在一旁。「至於妳之前那個問題，重回地獄讓我覺得想到就不舒服，但是沒有其他辦法了。在我意志消沉的時候，也曾經忍不住想責怪桑鐸，畢竟他是始作俑者。他的貪婪啟動了這一連串悲劇。他召喚地獄獸來吞噬我。他大概以為這是很痛快的死法。」

「而且很乾淨。」亞麗絲不經大腦就說出口。

「也是啦。不必處理屍體。也不會有人多問。」

「照理說你不會活下來。」

「對。」他沉思。「看來這方面我們兩個都一樣。史坦，妳是不是差點笑出來？」

「算是嗎？」她在座位上動了動，仔細觀察他。從以前他的魅力就一直太誘人，深色頭髮、頎長身段，超凡氣質讓他感覺有如失勢的王族，從遠在天邊的城堡駕臨這個平凡世界。她忍不住一直盯著他看，忍不住一直提醒自己他真的在這裡，真的活著。而且他好像原諒她了，這才最不可思議。但這些她都不能說出口。「那些你不能在別人面前說的話，現在告訴我吧。為什麼你還有角——」

「偶爾出現而已。」

「好吧。為什麼你用角的時候我會全身冒火？」

達令頓沉默許久。「我們做過的事、即將做的事，很難以言語形容。妳可以將地獄通道視作一連串門戶，每一道都是為了阻擋人們無意間闖入地獄。史坦，妳不需要那些門。」

「貝爾邦……她死之前——」

「被妳殺死之前。」

「又不是我一個人幹的。她說過所有世界都對輪行者敞開。我看到一圈藍焰圍住我。」

「我也看過，」他說，「一年前的萬聖節。命運之輪。應該不是巧合。還有一個應該不是巧合的東西。」

他站起來走到房間另一頭，拿出一本介紹紐約地標的書。他的舉止像以前一樣從容自信，但現在那雙長腿跨出的步伐多了一點邪氣。她看見惡魔。她看見掠食動物。

他翻找一下之後將翻開的書遞給她。「洛克菲勒中心的阿特拉斯[18]像。」

黑白圖片裡的主角是一個青銅鑄造的男性雕像，肌肉發達，單膝跪下，壯碩肩頭扛著三個交錯的環，彷彿被重量壓彎了腰。

「天球[19]，」達令頓接著說，「運行中的蒼穹。也可以說是……」

亞麗絲用指尖描著其中一個有黃道十二宮符號的環。「命運之輪。」

「這個雕塑的設計師是李．勞瑞。他也負責設計史特林圖書館的石雕。」達令頓從她手中拿走書放回書桌上。他背對著她說出：「在手稿會那天晚上，我看到的不只是輪，而是王冠。」

18 希臘神話裡的擎天神，屬於泰坦神族，被宙斯降罪來用雙肩支撐蒼天。
19 天文學和導航上想出的一個與地球同球心，並有相同的自轉軸，半徑無限大的球。

「王冠？什麼意思？這一切到底是什麼意思？」

「我不知道。但妳從防禦圈進入地獄，等於打破了所有規定。妳帶我出來的時候，又打破了另一條規定。」他回到她對面的位子坐下。「妳從地獄偷走我。一定會留下印記。」

亞麗絲腦中響起安賽姆——戈爾加洛——的嘶吼：小偷。她眼前浮現那四匹狼齜牙咧嘴說出同樣的詞。

「就是你身上的環？」她說。「你手腕和脖子上的環？那個是印記？」

「這個？」他傾身向前，身體瞬間變化，耀眼金眸、彎曲犄角、寬闊雙肩。亞麗絲無意閃躲，但身體不由自主在椅子上往後縮。一次呼吸的時間，他從人變成惡魔。他的手腕與頸子出現金環。

「嗯。」她說，盡可能不流露恐懼。「那個。」

「這些環表示我必須忠誠服侍。直到永遠。」

「服侍地獄？戈爾加洛？」

他大笑，聲音低沉冰冷，沉在湖底的東西。「是妳，史坦。救我逃出地獄的人。我會服侍妳到世界末日。」

40

她面無表情。達令頓早已知道，當亞麗絲．史坦沒有把握的時候就會擺出這張臉。戰或逃？生存高手知道有時無招勝有招。很久以前的那個晚上在地下室，她也是這樣，有如石雕。

她揚起一條眉毛。「那……你會幫我洗衣服嗎？」

戰、逃，或毒舌。「妳真的很壞。」

「要叫我主人才對吧？妳真的很壞，**主人**。」

他放聲大笑。

但亞麗絲蹙眉、咬牙，模樣彷彿準備打架。「太多未解之謎。堆積起來的結果讓我覺得很不舒服。」

「我也有同感。」他說，這次他沒有撒謊。「妳能看見亡魂、聽見他們的聲音、使用他們的力量——而且，如果我沒有弄錯，妳也能以同樣的方式使用活人，只是妳比瑪格麗特．貝爾邦有良心一點。」

他的這番解析只換來她斷然點一下頭。

「至於我……」他不確定該怎麼說下去。身為人，他在地獄受盡折磨。身為惡魔，他以別出心裁的方式恣意施予折磨。桑鐸遭到貝爾邦殺害之後來到地獄，靈魂已經被她吞噬。他永遠無法去到界幕另一邊，但地獄樂於接收。身為惡魔的達令頓熱愛想出新方法讓桑鐸痛苦，為他造成的磨難付出代價。

界幕裡的鬼魂覺得達令頓很可怕，他也覺得自己很可怕。那種感覺……老實說，那種感覺很痛快。他從小就偏愛腦部活動——語言、歷史、科學。他自願接受的那些體能訓練——武術、擊劍，甚至體操——全都是因為對未來的冒險有幫助，他確信自己一定會踏上旅程。但偉大的邀請從未來到。沒有高貴的使命、沒有機密的任務。他監督儀式、稍微窺見另一個世界、寫作業、寫報告。換言之，他畢生不斷打磨的利劍毫無用武之地。

後來桑鐸院長送他下地獄。照理說達令頓應該無法存活才對，但他死命撐到救援來臨。

現在呢？他人類的成分夠多嗎？他可以坐在餐桌邊文明交談。他沒有對任何人咆哮，也沒有砸壞家具，但是並不容易。惡魔並非愛動腦的生物。它們憑本能行動，受嗜欲驅使。他曾經自詡絕非那樣的人，並且引以為榮。從不魯莽。以理性為依歸。但現在他感受到前所未有的欲望。晚餐時他好想把臉埋進湯碗，像貪吃的動物一樣狂舔。現在，他好想把臉埋在亞麗絲的腿間做一樣的事。

達令頓抹一把臉，督促自己振作，祈求理智回歸。他是她的導師。她的味吉爾。她救了他的命，他不能對她有這種下流念頭。他不是口水狂流的野獸。他必須先假裝自己是人類，直到真正變回人類。

看到其他人集思廣益規畫行動，他感到很驚訝。亞麗絲發揮領導能力、道斯表現出自信，他差點認不出她們，這些都是他不在的時候培養出來的。就算沒有我，她們也會過得很好。她們會變得更堅強。坐在餐桌邊，看著她們與透納、梅西一起一步步策畫，他覺得自己像是外人，明明這裡曾經是他的歸屬。他終於瞭解自己無足輕重，但這個領悟來到太慢也太突然，實在很殘酷。

「至於我，我也不知道自己是什麼。」他終於說。

「但你可以控制——」她揮揮一隻手，動作像對他下咒，「——那些惡魔的鬼東西。」

「我希望可以。不過妳和其他人接近我的時候，最好還是隨身攜帶鹽。最好也要在黑榆莊下禁制，必須要有其他人在一起我才能出門。如果以後我住在其他地方也一樣。」

他說話多麼理智。要扮演過去的他也沒那麼難。

他思索眼前這個奇怪又可怕的女生。在火光下，她的眼睛是黑色的，頭髮富有光澤，有如漆器。水妖溫蒂妮，破水而出尋覓靈魂。達令頓很不願意回想手稿會萬聖節派對發生的事。但那時當他注視大鏡子，他看見亞麗絲不只是人世的這個她。他也領悟到，儘管他一直夢想要當英雄，但他並不是。他是騎士。騎士不過是拿劍的僕役。他第一次瞭解自己、瞭解他存在的目的。至少那時候感覺如此。他只想服侍她，被她看見、受她渴望。他不知道原來他看見的是未來。

「妳是輪行者。」他說。「我之所以知道，只是因為妳知道，只是因為貝爾邦知道，後來桑鐸也知道。我打算去找連忘川會圖書館都沒有的資料，挖出這個詞真正的意義。但現在我知道一件事：明天晚上的地獄之行，恐怕會有人回不來。」

「上次我們順利回來了。」

「而且還帶了四個惡魔一起。其中一個可能會定居在我們的世界以活人為食，直到有人消滅他。但這次我們無法全部回來。只要地獄少了一個殺人凶手，門就會一直敞開，你們的惡魔會一再重返人間。欠地獄的債終究得償還。」

亞麗絲蹙眉。「為什麼？你怎麼會知道？」

「因為我曾經是他們的一分子。我曾經是惡魔，以亡魂的痛苦為食。」他原本想輕描淡寫、若無其事地說出來，但最後卻變成支支吾吾，自白意味太濃。

「我應該恐懼震驚嗎？」

「我曾經為了存活而吃人類的情感？我以痛苦為食並且樂在其中？我還以為連妳都會覺得可怕呢。」

「你進過我的頭腦，」她說，「應該看到我為了在人間存活做過什麼吧？」

「一些片段。」他承認。一連串太過慘澹的時刻，有如絕望深海，海莉有如金幣般耀眼，她的外婆散發出琥珀光澤，她的母親……糟糕透頂，有如一片烏雲、一堆磨損糾結的毛線，憐憫、嚮往、憤怒、愛，各種情緒紛亂纏繞成一大團。

「要生存就是這樣，」亞麗絲說，「不計一切代價，這是我們唯一的任務。」

怪異的賜福，但他很感激。他雙手交疊，接下來那句話讓他很掙扎，但他想要說出來。「要是我告訴妳，我心中有一部分依然想要以痛苦為食，妳會怎麼想？」

亞麗絲沒有畏縮。一點也不奇怪。她不知道畏縮是什麼。

「我會說，控制好你自己。達令頓。每個人都想要不該要的東西。」

他很想知道，她是否真的明白他是什麼。假使她真的懂，說不定會逃出這個房間。但這個煩惱不會持續太久，去了地獄之後自然會消失。在那之前，他可以綁好惡魔，不讓它掙脫。

「妳必須接受現實，地獄肯定會企圖留下其中一個人。」他說。「我願意留下，史坦。我本來就不該離開。」

他不知道自己期待什麼反應，大笑？哭泣？她做出崇高的犧牲，要求代替他留在地獄？他已經搞不清楚誰是但丁、味吉爾、碧雅翠絲[20]。他是奧菲歐還是尤麗狄斯[21]？

沒想到亞麗絲只是往椅背一靠，賞他一個質疑的眼神。「我們費了那麼大的功夫、流血流汗才把你從地獄拖出來，你以為我們會把你送回去，像領養的狗狗在地毯上亂大便就送回收容中心？」

「我不會那樣形容——」

亞麗絲站起來，一口喝乾他那杯昂貴的雅馬邑白蘭地，像在喝蟾蜍酒吧淑女之夜一杯一元的廉價酒。「去你的，達令頓。」

她大步走向門口。

「妳要去哪裡？」

「去庫房找透納說幾句話，然後再打幾通電話。你知道你有什麼毛病嗎？」

「耽溺於初版書和喜歡教我怎麼做自己的女人？」

「太守規矩，到了有病的程度。快點睡吧。」

她走出房間，消失在黑暗的走道上，一轉間就不見人影，有如被魔法變不見。

41

天亮了亞麗絲才睡著。有太多事要規畫，而且昨晚和達令頓獨處的時間，令她感受到一種不舒服的頻率擾動，使得她難以入睡。她在腦中和他對話那麼久，和真人一起對坐聊天應該並不難。但他們已經不是過去的那兩個人了，曾經他們是學生和老師、學徒與師傅。以前知識只有單方向流動。力量全部掌握在他手中。但現在那份力量會移動，不斷改變，衝撞他們對彼此的理解，因為依然無解的謎而混亂，落入那份理解失效的陰暗角落。這樣的混亂彷彿充滿整棟房子，有如一道地獄火在走道奔竄、沿著樓梯往上燒，有如點燃的引線。耶魯與忘川會曾經屬於達令頓，但現在舞臺變大了，亞麗絲還不確定他們應該擔任什麼角色。

---

20 但丁的繆斯，在現實中兩人只見過兩次面，幾乎毫無交集。但在《神曲》中的她宛若仙女，藉著她的引導，但丁才由煉獄進入天堂。

21 奧菲歐是希臘神話中的音樂家，尤麗狄斯是他的妻子。尤麗狄斯被毒蛇咬死，奧菲歐進入地獄設法營救，他以音樂打動冥王得以救出妻子，但條件是在離開冥界之前不可以回頭看，但他最後還是忍不住而功虧一簣。

她才剛睡一下，道斯就來搖她的肩膀叫她。

看到她驚慌的表情，亞麗絲急忙坐起來。「怎麼了？」

「執政官要來。」

「這裡？」亞麗絲一邊問，一邊跳下床穿上她僅有的乾淨衣物——忘川會運動服。「現在？」

「我正在準備午餐，他打電話來。我請梅西待在樓上。他想討論狼奔儀式的準備工作。妳沒有寄電子郵件給他？」

「有啊！」她寄了寫好的筆記、研究資料的網址連結，外加四百字的誠摯道歉，責備自己上次開會沒有做好準備，並且重申她對忘川會忠心耿耿。看來她認真過頭了。「達令頓在哪？」

「他和透納去崔普家了。」

亞麗絲用手指整理一下頭髮，盡可能不要太嚇人。「結果呢？」

「沒有人應門，但門口的鹽結沒有被破壞。」

「這是好事吧？說不定他只是回父母家躲起來，不然就是——」

「找不到崔普，我們就無法把他的惡魔拉回地獄。」

這個問題只能晚一點再煩惱了。

她們下樓到一半時聽見大門打開。華許—惠特利教授吹著口哨走進來。他把無沿帽和大衣掛在門邊的架子上。「史坦小姐！」他說。「眼目說妳會晚一點。妳……那是睡衣？」

「我只是在處理一點小狀況。」亞麗絲燦爛微笑。「老房子經常需要維修。」腳下的樓梯發出很大的聲響，彷彿權杖居在配合演出。

「這棟房子雖然老了，但還是很氣派。」執政官大步走進起居室。「希望眼目補足了食品儲藏室的存貨。」

眼目。他沒有和道斯打招呼。難怪他的味吉爾和但丁都討厭他。但現在有更嚴重的問題，她們沒空因為失禮的迂腐教授生氣。

「打電話給達令頓。」亞麗絲悄悄說。

「我打過了！」

「再打一次。叫他先不要回來——」

大門打開，達令頓大步走進來。「早安。」他說。「透納——」

亞麗絲和道斯瘋狂揮手要他別說話。但已經太遲了。

「有客人嗎？」執政官從起居室探頭出來問。

達令頓拿著大衣愣住。華許—惠特利盯著他看。

「阿令頓先生？」

達令頓僵硬點頭。「我……是。」

亞麗絲撒謊像喝水一樣容易，但在這一刻，她腦中一個字也沒有，更編不出合理的故事。她根本沒想過要怎麼解釋達令頓重新出現這件事。她和道斯只能呆站在原處，看起來像被澆了一桶冰水。

呃，既然已經目瞪口呆了，不如利用一下。亞麗絲用盡意志力擠出眼淚。

「達令頓！」她哭喊。「你回來了！」她撲過去一把抱住他。

「對，我回來了。」達令頓的音量有點太大。

「老天，」執政官說，「真的是你？根據我的瞭解，你已經死了。」

「沒有，教授。」達令頓從亞麗絲的懷抱掙脫，一手按住她的後腰，觸感像熱炭。「我只是落入空間裂縫。但丁與眼目非常好心，為了我去拜託海曼．裴瑞茲施展召回魔法。」

「這麼做不合規矩。」華許─惠特利責備。「應該要先諮詢我才對。董事會——」

「當然、當然。」達令頓急忙附和，亞麗絲繼續哭哭啼啼。「嚴重違反了規範。但我必須承認。我非常感激。裴瑞茲天賦過人。」

「這一點我同意。他是忘川會數一數二的高手。」執政官端詳達令頓。「你就這樣……出現了。」

「在羅森菲爾館的地下室。」

「這樣啊。」

被遺忘在樓梯上的道斯清清嗓子。「先吃點東西吧？我準備了起司吐司配煙燻杏仁和南瓜咖哩。」

華許－惠特利的視線在道斯、亞麗絲與達令頓三個人之間移動。老教授雖然自負又古板，但他不是傻瓜。

「好吧。」他終於說。「不管什麼事，配點好菜邊吃邊說都比較好解釋。」

「再來杯好酒。」達令頓補上一句，領著教授往餐廳走。

亞麗絲望向窗外，她能看到惡魔閃閃發光的眼睛，它們聚集在對面房屋之間的暗處。至少它們沒有靠近。達令頓攻擊假海莉一定嚇壞它們了。

「要不要在他的湯裡下毒？」道斯經過她身邊時低語。

「這個主意不算太差。」

午餐很漫長，達令頓與亞麗絲只能撥弄食物。今晚就要去地獄了，他們必須禁食。席間話題圍繞著桑鐸驟逝、達令頓消失，以及裴瑞茲施展召回法術可能會需要的準備。亞麗絲很好奇，達令頓變成半個惡魔之前是不是也這麼會撒謊。

道斯送上熱的義式蘋果派和一壺法式酸奶油。「你們沒胃口嗎？」執政官問。

「時空傳送會讓人消化不良。」達令頓說。

亞麗絲快餓死了，但她只是啜泣著說：「我太激動了，吃不下。」

華許—惠特利舉起叉子空刺幾下。「感情用事的胡說八道。忘川會容不下多愁善感的弱者。所以才不該讓女人加入第九會。」

廚房傳出砸東西的巨大聲響，道斯藉此表明她的想法。

「今晚的狼奔儀式你會出席嗎？」執政官問達令頓。

「當然。」

「我們的史坦小姐進步了很多，相信你感到欣慰。儘管她背景可疑、欠缺教育，但表現還不錯。我想應該要歸功於你的教導。」

「可想而知。」

亞麗絲很想在桌子底下偷踢他，好不容易才忍住。

華許—惠特利吃完最後一口蘋果派、喝掉最後一點法國蘇玳產區的貴腐酒後，亞麗絲送他到門口。

「史坦小姐，祝妳今晚一切順利。」他說，因為喝了酒所以臉頰紅潤。「最晚星期日要把報告交來。」

「沒問題。」

他在門階上停下腳步。「阿令頓先生回來，妳應該終於能安心了吧？」

「非常安心。」

「召回魔法非常複雜，海曼．裴瑞茲能成功真是太幸運了。」

「非常幸運。」

「更別說裴瑞茲先生一年中大部分的時間都在南極尋找遺失的納粹碉堡。我認為那種研究只是白費功夫，不過他爭取到了經費，所以董事會大概認為有意義吧。很難聯絡到他。」

執政官可能真的看破了他們的手腳，也可能只是虛張聲勢嚇他們，亞麗絲不確定。「是嗎？看來我們非常走運。」

「非常。」執政官說，然後戴上帽子。「忘川會覺得我是討厭鬼、老學究，從以前就是這樣。但比起那些該管事卻只是做做樣子的人，我對忘川會有更高的期待。我相信忘川會能夠成為崇高的組織，應該具備這樣的格局才對。吾等乃牧者。」他對上她的雙眼，他的棕眸渾濁，難以看透。「有些地方即使我們有能力去也不該去。出門在外要當心，史坦小姐。」

亞麗絲還沒想到該怎麼回答，教授已經走到街道上，一路吹著口哨，那是一首她沒聽過的歌曲。

亞麗絲目送他離去，不禁懷疑雷蒙・華許—惠特利究竟是什麼樣的人。年輕天才。食古不化的老頑固。在海濱度假勝地愛上同性的大學生，至今依然為痛失所愛而悲傷。

亞麗絲關上門，回到結界裡讓她鬆了一口氣。道斯在餐廳研究藍圖與資料，向達令頓說明去地獄的旅程會發生什麼事。亞麗絲很樂意讓他們自己去忙。她不願意想起達令頓昨夜在壁爐前的模樣。**耽溺於初版書和喜歡教我怎麼做自己的女人？**只是開玩笑。沒什麼。但那個詞一直黏在她的舌頭上——耽溺，這個詞既精準又淫靡。

她直接回但丁臥房。她還有事要做。

媽媽接起電話，激動地說：「寶貝！」亞麗絲的心頭湧上熟悉的情緒，幸福與羞恥同時到來，每次聽到媽媽的聲音都會這樣。「妳沒事吧？過得怎樣啊？」

「一切平安。感恩節我應該會回家。」

梅西和蘿倫計畫要去蒙特婁，另外還找了兩個蘿倫在戲劇學院打工認識的戲劇系學生。她們也問了亞麗絲，但亞麗絲沒有那麼多錢。假使第二次去地獄順利回來，她打算動用微薄存款回一趟洛杉磯。

媽媽許久沒說話。亞麗絲可以想像米拉在老舊客廳來回踱步，心中充滿憂慮。「妳確定？我很想見妳，可是這樣做會不會對妳有害？」

「不會啦。我只是去看看妳，只待幾天而已。」

「真的？那太好了！我找到一個新的靈療師，我相信她一定能給妳很大的幫助。她的專長是清除負面能量。」

她能清除惡魔嗎？「好啊。感覺不錯。」

媽媽再次沉默。「妳真的沒事？」

亞麗絲應該要抗拒靈療師才對。

「真的沒事。我愛妳，我很期待見到妳……好吧，我不期待吃素火雞，不過我可以假裝一下。」

米拉笑聲如此輕鬆自在。「妳一定會愛死，銀河。我會把妳的房間整理好。」

她們道別之後，亞麗絲坐下看著窗戶，彩繪玻璃上的月亮照耀一片藍色玻璃雲朵，沒有陰晴圓缺。小時候，她曾經仔細研究媽媽的五官，尋找她們的相似之處，但從來沒有找到。只有一次，她們並肩赤腳坐在床上，她發現她們的腳一模一樣，第二根腳趾比拇指長，小指擠在旁邊，好像臨時加上去的。這個發現讓她安心。她屬於這個人。她們有同樣的基因。但這樣還不夠。別的母女有相同的幽默感，有類似的天賦，同樣擅長縫紉、歌唱、學習語言。為什麼她們沒有？亞麗絲想起媽媽走在街上，閃耀著希望光彩。但亞麗絲永遠在陰影中。

她很想叫媽媽這幾天不要待在家，去安卓雅家住，但真的說出來絕對會嚇壞她。假使今晚她失敗，這一切都無所謂了。

亞麗絲看看手機。透納還是沒有回覆。她不要主動打給他，不想讓天平倒向錯的方向。她拜託他的事雖然不算犯罪，但也絕對不正派，透納的道德觀太嚴謹，讓她戰戰兢兢。

昨夜她去庫房找透納，他問：「妳到底打算做什麼？」

「你真的想知道？」

他思考許久之後說：「完全不想。」然後他重新躺下，用毯子蓋住頭。

「你會幫忙吧？」她堅持追問。「你會打電話？」

他只說了一句：「去睡覺，史坦。」

現在她低頭看手機，撥打崔普的號碼，今天她已經打二十次了。沒接。成功解決這件事之前還會死多少人？會有多少屍體在她身後漂浮？

亞麗絲拿著手機遲疑。下一通電話可能解救她，也可能使她萬劫不復。

鈴聲才響一下，埃丹立刻接聽。「亞麗絲！妳好嗎？妳要去找雷特爾嗎？」

亞麗絲注視玻璃月亮。「我只是出於禮貌告知你一下。我不要再幫你打雜了。我要跳槽去萊納斯．雷特爾手下。」

「別傻了。雷特爾不是好東西。他——」

「你沒辦法幹掉他。你沒有能對付他的武器。」

「亞麗絲，這種話最好不要隨便說。」

「我要告訴他你所有的秘密，幫派的狀況、合夥人是誰。」

「妳媽媽——」

「他會保護米拉。」要是真的就好了。

「我在紐約。過來見我。我們談談。我願意給妳更好的條件。」

亞麗絲知道要是真的去了絕對回不來。

「好聚好散吧，埃丹。」

「亞麗絲，妳……」

她掛斷電話。**地獄空蕩蕩，惡魔皆在此**[22]。又是莎士比亞。金金的俱樂部裡有個舞孃將這

22 出自莎士比亞作品《暴風雨》。

句話刺在恥骨上方。幾個月來，亞麗絲對埃丹唯命是從。現在該輪到他害怕了。現在該輪到他飛奔而來了。雷特爾是其他惡魔無法打敗的惡魔，讓他們彼此警惕的惡魔。

那天晚上，他們準備狼奔儀式要用的東西時，達令頓說：「史坦，我看得出來妳又在打鬼主意。」

「你只要保持低調，不要讓任何東西弄死我就好。」

「這是我必須付出的代價。」他提醒。

「必須付出代價的人是桑鐸。你落入地獄並不因為做了壞事。」

「但我確實做了。」

亞麗絲檢查包包裡的東西：鹽、銀環，她還準備了銀匕首以防萬一。「等事情都搞定再來辯論吧。道斯負責做紀錄。我們可以裝訂之後放進忘川會圖書館。《史坦惡魔論》。」

「《阿令頓惡魔論》。難道妳不打算自告奮勇代替我待在地獄？」

「去死啦。」

「我真的很想念妳，史坦。」

「真的？」她不想問，但話自己冒出來，她來不及阻止。

「欠缺人類情感的邪惡魔鬼所能想念的程度。」

她差點笑出來。

亞麗絲當然不會自告奮勇在地獄永世受苦。她不是當英雄的料。但她也不會再把達令頓丟在那裡。**欠地獄的債終究得償還。**換言之，地獄和其他地方沒兩樣。永遠有人必須付出代價，也永遠有人強取豪奪。

他們離開權杖居，前往沉睡巨人公園和狼首會的人會合，她有一種安心感，就好像現在他們密不可分，只要他們合力，就連惡魔也不敢來招惹。

我會服侍妳到世界末日。那只是作夢嗎？還是預言？難道亞麗絲像外婆一樣可以預知未來，在那時就看到了這一刻？即使真是如此，她依然無從參透其中的意義，也不懂達令頓身上的金環是什麼，更不瞭解那種令她心神不寧的安心感：她知道只要她召喚，他便會即刻奔赴。紳士惡魔。就連亡魂也為之膽寒的怪物。

紐哈芬啟程之船，
出航之時，船帆迎滿冷冽冰霜之風，
眾善人之祈禱充盈其中。

「主啊！若將吾人之友葬身汪洋能使您心悅，」——
老牧師祈求，——
「儘管帶走他們吧，他們屬於您！」

——〈鬼船〉，亨利・華茲華斯・朗費羅[23]

這是我以味吉爾身分所寫的最後一篇日誌。我曾經以為我永遠不想離開這個職位，但現在我卻每天都在倒數，迫不及待想離開權杖居，關上門之後再也不回頭，永遠不再踏足這棟房子。我的未來注定功成名就，然而我知道死後注定會下地獄。若是瑙恩司得知我們的愚行有多荒誕不經，一定會訕笑不已。若是他得知我們的罪行有多十惡不赦，一定會哀泣不止。我何苦寫這些？我將會藏起這本日誌，連同我們的罪孽一起永不見天日。我多麼希望自己相信上帝，那麼，或許還可以祈求神賜予仁慈。

——忘川會日誌，魯道夫・齊闕爾
（強納森・艾德華茲學院，一九三三）

23 Henry Wadsworth Longfellow，十九世紀美國詩人。

42

凌晨一點，亞麗絲與達令頓回到校園，冷得全身發抖，好像還能聽見狼嗥。他們在女人桌旁邊等其他人。夜色太濃，彷彿具有形體與重量。她餓到快昏倒了，她不停想像著計畫可能引發的各種結果。

亞麗絲確認手機在啟動狀態，然後發訊息給媽媽，以防她回不來。

我愛妳。多保重。

荒謬，她竟然傳這種可笑的訊息，她向來直面人生的挑戰，就像撞碎一扇扇玻璃窗。她搞得自己血肉模糊，隨便包紮一下之後又再繼續一次次衝撞。

妳也保重，我的小星星。回覆來得很快，就好像媽媽一直在等她的訊息。長久以來米拉一直守著電話，等待來自醫院、警方、太平間的通知。

亞麗絲知道應該要快點開始，但道斯放他們進圖書館之後，她先去庭院確認梅西的狀況。

水池周圍的氣溫似乎比較低，就好像他們真的留了一扇門沒關，陣陣陰風不斷吹來。十一月的天空雲層太厚，看不見星星，但亞麗絲發現自己在努力感受一切，天氣的陰沉、皮膚上的冬季寒意、圖書館窗戶透出的黃色微光、質感高雅的灰色石材。地獄有如真空地帶，死寂空洞，所有色彩與生命都變得黯淡，就好像惡魔不只以亡靈為食，就連他們居住的世界也一併吞噬。如果這是她最後一次看到真實的人間，她希望能清楚記住。

她幫梅西穿上鹽盔甲，最後再溫習一次計畫。他們依然不知道會發生什麼事——無論在人間或地獄。梅西已經有三樣武器了：死亡真言、骨粉、鹽劍，但亞麗絲還是從庫房多拿了一樣東西。她將那個罐子交給梅西。

「先別打開——」

來不及了，梅西已經打開了蓋子。她一邊乾嘔一邊急忙蓋回去。「亞麗絲，」她嗆咳著說，「妳在惡整我？」

「不是。」亞麗絲遲疑一下。「吸血鬼討厭強烈的氣味。所以才會有他們怕大蒜的傳說。如果妳想退出，現在還不遲。」她必須給梅西逃跑的機會，讓她能夠全身而退。梅西毫不遲疑踏上這條路，與高采烈往前衝，但她真的瞭解前方有什麼嗎？

「早就太遲了。」

「梅西，逃跑永遠不嫌晚。妳一定要相信我。」

「我知道。」梅西低頭看著手中的劍。「但我比較喜歡這樣的人生。」

「和什麼比？」

「我之前的生活。沒有魔法的世界。我好像一生一直在等，希望有人能看出我具備非凡的特質。」

「誰不是呢？」亞麗絲控制不住酸澀的語氣。「就是因為這樣才會落入陷阱。」

梅西的眼睛閃耀光彩。「只要我們先抓住設陷阱的人就沒問題。」

大概是因為梅西太溫柔、太聰明、太善良，亞麗絲忘記了她其實非常有鬥志。她忍不住想起海莉，她因為和亞麗絲來往付出了生命的代價。和亞麗絲做朋友，梅西又會付出什麼代價？但現在已經來不及計算了。今晚她需要梅西守在中庭。

「保持手機啟動，」她將手機交給梅西，「不要關機。」

梅西迅速點頭。「知道了。」

「不要離開水池。不要忘記臭膏。萬一狀況不妙，妳就立刻逃走。進圖書館找個房間把門鎖起來，天亮之前都不要出來。」

「收到。」現在梅西遲疑了。「妳會回來吧？」

亞麗絲強迫自己微笑。「一定會，不論死活。」

中庭響起節拍器的聲音，他們等到校園原中央大草坪清空之後才行動，在圖書館大門口，他們各自在左手臂上割出一道傷口。亞麗絲看著其他三個人：達令頓穿著深色大衣、道斯一身運動服、透納立正站好準備上戰場，儘管他不確定是否能贏。

「好。」她說。「我們去地獄吧。」

他們一個接一個在入口處的柱子抹血。亞麗絲突然感覺一陣暈眩，彷彿有個鉤子勾住她的內臟，將她往前拉，像之前讓她赤腳走去黑榆莊的力量一樣。他們從埃及象形文字下方進入，經過消失的門，進入寒冷黑暗中。

所有人的角色和順序都像上次一樣。除了崔普。亞麗絲是士兵，所以她走在最前面，後面跟著學者道斯，接著是教士透納，最後是達令頓——王子。亞麗絲忍不住想著，當他取代崔普，這個身分有了不同的意義，這讓她感到內疚。她很想知道，將近一百年前，萊恩諾．雷特爾踏上地獄之旅時是扮演什麼角色。

他們排成一列走向滋養之母，然後是知識樹下方的拱門，在那裡再次用血做記號。他們沿著走廊前進，經過士兵的門、經過那個不知道死神在身後的學生，進入下一站的門廳，那裡有很多奇怪的窗戶，感覺應該裝在鄉下酒館才對。

「只是個凡人。」達令頓喃喃說，亞麗絲知道他想起之前拚命暗示他們地獄通道所在的時候，他的惡魔奸計對抗人類希望。但剛才他們走進史特林圖書館時，她看到他的臉上浮現喜悅，流露驚奇與迷惑。儘管經歷了那麼多，他依然無法克制好奇，藏在石頭底下的秘密令他激動，前人留下的遺跡供他們探索。他的眼睛發亮，看到銘文與符號時興奮地喃喃自語，這讓她感到安心。**還是一樣的他**。或許忘川會金童在她眼中的樣子不太一樣，或許他看過也做過人類不該看、更不該做的事，但他依然是達令頓。

「這裡是你的門。」道斯柔聲說。

達令頓點頭，但接著皺起眉頭。

「怎麼了？」亞麗絲問。

他朝著浮雕一撇頭。「Lux et Veritas（光明與真實）？他們想不出其他點子了嗎？」

就連通往地獄的門戶他都能數落兩句，不愧是達令頓。

他們在石牆上抹血，黑色坑洞出現。一股寒冷陰風吹亂達令頓的深色頭髮。亞麗絲很想說他不必去地獄，一切自然會平安無事。但有些謊言就連她也無法說服別人相信。

「我……」道斯開了個頭，卻說不出下面的話，有如突然熄滅的蠟燭。

「你們知道鬼船的故事嗎？」達令頓打破寂靜。「殖民時代的紐哈芬生活很苦，於是居民合力準備了各種特產，新世界最好的物產樣品全都裝上船，並且派出德高望重的代表前往英國，說服那裡的人投資殖民地絕對會賺錢，最好人也過來。」

「為什麼我覺得這個故事不會有好結局？」透納說。

「紐哈芬不生產好結局。約翰．達文波特牧師——」

「隱藏被趕散的人那個達文波特牧師？」亞麗絲問。

「就是他沒錯。他說：『主啊！若將吾人之友葬身汪洋能使您心悅，儘管帶走他們吧，他們屬於您！請賜予救贖！』」

「儘管淹死他們？」透納說。「這算什麼激勵？」

「那艘船沒有抵達英國。」達令頓接著說。「整個殖民地陷入徬徨，沒有人知道親人的遭遇，也不知道船上的財物流落何方。後來，在那艘船出航滿週年當天，奇怪的大霧從海面飄來，紐哈芬的鄉親父老全部去到港口，他們看見濃霧中出現一艘船。」

他說話的感覺很像那天在海濱餐廳的安賽姆，他說起三個法官的故事時，語氣和達令頓一模一樣。安賽姆刻意模仿達令頓嗎？還是因為他是達令頓的惡魔，以他的痛苦為食，所以自然會以他的語氣說話？

「他們回航了？」道斯問。

達令頓搖頭。「那只是假象，集體幻覺。碼頭上的所有人都看到那艘鬼船撞毀，桅杆斷裂，船上的人紛紛墜海。」

「狗屁啦。」透納說。

「這可是有紀錄的歷史。」達令頓不以為忤。「整個鎮的人深信不疑。等待丈夫回家的妻子現在成為可以再婚的寡婦。人們宣讀遺囑、分配財產。至今依然無法解釋這次事件，但我一直認為其中的寓意非常明顯。」

「是嗎？」透納說。

「嗯，」亞麗絲說，「這個地方從一開始就沒救了。」

達令頓被逗笑了。「我會仔細聽信號。」

他們前往下一個門戶，圖書館長辦公室。亞麗絲回頭看，達令頓被包圍在黑暗中，他低著頭，彷彿在禱告。

透納在日晷門就位。「保持冷靜。」他說，第一次去地獄時他也說過同樣的話。「不要溺死。」

亞麗絲想到崔普死命抓住帆船欄杆的模樣，想到沉沒海底的鬼船。她對上透納的雙眼。「不要溺死。」

她跟隨道斯穿過利諾尼亞與兄弟會閱覽室。

圖書館的這一區比較安靜，亞麗絲可以聽見她們踩在地毯上的腳步聲，每一步都清清楚楚。

「達令頓認為他回不來了。」道斯說。亞麗絲感覺到道斯注視她的背。

「我不會讓那種事發生。」

她們到了通往中庭的正式入口，金色字母寫出瑟琳字樣。

「妳呢？」道斯問。「亞麗絲，誰來保護妳？」

「我不會有事。」亞麗絲說，她幾乎哽咽，連自己都吃了一驚。她很清楚道斯受不了再次失去達令頓，但亞麗絲沒想到道斯也在乎她能否歸來。

「我不會把妳丟在那裡。」道斯霸氣地說。

亞麗絲對達令頓說過同樣的話。在人間可以輕易許下承諾。既然如此，乾脆再多一個吧。

「我們全都會回來。」她誓言。

亞麗絲在拱門印上血手印，道斯也抹上她的血。門消失，金色的瑟琳兩字消失，換上神秘的字母。

「我……」道斯呆望著那行字。「現在我能看懂了。」

學者。第一次的地獄之行，道斯帶回了什麼知識？這次當他們走上地獄之路，她又會見識到怎樣的嶄新恐怖？

「那句話是什麼意思？」亞麗絲問。

道斯抿著嘴唇，臉色蒼白。「無人可逃。」

聽到這句話，亞麗絲感覺全身顫抖，但她強自鎮定。她聽過這句話，第一次去地獄時，她短暫窺見達令頓身為惡魔的那一半，如魚得水的施虐者。

亞麗絲猶豫了一下。「道斯……萬一計畫不成功……謝謝妳一直這麼照顧我。」

「自從我們認識以來，妳已經好幾次差點死掉了。」

「重點在於『差點』。」

「不要說這種話。」道斯說，她的視線飄向金色字母。「感覺像道別。」

*我真的在這裡嗎？*亞麗絲自問。還是她其實和海莉一起死了？她一直只是飄過這個地方的鬼魂，她有過更實質的存在嗎？

「不要溺死。」她說完之後強迫自己往前走。她回到大廳，刻意不看*滋養之母*壁畫，然後轉向右邊迴圈開始的地方。關閉的時間到了。

她研究彩繪玻璃上獅窟中的聖丹尼爾。這次她是烈士嗎？或者是爪子卡到刺的受傷野獸？也可能她終究只是個士兵。之前割出的傷口已經擠不出血了，於是她再割一次，然後將血塗在玻璃上。玻璃消失，彷彿圖書館很高興有人餵血。她注視虛無。

她等候，在寂靜中，亞麗絲隱約有種感覺，好像有東西朝他們衝過來。沒過多久，她聽見調音笛的輕柔聲響。她邁步踏進中庭。

這次她做好了心理準備，建築物搖晃，腳下的石頭地面搖晃，水池的水溢出，沸騰發出嘶嘶聲響，硫磺惡臭。她看到透納從正對面走來，道斯在她右手邊，左手邊則是達令頓。

他們在中庭中央會合，道斯舉起一隻手示意要他們停下腳步。他們沒有直接抓住水池。達令頓向梅西頷首，她上前，高舉一個細長的銀紡錘。皮耶織匠。她用尖端刺破指尖，有如童話故事中的女孩，準備沉睡千百年。但梅西沒有沉睡，銀色紡垂裂開，裡面藏著一團黏黏的白色東西。蜘蛛的卵囊。

「我有沒有說過我非常討厭蜘蛛？」透納問。

一隻細長的腿從蛛網結成的囊中出現，然後又一隻，非常小，感覺像頭髮。亞麗絲聽見一個細微的聲音，像是往內吸氣，接著梅西驚呼一聲，卵囊破裂，一大群迷你小蜘蛛像瀑布一樣落在她手上。她尖叫鬆手，紡錘落地。「快過去。」達令頓說完之後蹲下。他的語氣很冷靜，但亞麗絲卻得用上全部的意志力才能穩住不動，一大群蜘蛛在地面奔跑，有如擴散的污痕。達令頓一手按住地面的石磚，讓蜘蛛爬上他的手指。「讓蜘蛛咬你們。」

透納無語問蒼天，然後低聲嘟囔了幾句。他蹲下把手伸進去。道斯跟著做，亞麗絲強迫自己也照做。

蜘蛛細細長長的腿爬上皮膚時，那種感覺讓她想尖叫。被咬不會痛，但她感覺到有幾個地方腫了。

幸好蜘蛛很快就離開了，迅速爬上樹幹，利用風將吐出的絲送上半空。

前一天晚上，他們輪流用紡錘紡線，弄出一大團很醜的蜘蛛絲。美觀與否並不重要，重點在於紡線的行為，必須一心一意反覆想著同樣一句話：織成網。捕捉痛苦的網。以前的人用紡錘製造魅力與愛情魔咒，施展凝聚人群的魔法，讓人們忠誠，竊取他們的意志。現在這種束縛完全不一樣。

在他們頭頂上方高處，蜘蛛開始織網，似乎配合著節拍器的節奏。感覺就像看著濃霧成形，柔軟無聲的白茫茫逐漸覆蓋排水管與屋頂角落，最後織出一張巨大的天棚，蛛網宛如散發微光的霜，讓夜空變得像馬賽克拼貼。亞麗絲感覺到蛛網散發出悲傷，彷彿蛛絲滿載著低落情緒，網中央都被壓彎了。她心中漲滿無助。

「不要抗拒，很快就會過去。」透納說。但他自己用雙手按住頭部兩側，彷彿想將悲慘擠出去。

亞麗絲聽見圖書館裡傳來玻璃破裂的聲響，梅西高舉鹽劍。

「它們來了。」道斯說。「它們不會——」

再次傳來玻璃破碎聲，打斷了她的話。

「不！」道斯吶喊。

「彩繪玻璃——」達令頓說。

但惡魔不在乎。它們受到大量無助絕望吸引，它們一心只想進食。

「手放在水池上！」亞麗絲高聲說。「數到三！」

亞麗絲看見惡魔朝他們飛奔而來。他們沒有時間互相打氣或感傷道別。她迅速數到三。

他們全體同時抓住水池邊緣。

43

亞麗絲準備好承受墜落的種種不適——亂鑽亂戳讓她無法呼吸的手指將她往下拉——但這次不一樣，她直接仰天倒在水裡。四周的大海水很暖，亂摸的手沒有出現，她強迫自己睜開眼睛。她看到泡沫迅速流過，她也看到其他人——達令頓的黑色大衣拖在身後、透納雙手緊貼著身體，道斯的紅髮有如戰旗。

她看見前面有光，於是踢水想要游過去，感覺自己往上方前進。她的頭露出水面，她大口吸氣。上方的天空平坦明亮，像上次一樣空無渾濁的顏色。她看到前方有一片土地，可能是沙灘；後方則是一大片烏雲籠罩海平線。

其他人在哪裡？海水的溫度高到讓人不太舒服，水的味道也怪怪的，有種金屬感。她不敢再把頭探進水裡。她不想看到滿身鱗片的怪物張大嘴朝她快速逼近。

她朝岸邊游去，划水的動作很醜。她不太會游泳，但潮水將她往陸地推。她的腳碰到水底，她終於能站起來了，這時她才仔細看海水。她的皮膚染上紅色。剛才她在血海中游泳。

亞麗絲的胃一陣痙攣。她彎腰嘔吐。她吞進去多少？

但當她低頭往下看，血不見了，她的衣服是乾的。她轉身看海平線，大海也不見了。她站在以前住的公寓外面。原爆點。她雙手都拎著超市塑膠袋。

亞麗絲錯亂暈眩，現實人生消失，如夢散逸——達令頓、道斯，所有事。全都只是白日夢。她的心思飄盪，編織出故事，但細節已經開始模糊了。這才是現實。樓梯的碎石觸感。不知哪間公寓傳出重低音咚滋咚滋，他們自己的公寓傳出電玩《最後一戰》的撞車與槍彈音效。

亞麗絲不想回家。她從來都不想回那個家。她喜歡在超市流連，喜歡推著大購物車在乾淨的走道間遊蕩，即使她買的東西從來裝不滿購物車，聽店裡播放的可怕音樂，因為冷氣太強而冒出雞皮疙瘩。但她終究得離開，一走進停車場，柏油路面熱氣蒸騰，如果運氣好，她可以擠進小喜美車——假使遇上里恩很混蛋的日子，她就得等公車。

現在她拎著袋子爬上樓梯，裡面有幾包多力多滋、午餐肉，加上幾盒特價的早餐穀片，她推開大門。海莉和她一起去的時候會輕鬆一點，但今天海莉心情不好，疲憊暴躁，亞麗絲問什麼她都只回一個字，心不在焉，魂不知飄去哪裡。

肯定是更好的地方。海莉的背景和他們不一樣。真正的父母。真正的學校。真正的房子，有後院、游泳池。海莉只是來度假。她上錯車，結果去到很糟糕的地方旅遊，但她依然樂在其中。亞麗絲很清楚，有一天當她醒來，會發現海莉已經離開了。她玩夠了。亞麗絲心情慷慨的日子甚至會希望海莉快點走。但是想到海莉覺得這樣的人生配不上她，依然會讓亞麗絲難過，因為雖然是用單薄輕木黏合的人生，也是亞麗絲盡力拼湊出來的。住處、食物、大麻，加上不見得總是感覺像朋友的朋友。這是她能力所及最好的生活了，但對於海莉並非如此。

亞麗絲用髖部推開門走進公寓，大麻的氣味很濃，空氣滿是煙霧。電視發出的噪音非常吵，《最後一戰》沒完沒了的砰砰聲響，里恩、貝恰、卡邁坐在長沙發上互相大吼大叫，貝恰的彼特犬洛基在他腳邊睡覺。茶几上擺著一袋打開的奇多起司玉米條，旁邊還有一個藍色玻璃水煙管和空的大麻袋，加上里恩的電子菸。海莉整個人縮成一團窩在星球椅上，抱著用膠帶補起來的抱枕，她穿著長版T恤和內褲，好像起床之後沒力氣換衣服。她呆望著電視，亞麗絲走進小廚房準備收拾買來的東西，海莉看都不看她一眼。

亞麗絲剛拿出一罐義大利麵醬，突然看到通往陽臺的落地窗邊有一團血淋淋的毛。罐頭從她手中滑落，掉在合成地板上碎裂。

「媽的，妳在搞什麼鬼？」里恩在遊戲噪音中大罵。

不可能。一定是幻覺。她看錯了。

亞麗絲知道應該去查看籠子，但她沒辦法讓腿動起來。一塊碎玻璃黏在她的腳掌側面，她的夾腳拖上全是番茄肉醬。她脫掉鞋子，撥掉玻璃，強迫自己踏出一步，然後再一步，感覺腳下粗糙的地毯回彈。她經過時沒有人回頭看，她有種詭異的感覺，就好像她根本沒有走進公寓。

走道很安靜。他們從來沒有在牆上掛畫或照片，只有一張搖滾樂團「年輕歲月」的海報，那還是因為有人在派對上一拳打破石膏牆，所以貼上去遮掩。

他們的臥房和平常一樣。一個老舊電視櫃，她在裡面塞滿平裝小說，大多是科幻或奇幻作品。安妮・麥考菲利[24]、海萊恩[25]、艾西莫夫[26]。地板上的睡墊，紅藍條紋舊床單亂七八糟。有時候她和里恩睡床，有時候他們三個一起，有時候只有她和海莉。只有她們的時候最棒。窗臺邊擺著小兔幾的籠子。裡面是空的。門開著。

亞麗絲靠牆站著。感覺好像從中間裂成兩半。她和海莉在勞夫超市外面看到寵物領養會，於是去領養了這隻小小的垂耳兔。申請書上的所有問題她們都捏造答案，她們住的地方、賺多少錢，所有資料都是假的。因為一旦亞麗絲將潔白柔軟的小小兔子放在手心，牠就成為她一生最想要的東西。她們帶兔子回家，里恩只是翻個白眼，然後說：「不要讓我聞到那個東西的臭味。我不想住在屎坑裡。」

亞麗絲很想說他們的生活本來就是屎坑，但他沒有亂發脾氣就讓她非常慶幸了，於是她只是和海莉一起匆匆回房間關上門。她們和兔子玩了一整天。牠其實什麼都不會，但光是在牠身邊就有一種特殊的感覺，當她把兔子捧在掌心，感受牠的心跳放慢，知道這個活生生的動物信賴她，這讓亞麗絲看什麼都變得更美好。

她們稱呼牠小兔幾，一開始是因為想不出名字，後來就改不掉了。

有一次貝恰嘲笑說：「那個鬼東西長得好像老鼠。」

「不花錢就能讓馬子開心，超划算。」里恩回答。每次她們聊起小兔幾或哄牠，里恩都會嫌煩。「總比搞大其中一個的肚子好。」

誘餌。

亞麗絲走出臥房。什麼都沒有改變。連人都沒有動過。她變成了鬼魅。那團血淋淋的毛躺在地毯上一動也不動。她強迫自己看，仔細看，絕對錯不了。小小的屍體。洛基的嘴上有血跡。

「發生了什麼事？」她問。

每個人都裝作聽不見。

---

24 Anne McCaffrey，美國出生的愛爾蘭作家，以《神龍紀元：飛龍騎士》（*Dragonriders of Pern*）聞名於世。

25 Heinlein，美國硬核科幻小說作家，人稱「科幻先生」（Mr. SF）。

26 Asimov，出生於蘇俄的美籍猶太人作家，美國科幻小說黃金時代的代表人物之一。

「海莉？」

海莉緩緩轉頭，彷彿這個動作用盡了她全身的力氣。她聳一下金黃肩膀。平常她看起來像陽光下的珍寶。就連現在也一樣，即使她一副全身虛弱、雙眼無神的模樣，即使她有氣無力地說：「我們想看看牠會不會和洛基玩。」

亞麗絲跪在小小屍體旁。牠被撕扯開，內臟幾乎全都不見了。小部分沒有沾上黏稠鮮血的毛依然柔軟。亞麗絲很愛用拇指摸牠的耳朵，現在被咬爛了，軟骨外露，有如細細的線條。僅存的一隻粉紅眼睛睜開著，但什麼都看不見了。

「不要鬧。」里恩說。「只是意外而已。」

貝恰一臉歉疚。「我們沒想到洛基會那麼激動。」

「牠是狗。」亞麗絲說。「你們以為牠會做什麼？」

「牠控制不住嘛。」

「我知道。」亞麗絲說。「我知道牠控制不住。」

她不怪洛基。

亞麗絲抱起小兔幾的殘骸進廚房。她洗乾淨夾腳拖，將肉醬和碎玻璃推到角落。

「噢，別這樣嘛。」里恩說。「兔子根本是有害動物，跟老鼠沒兩樣，有什麼好哭的？」

但亞麗絲沒有哭。還沒有。她不想在這裡哭。她沒有問就直接從流理臺上拿走里恩的車鑰匙。晚點再面對後果吧。

她將小兔幾被咬爛的身體放進夾鏈袋，然後出去坐上喜美車。她希望海莉會跟來。她下樓，走過那片乾枯的草坪、人行道、馬路，一直希望。她在駕駛座上坐很久，依然希望。

終於她轉動鑰匙開車。她開上穿過整個谷區的四〇五號公路，經過佳樂利亞購物中心和城堡公園遊樂場的棒球打擊場，一路上山。他們每次來這裡都說是「上山」。亞麗絲開在山路上，她甚至不知道這座山的名字，只知道這是聖費南多谷與西區之間的天然地界。站在穆荷蘭大道頂端往西望，就能看見那片夢想之地，大海、博物館、豪宅。往東望則會看見谷區，那裡只有安慰獎：霧靄、廉價公寓。負擔不起比佛利山莊、貝雷爾、馬里布豪宅的人，只能接受這種次等的加州夢。

她在史格伯文化中心轉上小路，開往穆荷蘭大道頂端。其實她也不知道要去哪裡，只想去很高的地方。

當她把車停在教堂旁邊寬廣的停車場，望著下方山谷中霧茫茫的城市，雙手捧著裝在塑膠夾鏈袋中的小小屍體，這才終於哭出來，她嚎啕大哭，但只有橡樹和雜酚灌木聽見。她不打算將小兔幾葬在這裡。她擔心會有郊狼把牠挖出來，吃掉最後一點殘骸。但她想找個美觀、乾淨的地方，不會讓她想起過去的地方。

亞麗絲無法描述心裡的感覺。她只知道一開始就不該帶小兔幾回家。當海莉指著關在籠子裡的牠，亞麗絲不該過去抱牠，不該將牠小小的身體貼近心臟。牠的主人應該是住在恩西諾那種富裕郊區的小朋友，會幫牠取真正的名字，帶牠去學校給老師和同學看，向大家介紹牠，也會好好保護牠。亞麗絲偷媽媽的東西。她撒謊、詐騙，犯過很多法。但她知道，帶小兔幾回家是她做過最惡劣、最自私的行為。好東西不該屬於她。

她看著夕陽西下，餘暉照耀谷區。

「妳想去哪裡都可以。」她對著夜空說。但她不會離開。從來沒有離開過。

她抹抹眼睛，過馬路將小兔幾埋在一片造景美觀的花園裡，旁邊就是一所私立學校的大門。她將屍體從塑膠袋拿出來，這樣才能自然分解，成為扁蒲桃樹籬的養分。

亞麗絲好想躺在穆荷蘭大道中央，就在那條有如脊椎的白色虛線上。她想像一個媽媽開車，後座載著孩子，車頭燈照亮前方的人，下一瞬間就撞上去。她感覺自己浮起來，懸在路面上，飄過停車場空空的格子，喜美車怠速停在那裡，駕駛座的車門依然開著。她飄過灌木林、白色鼠尾草、古老橡樹，飄過山上的豪宅，雖然建在高高的支柱上，但依然毫無畏懼地矗立，游泳池在暮色中閃耀，然後往更高處飄去，燈光變得很小，有如開滿花園的發光花朵，整整齊齊種在花圃中。

她在那裡待了多久？飄飄蕩蕩，不受感情侵擾。不知不覺間太陽出來了，粉紅陽光照耀，星星消失。但下方的城市她不熟悉也不理解。她嗅到秋葉與雨水的氣味，潮濕水泥的礦物氣息。她看見寬闊的公園，小徑交錯形成星形，三座教堂，尖塔有如尋覓暴風雨的避雷針。草地碧綠，天空灰暗柔和，滿是雲層；樹枝上紅色與金色的樹葉隨風窸窣。

微風輕拂樹梢，帶來蘋果與新鮮麵包的香氣，所有令人嚮往的好東西。每個表面、每塊石頭彷彿都散發柔和光暈。

那片公園——不，是綠原，三個角落都有人走出來。她不認識這個地方。她又在作夢嗎？還是終於醒了？她認識那些人，在記憶中找到他們的名字。道斯、透納、達令頓。崔普沒有來。都是她害的。她也記得這個。

他們逐漸接近，亞麗絲發現他們的朝聖者服裝和上次不一樣。道斯依然穿著學者的長袍，但現在像懶猴的眼睛一樣反光。透納的羽毛斗篷中交織著古銅色橡樹葉。王子的白盔甲穿在達令頓身上比崔普更合適，但他的頭盔上多了一雙角。亞麗絲呢？她舉起雙臂，鋼鐵護臂上多了蛇的圖案。

她知道應該要去哪裡。回到果園。回到圖書館。

他們緩緩在街頭走，這條路可能是榆樹街，經過哈波學院與伯克利學院。之前那種不祥的氣氛消失了，不是上次那個失去美好的耶魯。這次的校園彷彿是藝術家的作品，雪球裡的場景，夢幻大學。學生餐廳的厚實鉛玻璃透出琥珀色燈光，她看到裡面的人在吃喝談笑。她很清楚，如果她選擇進去，大家都會歡迎。

史特林圖書館變得不像圖書館，也不是大教堂或果園。閃耀銀光的高塔拔地而起，無法攻克的城堡，輕盈明亮的宮殿。她對上達令頓的雙眼。這個地方是他們理想中的大學。祥和富足。這裡的魔法屬於童話故事，只要許願即可，不需以鮮血或生命獻祭。女人桌光滑如鏡，亞麗絲在裡面看見梅西不停來回踱步。

「這裡……這裡是天堂嗎？」道斯低語。

透納搖頭。「我所知道的天堂不是這樣。」

「別忘記，」達令頓告誡，「惡魔不只吃痛苦與悲傷，也吃歡喜。」

宮殿大門開啟，一個怪物走出來。它至少有八英尺高，白兔頭，但身體是人類。兩隻兔耳中間戴著一個紅色烈火王冠。怪物全身赤裸，像達令頓在防禦圈中那樣，差別在於，它身上的符號發出紅光，有如燒紅的炭。

「安賽姆。」亞麗絲說。

兔子大笑。「輪行者，用我的真名吧。」

「王八蛋？」亞麗絲放膽說。

怪物變形，現在完全是安賽姆的樣子了，人類外觀，穿著衣服。這次它穿的不是西裝，而是輕鬆但貴氣的週末打扮——牛仔褲、喀什米爾羊毛上衣、昂貴手錶，不用辛苦就很有錢的模樣。沒有黑榆莊的達令頓。沒有靈魂的達令頓。

「看著達令頓殺你真的超爽。」

安賽姆笑嘻嘻。「那只是凡人的軀殼。太弱小，一下子就死了。沒有人能殺死我，因為我沒有生命。但我會殺人。」

亞麗絲看到它雙手握著一條牽繩，它用力一扯，三個怪物手腳並用爬出來。它們慘白的身體消瘦，一把骨頭只靠筋連在一起。亞麗絲幾乎看不出它們的人形，但她慢慢看清悲慘的細節——一個比較老，皮肉鬆垂，灰色平頭；一個年輕但虛弱，鬈髮禿了好幾塊，憔悴五官隱約還能看出曾經的俊美；一個女人，胸部乾縮，嘴巴周圍長滿爛瘡，黃色頭髮黏成塊。

卡麥克、布雷克、海莉。它們每個人的脖子上都戴著金枷鎖，像達令頓戴的那個，枷鎖連向同一條金鎖鍊，握在安賽姆手中。

現在它們顯得軟弱無力、驚恐畏懼，但依然是惡魔。

「可悲的獵犬。」安賽姆說。「它們會一直挨餓，直到它們以亡魂的痛苦為食，或是再次穿過傳送門追逐你們。到那時，它們會一直吃，直到飽為止，你們的親朋好友也會成為它們的食物。這是惡魔的夢想。豐饒之地。我很樂意賜予它們。」它停頓一下，然後微笑，表情溫柔，彷彿賜福眾人，有如生日卡片上的耶穌。「除非你們償還欠地獄的債。地獄有權索討丹尼爾·阿令頓的靈魂。他是我們的人，必須永生為地獄服務。」

「我願意。」達令頓說。

「去你的，至少討價還價一下吧？」透納說。

「沒什麼好討價還價，」道斯說，「他不屬於這裡。」

安賽姆頷首表示同意。「沒錯，他整個人透出善良惡臭。但你們當中有人不是這樣。」

「不用客氣啊，直說嘛，」亞麗絲說，「他們都知道是我。」

安賽姆的牙齒雪白整齊。「妳聽過他們的心聲。妳透過他們的眼睛看過世界。他們全都受內疚與羞愧折磨，但妳不一樣，輪行者。妳只後悔無法拯救那個女孩，卻一點也不後悔殺害那些男人。妳的心中對一隻死兔子充滿憐憫，卻毫不憐憫被妳打成爛泥的那幾個男人。」

確實如此。亞麗絲從一開始就知道。前一天晚上她也對梅西老實說過。

「不行。」道斯說。她斷然伸手凌空一劈。「說什麼都不可以。你不能帶走亞麗絲、也不能帶走達令頓。誰都不會留下來。」

無人可逃。亞麗絲感覺喉嚨刺痛。勇敢的道斯，她只希望家人一個也不少。亞麗絲很慶幸她也是其中一分子。即使不能持續到永遠。

「妳一直很勇敢，」亞麗絲說，「但這不是妳的戰場。」

「妳也不屬於這裡。無論那個……那個東西怎麼說。」

「學者，妳說得很篤定。」安賽姆說。「不過呢，建造地獄通道的目的就是為了帶她來這裡，鮮血的燈塔、戰場的狼煙。」

亞麗絲保持面無表情，但冒險偷看一眼倒影中的梅西。安賽姆在說什麼？難道這是它的新伎倆，想藉此拖延他們？它的新策略？

「一開始，你拚了命阻止我來地獄。」亞麗絲說。「不只我，而是我們所有人。」它想盡辦法防止他們找到地獄通道來拯救達令頓。

「那時候我不知道妳是輪行者。噢，我懂妳的魅力所在。有趣的玩物，適合娛樂賓客的小把戲，製造痛苦的無限能力。但那時我沒有看出妳的真面目。我無法理解你們如何逃離我的狼群。直到妳將他的靈魂拉進身體。」

「它撒謊。」道斯說。

透納搖頭。他向來能夠分辨，即使在地獄也一樣。「它沒有。」

「妳也很清楚，你們並非第一批走過通道的朝聖者。」安賽姆說。

這時亞麗絲終於明白，為什麼地獄通道的存在與那些冒險前往的人都從資料中消失，為什麼他們要大費周章隱瞞在圖書館中建造了如此驚人的通道。自從達令頓回來之後，亞麗絲第一次感覺到真正的恐懼爬上心頭。

「他們談了條件，對吧？」

安賽姆眨眨一隻眼睛。「惡魔愛謎題，但更愛交易。」

44

安賽姆的三隻寵物嚶嚶撒嬌，彷彿察覺它心情愉快。那個長著布雷克憔悴臉龐的怪物用頭磨蹭安賽姆的腿。

「到底是怎樣？」透納質問。

安賽姆伸手摸摸假布雷克的頭髮。「耶魯的人建造了地獄通道，將他們的旅程稱之為探險。不過，所謂的探險只是表面，實質是征服。所有探險家都一樣，看到可以掠奪的財物，就決定不可空手而回，這批人也一樣。」

「看來又是浮士德的故事再度上演。」達令頓說。

安賽姆冷哼一聲。「差別在於，浮士德自己為罪孽付出代價。那些朝聖者不一樣。他們索討財富、名聲、知識、影響力。不只是為他們自己，連他們的社團也要分一杯羹。只是他們留下別人付帳。」

骷髏會。書蛇會。捲軸鑰匙會。亞麗絲想到他們怎麼也用不完的錢。贈送大學的各種禮物。代價是未來世代的痛苦。忘川會一直坐視不管。藏在皮博迪博物館地下室的那個地圖，忘川會明明可以調查出處。梅西受害之後，忘川會至少應該要爭取懲罰手稿會停止活動，塔拉慘遭殺害之後，忘川會同樣應該嚴懲捲軸鑰匙會。但是並沒有。討好校友太重要、延續魔法太重要，無論誰因此受到傷害都無所謂。

「噢，天啊。」道斯說。「所以他們才抹除那趟旅程的紀錄。為了掩蓋他們所做的交易。」

「地獄通道不是遊戲，」達令頓說，「也不是實驗。而是獻祭。」

「效果非常好。」安賽姆說。「他們離開時得到了財富、權力、大量的古老知識與好運，他們留下通道，用他們的血做記號，成為一座燈塔。」

「塔羅牌裡的塔。」道斯喃喃說。

「吸引什麼的燈塔？」透納的表情嚴厲。

「輪行者。」達令頓輕聲說。

「我原本不知道妳是什麼，銀河．史坦。那次妳從黑榆莊的防禦圈進來，偷走理應屬於我們的靈魂，我才恍然大悟。我們沒想到要等這麼久才出現妳這樣的人。」

亞麗絲大笑，毫無喜悅的苦澀狂笑。「因為黛西先攔截了。」

黛西・惠洛克本身也是輪行者，她靠著吃年輕女性的靈魂延長壽命，並且偽裝成瑪格麗特・貝爾邦教授。她最喜歡的獵物就是同類：像她一樣的輪行者，不知為何，她們受到紐哈芬吸引。受到地獄通道吸引。

「就算你們建造了燈塔也沒用，」亞麗絲說，「因為每次輪行者一出現，就會被黛西吃掉。」

「但妳不一樣，銀河・史坦。妳活下來了，而且來到這裡，從一開始妳就注定要來。只要妳在地獄，門就會保持開啟，妳會永遠待在這裡。地獄少了一個殺人凶手，欠債就得還。」

「不，」達令頓說，「該留下來服刑的人是我。」

「必須是達令頓。」透納說。「我來這裡不是為了和惡魔做交易，但他剛才說過，假使亞麗絲留下來，地獄之門會保持開啟。也就是說，惡魔會不斷來來去去，不再以亡魂為食，而是改吃活人。絕不能讓那種事發生。」

安賽姆依然笑容滿面。

「留下來吧。」它對亞麗絲說。「妳留下來，妳的惡魔男伴就可以清清白白回到人間。妳留下來，妳的朋友就能得到自由。妳的母親將受到真正的地獄軍團守護。」它轉頭對其他人說：「你們知道我有多神奇的能力嗎？受到惡魔幫助有多大的好處？你們想要的一切都能得到。失去的一切都能恢復。」

亞麗絲感到一陣暈眩，她用力吞嚥一下，眼前的場景改變。她坐在一張餐桌的桌首，這是一場晚宴，餐盤映著燭光，文雅交談中能聽見大提琴輕柔的樂音。坐在桌尾的人舉杯，他的眼眸綻放光彩。「敬教授。」過了一秒鐘她才認出那個人是達令頓。

「恭喜獲得終身教職。」她右手邊的女人說，所有人大笑。那是亞麗絲，年紀比較大了，或許也更有智慧。她滿臉笑容。

潘蜜拉轉身看到鏡中的自己。她是她，但也不是她，姿態自信從容，紅髮垂落背脊。現在一切都好輕鬆。早晨起床、洗澡、挑選衣服、思考接下來要做什麼。她優雅走過人間。她親手為賓客準備今晚的餐點。她出過書。她可以教學。每一天都會像這一天，每件事都輕輕鬆鬆完成，再也不會沒完沒了地猶豫不決。各種可能都被狠狠剷除，只留下一條清晰的道路。

她端起酒杯喝了一大口。盡皆美好。

「你表現得太好了。」以掃說。

透納一手摟住弟弟。「是我們一起努力的結果。以後還會有更多成就。」

他們站在賈桂琳廣場公園，看著為他歡呼的群眾——為他歡呼，為了他帶來的工作機會歡呼，為了可能看見不同的未來歡呼。

他高舉手臂，握拳往上揮了幾下。他的母親喜極而泣。他的父親還在人世，就站在她身邊。身邊全都是他信賴的人。他不再是負責會場維安的小警察。他是英雄、國王，有頭有臉的參議員。他的妻子站在左手邊，笑容耀眼。她對上他的雙眼，彼此的眼神道盡一切。她比誰都清楚他有多努力，他們為了這一刻做出多少犧牲。

再也沒有神秘魔法，沒有怪物，只有在華府他必須同桌用餐的那些人類怪物。現在可以稍微休息一下了。他們可以去邁阿密，也可以奢侈一下去加勒比海。為了達到這個目標，過去他經常缺席或心不在焉，以後他都會補償。

「我們成功了。」她在他耳邊呢喃。

他將她擁入懷中。盡皆美好。

達令頓坐在黑榆莊的辦公室裡，望著開滿鮮花的園地，樹籬修剪得整整齊齊。像平常一樣，黑榆莊高朋滿座，來訪的朋友、學者，他們留在黑榆莊使用這裡收藏的大量書籍，並且舉辦座談會。他聽見外面傳來的歡笑，廚房裡有人在熱烈交談。

他想知道的一切現在都知道了。他只需要伸手碰一下書本，就能掌握內容。他只要端起瓷杯，就能知道哪些歷史人物用過。他拜訪即將死去的旅行家與神秘學家，握著他們的手，減輕他們的痛楚。透過接觸，他看見他們的人生經歷、吸收他們的知識。人間與死後世界的所有秘密都在他眼前敞開。他不必舉行儀式，甚至不必拚命研究奧秘學，因為魔法就在他的血液中。他差點放棄希望、放棄童年心願。但其實那神秘的力量一直都在，等著他喚醒。

他看見花園裡的亞麗絲，有如一隻黑鳥，滿是星辰的夜空籠罩著她，有如絲質披肩。他的怪物女王。他的溫柔主人。現在他也知道她是什麼。

他低頭繼續寫作。

盡皆美好。

亞麗絲站在一棟新刷過油漆的平房外面——白色泥磚牆裝飾藍色線條。門廊掛著風鈴。花園裡，佛陀石像端坐在茂盛的薰衣草與鼠尾草之間，彷彿在講道。媽媽坐在堆滿鮮豔抱枕的躺椅上喝茶。這是她的房子——真正的房子，不是孤獨的公寓，以前她住的公寓雖然有陽臺，但只是正對著另一間孤獨的公寓。米拉站起來伸個懶腰進屋裡去，她沒有關門，亞麗絲跟著飄進去。

房子整潔舒適；壁爐架上擺滿水晶。媽媽在洗碗槽前洗杯子。有人敲門。一個金髮女子站在門口，一邊肩膀掛著捲起來的瑜伽墊。她有點眼熟，但亞麗絲不太確定為什麼。

「準備好了嗎？」那個女人問。

「等我一下喔。」米拉說。

她們看不見亞麗絲。

「我女兒也想加入，可以嗎？她學校放假回家。」

海莉站在門口那個女人身後。但不是亞麗絲熟悉的那個海莉。她非常耀眼，洋溢自信，手臂纖細但肌肉明顯，金黃長髮紮成整齊馬尾。

「妳家好漂亮喔。」她笑著說。

亞麗絲看著海莉母女在客廳閒逛，等米拉換衣服、拿瑜伽墊。

海莉在看照片，裡面的人是亞麗絲，她穿著牛仔外套，靠在她們的老舊豐田Corolla汽車上，幾乎沒有笑容。海莉的媽媽比比照片說：「那是她女兒。」

「很好看。」海莉說。

「她一直過得不太好。幾年前過世了。才十七歲。吸毒過量。」

她死了。

照片前面點著香，尖端一點黑的白羽毛。亞麗絲的照片後面還有另一個立著的相框。照片裡是個年輕男子，一頭黑色鬈髮散亂落在黝黑臉龐上。他站在沙灘上，一手抱著立在沙上的衝浪板。他的脖子上掛著一個墜子，但亞麗絲看不清是什麼。

「真可憐。」海莉說。她走向茶几，桌面上放著一疊紙牌。「哇，米拉會算塔羅牌？」

她從最上面拿起一張牌。命運之輪。

看著海莉，擁有汪洋藍眸的完美海莉，亞麗絲心中第一次出現不是愛與後悔的情緒。

「妳不該讓他們殺死小兔幾。」她說。「我絕不會讓牠死。」

亞麗絲看到命運之輪轉動，燃起藍色火焰，先燒光紙牌，接著爬上海莉的手，迅速延燒海莉全身、她媽媽、客廳、房子。整個世界都被藍焰吞噬。盡皆美好。

她站在史特林圖書館的臺階上，身體四周出現一輪火焰，其他人都用憐憫的眼神看她。亞麗絲抹去眼淚，內心因為羞愧而揪緊。她並未因為自己死去而難過，反而因為世界變得乾乾淨淨而鬆了一口氣。她知道媽媽一定為她哭泣過，但是活著的女兒讓她浪費過更多眼淚。

海莉呢？唉，那才是她最大的錯誤。要不是那天亞麗絲和里恩一起去了威尼斯海灘，說不定海莉根本不會跟他們回家。說不定她不會停留那麼久。她會離開地獄，回到屬於她的世界，那裡有壘球比賽、大學成績單，星期六一早做瑜伽。她不會死。

「不要為難了。」安賽姆溫柔地說。「銀河．史坦，留在這裡。妳可以過錦衣玉食的好日子，什麼都不缺，而且妳在人間造成的傷害都可以一筆勾銷。每個人都能得到他們想要的東西。

盡皆美好。」

成為鬼魂會怎樣？

達令頓抓住她的手臂。「全都不是真的。這只是另一種形式的折磨，活在虛假之中。」

他說得沒錯。她很清楚里恩的愛不是真的。她很清楚媽媽給予的保護不是真的。這樣的透徹會每天折磨一個人。感覺就像走在繩索上，等候斷裂瞬間。那確實是一種地獄。

「我可以讓選擇變得更簡單。」安賽姆說。「要是不留下來，妳親愛的朋友都得死。」

在女人桌變成的水池微光中，亞麗絲瞥見一絲動靜。

有個男人進入中庭，正在朝梅西走去。她知道那個人是誰：埃丹。

她聽見他說話，聲音彷彿從非常遙遠處傳來。「那個賤人在哪？妳以為這樣很好笑？」

他找到她了。

「他會對她動手。」安賽姆說。「妳很清楚。不過妳可以制止他。妳不想救她嗎？還是說她即將成為另一個錯信妳的人？因為妳堅持要活下去，所以又有一個人失去生命？」

另一個海莉。另一個崔普。

亞麗絲看著道斯的眼睛說：「我留下，妳設法把門關起來。我知道妳可以。」

透納來到她面前。「我不能讓妳留下。我不想看見大批惡魔跑去人間吃我們的痛苦。如果妳打算為了救一個女生讓我們的世界萬劫不復，我會先殺了妳。」

他的演技不太行，但他不必演。

「教士，退下。」安賽姆笑著說。「輪行者有我的保護。你在這裡沒有公權力。」

達令頓抓住亞麗絲的手臂。「這就是妳的計畫？交出自己？史坦，不該由妳犧牲。」

亞麗絲差點露出笑容。「我不這麼想。」她的人生建立在謊言與偷來的機會上，一次又一次的詭計、隱瞞、偷天換日。她早已熟悉惡魔的語言。她一輩子都在使用那種語言。一點魔法。很能挨揍。

「上前來接受妳應得的懲罰。」安賽姆說。他舉起枷鎖。這個和達令頓之前被迫配戴的不一樣，上面鑲的寶石是石榴石與黑色縞瑪瑙。很美，但依然是枷鎖。

「亞麗絲，」達令頓說，「我不會讓妳做這種事。」

她釋放火焰，達令頓急忙收手，他的犄角出現。「由不得你。」

「我喜歡我們的遊戲，」安賽姆柔聲哄勸，「以後還可以玩更多呢。」

但亞麗絲沒有在聽。她看著水鏡中的倒影。茨維站在埃丹身後。他奪走梅西的劍。埃丹雙手握槍。

梅西拿著一個瓶子。曼陀羅油。她將瓶子扔向埃丹。瓶子打中他之後碎裂。他還沒有反應過來，梅西一把將他推進水池。

亞麗絲從安賽姆手中搶走枷鎖，往水池衝過去，另一隻手伸到水面下。

她聽見四周的人喊叫。安賽姆朝她撲過去，它拋棄了人形。她不知道它是什麼——長著尖角的山羊、紅眼睛的兔子、腿上滿是粗毛的蜘蛛。它同時呈現出各種恐怖。但道斯、達令頓、透納圍住她。

「保護她！」透納大喊。「任何人都休想過去！」他的羽毛斗篷現在不像是道具，而是真正的翅膀，大大展開。道斯舉起雙手，學者長袍上出現文字——符號、草書，千種語言，很可能包含了人類從古至今的所有語言。達令頓的犄角綻放金光，他拔劍。剛才他們為安賽姆演了一場戲，現在他們準備要迎敵了。

她放出誘餌將埃丹拐來，她說要改投萊納斯·雷特爾麾下，她說知道埃丹的秘密，要全部說出來換取吸血鬼的保護。她拜託透納打電話給埃丹，發揮紐哈芬警局的所有公權力，質問埃丹和她的關係，讓他知道她出賣了他，留著她只有壞處。亞麗絲知道埃丹會親自出手解決她。畢竟他知道要去哪裡找她。他在藍州咖啡廳外面堵她時，她就明白了。她刻意保持手機啟動，並且交給在中庭的梅西，讓他能順利找到她。

現在她感覺到他的靈魂在抵抗，不停尖叫、企圖逃跑，他很久沒有害怕過了，他奮力掙扎想留在人間。她想起掌心裡小兔幾心跳的感覺。

她將他的靈魂拉過來，就像召喚灰影那樣，就像為了帶達令頓回家而召喚他的靈魂。他拚命抵抗，但他逃不出亞麗絲的手掌心。埃丹的靈魂湧入她體內。她看到高樓林立的城市、被太陽曬褪色的石頭，舌尖嘗到咖啡的苦味，聽見下方山谷裡四〇五號公路車水馬龍的喧囂。

她急忙把他吐出來。

埃丹出現，氣喘吁吁，衣服濕透，全身燃燒著她的藍焰。「你想要殺人凶手？給你。」

安賽姆冷笑。「妳無權決定誰該下地獄。妳不能——」

「我是輪行者，」亞麗絲說，「你不知道我能做什麼。」

「這是怎麼回事？」埃丹氣急敗壞地說，他脖子上的金鍊分解成灰燼。

亞麗絲將黃金枷鎖從他頭上往下壓，看著寶石扣鎖死。安賽姆拉著的那三隻枯瘦惡魔尖叫、悲鳴。

「異端！」安賽姆怒不可遏。「婊子！」

亞麗絲放聲大笑。「連在來德愛藥局排隊都會有人罵我婊子。」

安賽姆長久以來打交道的對象，都是有教養卻不懂事的耶魯男學生，以致於它無法分辨出自己的同類。

「快走！」亞麗絲大喊，一手繼續放在水中。他們一個接一個跳進水池，穿過她回到人間——道斯、透納，最後是達令頓。她是輪行者，她是導體。她感受到他們每個人，明亮、恐懼、憤怒，活生生。道斯有如圖書館走道，幽暗清涼；透納有如夜晚的城市，鮮亮燦爛；達令頓則是耀眼輝煌，伴隨著鋼鐵敲擊的聲響。

「怎麼回事？」埃丹吶喊。「妳膽敢搞我——」

「現在你得自己挨揍了。」亞麗絲說。「欠地獄的債必須償還。」

她跳進水中，但安賽姆抓住她的手臂。

「銀河·史坦，妳注定要留在地獄。妳注定要屬於我。」它用力咬她的手腕，劇痛竄過，亞麗絲尖叫。

藍色火焰瞬間冒出，從她身上跳到它身上。但它沒有燒傷。

妳注定要留在地獄。

它在吸她的血，大口吞嚥，每次吸吮它的臉頰都隨之凹陷。她能感覺到血液被抽出，感覺到力量流失。

妳注定要屬於我。

「好吧。」她倒抽一口氣。「那就跟我來。」她抓緊它的手臂。「看看你在人間有沒有本事對付我們。」

她釋放力量去拉它，將它的精魄拉進身體。感覺就像吸進爛泥，痛苦之河湧入她體內，深刻的折磨伴隨著淫穢的歡愉，但她沒有停止。

亞麗絲在它眼中看見恐懼，對她而言像毒品一樣令人上癮。「盡皆美好。」

安賽姆狂怒嘶吼放開她的手腕。她看到它的下巴沾滿她的血。亞麗絲將它噁心的精魄推出去，然後跳進池水，生怕下一秒就會被它抓住腳踝拖回去。

她的肺因為缺氧而疼痛，但她不停踢水、不停游泳，等不及想看到前方的光。那裡——先是一個光點，然後又出現一個。她穿透繁星之海往上衝。她突破水面，吸進冬夜冰涼的空氣。

亞麗絲努力想搞清楚四周的狀況。他們在史特林圖書館的中庭。茨維不見了——可能是看到達令頓長出犄角的惡魔型態所以嚇跑了——埃丹的屍體趴在爛泥裡。她聽見節拍器驟然停止。

有個東西讓她視線模糊——紛飛的白。下雪了。她清點朋友——梅西、透納、道斯，以及達令頓，她的紳士惡魔。狼狽的軍隊，每個人都全身濕透，冷得發抖，每個人都平平安安、四肢健全。頭頂上，織匠的網依然散發微光，脆弱的結構承載著霜雪與憂傷。

昨晚頓巴從火車站帶來一個流浪漢，他滿身煤灰，黑得像炭，身上的衣服非常髒，污垢厚到衣服可以自己站立。他宣稱能預見未來。魯迪說這只是浪費時間，我也這麼認為。那個人渾身廉價琴酒的臭味，一看就是騙子。他胡言亂語說著長途旅行、大富大貴，總之都是算命師騙人的那一套。他嚴重口齒不清，我根本聽不懂，終於頓巴嫌無聊把他趕走，我們才不必繼續忍受折磨。

如果就這樣結束，我也不會特別寫下來——以後看到自己寫的這些孬種蠢話，我一定會笑死。頓巴跟流浪漢說他可以走了，然後塞了張五元紙鈔在他口袋裡，那個人卻宣稱最重要的事還沒說，接著他兩眼一翻——俗濫的戲劇技巧——一臉認真地說：「當心。」

魯迪狂笑，自然而然地問：「當心什麼，老騙子？」

「那些隱藏在我們之中的東西。夜飲者，月言者，遊蕩在死亡與虛無中的東西。孩子們，最好謹慎提防。當他們到來時，務必把門閂好。」這時他說話變得很清晰，聲若洪鐘，連外面都能清楚聽見。老實說，我手臂汗毛直豎。

唉，魯迪和頓巴受夠了。他們把他押到門口扔出去，魯迪最後還不忘賞他一腳。我覺得很過意不去，後悔沒有多塞五元給他。明天說起這件事，我們一定會笑瘋。

——萊恩諾·雷特爾，骷髏會手記，一九三三

45

從地獄回來之後的事，達令頓印象很模糊。他記得下雪了，身上濕透的衣服很重。他們每個人都疲憊又膽戰心驚，但他們還不能拖著身體回家。太多證物需要處理。當他走進地獄獸口中時，他是個循規蹈矩的人，相信自己瞭解他的世界，深諳其運作之理。但現在他不再是純粹的人類，看來應該換一套更有彈性的道德標準了。

利諾尼亞與兄弟會閱覽室到處都是亂丟的書。一張桌子被推倒。那三個惡魔從面東的窗戶進來，打破了聖馬可書寫福音的彩繪玻璃，然後又打破通往中庭的窗戶。他們也沒辦法處理。雖然有復原魔法可以用，但施法的程序冗長又累人。丟下受損的圖書館離去讓達令頓很難過，但等學校通報破壞事件之後，忘川會將出借亥倫坩堝以及庫房裡其他有幫助的道具。至於現在，他們只能先清除使用過魔法的證據。

召回蜘蛛很簡單，只要梅西再用紡錘刺破手指一次就好，問題是中庭裡的蜘蛛網依然掛著濃濃的憂傷。他們從掃具櫃找來掃帚，花了將近一個小時才全部掃下來，然後扔進池水，看著蛛網慢慢溶解。好不容易清理完那個可怕的玩意，每個人都不由自主哭得慘兮兮。

他們將屍體留到最後再處理。埃丹趴伏在爛泥與融雪中。

透納把他的道奇車開過來，停在約克街入口等他們。道斯準備的暴風茶還夠熱，依然能干擾監視器，然而，沒有魔法或奧術能讓屍體自動進入後車廂。這個過程很冷血，其中發生的轉變也很醜惡：從人變成行李。梅西走在最後面，緊握著鹽劍，彷彿想要阻擋真相，這樣就不必面對他們所做的事。

屍體裝進後車廂之後，他們也全部擠上車，每個人都全身濕透、精神委靡，距離天亮還有好幾個小時。亞麗絲問：「你不是說不會幫忙收拾爛攤子？」

透納只是聳肩，然後發動引擎。「這個爛攤子我也有份。」

他們還沒走上門階，權杖居的門已經自動打開了。屋裡燈火通明，老舊暖氣系統讓每個房間都暖呼呼。廚房裡，道斯事先將剩下的檸檬雞蛋湯裝在幾個保溫瓶裡，他們急切地大口喝。她還準備了番茄三明治和加了白蘭地的熱茶。

他們站在廚房流理臺前一言不發吃喝，他們實在太累、受了太多苦，沒力氣說話。達令頓忍不住想到，權杖居的正式餐廳實在太少使用，以前他很少和蜜雪兒．阿拉梅丁或桑鐸院長一起用餐，也很少和亞伯．透納警探說話。他們任由忘川會萎縮，因為太多秘密和儀式，他們變得有如陌生人。說不定忘川會原本的運作模式就是這樣，沒有武力、沒有權力，只憑自以為是的驕矜胡亂摸索，軟弱服從大學的勢力，放任魔法社團為所欲為。

終於，梅西放下馬克杯說：「全都結束了？」

梅西很勇敢，但今晚的經歷對她而言太過沉重。魔法、咒語、奇奇怪怪的道具，這些原本都像演戲。現在她幫忙殺死一個人，無論她如何說服自己那個人死有餘辜，罪惡感依然太難承受。達令頓非常清楚。

亞麗絲事先警告過他們，她可能會需要他們幫忙護衛，到時候希望他們不要多問，直接挺身而出。他們做到了——因為他們孤注一擲，也因為儘管他們秉持高貴情操反對她留下，但沒有人想要永世受苦。梅西迫不及待想執行計畫，穿上鹽盔甲，面對人類怪物。或許現在她後悔了。

但現在還不是溫情安慰的時刻。

「還沒結束，」他說，「還有其他惡魔要殺。」

或許永遠殺不完。

亞麗絲失血過多全身無力，安賽姆在她的左手腕上留下傷口，道斯先幫她搽上藥膏，然後帶她去庫房進坩堝泡羊奶。她們有套療傷的固定程序，自然而然完成，達令頓不太理解，因此覺得像無法加入遊戲的小朋友。於是他只好找別的事做。

他和透納一起去黑榆莊。

「真不敢相信我竟然給惡魔當司機。」透納嘀咕著把車開出權杖居的停車位。

「只有一部分是惡魔。」達令頓說。他們默默開了一段路，但最後他忍不住問：「亞麗絲怎麼有辦法讓你配合？」

「昨天晚上她來找我，」透納說，「我不想幫她。她要我利用警察身分設計殺人。但後來我去查了埃丹．夏斐爾的前科。」

「然後你就願意了？」

他搖頭。「沒有。我非常喜歡遵守程序。但你也知道亞麗絲——給她看到一條縫，她就會當作窗口硬擠過去。」

「很貼切的形容。」不計一切代價，這是我們唯一的任務。

「她告訴我埃丹是邪惡的士兵。」

達令頓以充滿懷疑的眼神看透納。「那不像亞麗絲．史坦會說的話。」

「她學我的。善良的士兵、邪惡的士兵。我知道你不同意，但在我看來，這整件事都是為了制服撒旦。她一直說那些全是屁。昨天晚上終於改口了。」

「然後呢？」

「然後她說：『萬一我錯了呢？』」

達令頓大笑。「這才是亞麗絲．史坦。」

透納敲敲方向盤，在幾乎沒車的路上前進。「老實跟你說吧，讓我改變心意的也不是這個。」

達令頓等他說下去。他和透納不熟，但他看得出來透納不喜歡被人催促。

透納終於說出。「有一次我去達瑞安接她。那天埃丹派她去對付萊納斯．雷特爾。她……我曾經親眼看過她和體型大兩倍的男人互毆。還有一個兄弟會的有錢小鬼為了報仇差點砸爛她的腦袋。但我從來沒看過她那麼害怕。」

他們抵達黑榆莊，達令頓打開廚房門，他們合力將埃丹的屍體滾到地下室。他深愛的家變成墳墓了。死了這麼多人，他很想知道爺爺有什麼想法；親愛的孫子拋棄這個高貴的石頭堆，他又有什麼想法。至少目前他不想管了。他不確定要怎麼處理這麼多屍體，也不知道該給父母怎樣的葬禮。假使他們就此消失，會發生什麼事？安賽姆的家人又該怎麼辦？

要消失很容易。他自己就消失過。願意冒險去找他的人又是誰？道斯與亞麗絲、透納與崔普。過去那段人生只剩下殘缺，他能用來拼湊出怎樣的新人生？
達令頓呼喚柯斯莫，希望貓咪願意現身，讓他獻上禮物表達感謝，將心意化做鮪魚。不過看來他得耐心等了。貓就是這樣，想來的時候才會來，不能強迫牠提早，柯斯莫也不例外。
透納幫達令頓把地下室的門重新靠在門框上。他們也沒有其他辦法，只能丟下屍體離去。

回到人間之後達令頓第一次入睡，一年多來的來第一次。地獄不允許他睡覺，也不允許他作夢。惡人無休這句俗話多了一層非常真實的意義。
他夢見回到地獄，又變回惡魔，純粹嗜欲的造物。他跪在戈爾加洛的王座旁，但這次，當他抬起頭，王座上的人是亞麗絲，她低頭看他，赤裸身軀沐浴在藍焰中，頭上戴著銀火冠冕。
「我會服侍妳到世界末日。」他承諾。
夢中的她大笑。「也要愛我。」
她的眼眸漆黑，滿是繁星。

他中午醒來，全身痠痛。他委靡無力、心情悲慘，洗澡之後從爺爺的老舊真皮行李袋拿出牛仔褲與毛衣穿上。他好像怎樣也暖不起來。

亞麗絲看到他的慘狀，解釋道：「地獄宿醉。」她坐在起居室，一腳彎起來放在沙發上，依然穿著忘川會運動服，腿上放著一本翻開的哈特．克萊恩[27]詩集——他猜應該是課堂指定要讀的。看到她在這裡，輕鬆坐在絲絨沙發上，頭髮撥到耳後，他滿心喜悅。她說：「道斯準備了早餐湯。」

當然是純手工烹製。完美的療方。他喝了兩大碗加了芫荽的哥倫比亞早餐湯，牛奶湯底搭配小塊吐司，最上面則是水波蛋。他腦中的迷霧散開，他終於不用一心煩惱怎麼活下去，可以想其他事情。他好像必須重新入學。忘川會應該會幫忙。但前提是他依然屬於忘川會。

「梅西呢？」他問。

亞麗絲的視線沒有離開書。「早上我送她回強艾了。」

「她沒事吧？」

「她想和她的牧師談談，然後和蘿倫一起吃午餐。她需要一點正常。」

可惜現在正常缺貨。

吃完早餐，他去庫房，花了一個小時挖抽屜和櫃子。他們得想辦法處理掉黑榆莊地下室的屍體。他考慮過去圖書館查資料，但他無法忍受在阿貝馬雷之書寫下搜尋詞。如何消滅屍體。如何消滅親生母親的遺體。實在太淒涼。他真正需要知道的是如何哀悼多年前他用盡全力停止去愛的那兩個人。在他的人生中，父母總是來來去去，有如雲朵間的縫隙，要是他整天等候短暫出現的陽光，恐怕早就枯萎死去了。

他考慮了一下要不要用泰雅拉魔毯，這張地毯真的有魔法，可以在底下打開傳送門，將人送去任何想去的地方。困難之處在於必須將目的地織進圖案中，而擁有這門手藝的人早就死光了，因此圖案無法改變，所以只能傳送去一個地方：毗奢耶那伽羅[28]的一座地下墓穴。數百年來，那裡已經變成非正式廢棄物堆積場，不想要的東西和人都往那裡扔。雖然他不清楚對父母的感覺究竟是責任、愛或愛的記憶，總之他不想把他們扔進遠古垃圾堆。

亞麗絲與道斯走進庫房時看到他坐在地上，身邊放著各式各樣閃亮亮的魔法道具與消耗品，完全想不出辦法。那個搬石塊的囚犯，永遠試圖重新建造早已失落的東西。她們幫他把所有東西收回原位，然後三個人一起開車去黑榆莊。

整棟房子都在發臭。也可能只是因為他很清楚搬開地下室的門往下看，黑暗中藏著什麼。

「你……想說幾句話嗎？」亞麗絲說。

27 Hart Crane，二十世紀美國詩人，詩作常被批評晦澀難懂及故弄玄虛，公認為當時最具影響力的詩人之一。
28 毗奢耶那伽羅帝國（一三三六～一六四六）的首都，位在印度南部。

他也不確定。「我爺爺在嗎？」

「在廚房和道斯一起。」

達令頓回頭看，在他眼中，廚房裡只有道斯一個人，她緊握木湯匙，彷彿當作武器。戈爾加洛承諾會給他所有想要的啟示、知識，讓他看見原本看不見的東西。現在永遠不可能了。

「你知道，你可以跟他說話。」亞麗絲說。

「我知道你喜歡史蒂文森[29]的〈輓歌〉，」他說，希望爺爺在聽，但同時也覺得很蠢，「可惜現在不合適。」

老實說，達令頓很清楚不管他說什麼爺爺都不會喜歡。畢竟悼詞也是死亡真言。

「走吧。」他對亞麗絲說。

她走下樓梯，一步，又一步。達令頓跟在後面。下面臭味更濃。

「到這裡就可以了。」他說。他看到她的肩膀放鬆，顯然鬆了一口氣。現在可以看到他父母堆在一起的遺體，牆角有安賽姆剩下的一層皮，埃丹倒在牆邊。他的人生、他的家怎麼會變成這樣？為了追求技藝、知識、勇氣，他竟然任由這樣的事發生？「我失敗的程度之嚴重，連我自己也嚇一跳。」

亞麗絲站在樓梯上回頭看他。「放惡魔進門的人不是你，是桑鐸，是秘密社團。危險來臨時，你為活人抵擋亡魂。**輕騎重騎龍甲披，記得嗎？**」

「原來妳有在聽。我感到既欣慰又膽寒。」沒什麼好說的了，該做的事還是快點做吧。

他一手按住亞麗絲的肩膀，召喚惡魔。其實很簡單，像肌肉收縮一樣自然，像深呼吸一樣容易。他感覺身體變化，力量湧上。恐懼遠離；哀傷與迷惑退去。他感覺到手掌下亞麗絲肩膀的弧度。如果他用力握緊，爪子會深陷進去。他會聽見她痛呼。他克制衝動。

她全身燃起藍焰。她再次回頭看，希望他給確認的信號。他看見她眼神中的意志，她壓抑恐懼的方式。**我會服侍妳到世界末日。**

他點一下頭，她舉起手臂。藍焰從她雙手射出，弧形火焰逐漸變成河流，往下流向遺體。他想了很久該說什麼，最後決定引用……他的惡魔頭腦覺得太難。他想起亞麗絲捧著詩集的模樣，哈特．克萊恩。他努力在腦中翻找。

「**若他們奪走你的睡眠，有時也會歸還。**」[30]他頂多只能做到這樣了。他看著屍體燃燒。

他心中有一部分很想叫亞麗絲繼續燒，燒光整棟房子，連他們也一起燒掉。但他只是和亞麗

29 羅伯特．路易斯．史蒂文森（Robert Lewis Stevenson，一八五〇～一八九四），十九世紀蘇格蘭小說家、詩人，代表作包括《金銀島》、《化身博士》。

30 引自哈特．克萊恩的詩作〈The Harbor Dawn〉。

絲一起站在黑榆莊的幽暗處，最後，地下室只剩下灰燼與石塊，這棟房子或許能恆久矗立，卻永不哀悼。

46

賓士車停在黑檜莊的車道上。

亞麗絲久久無法理解是怎麼回事。她還在想剛才的事：站在地下室樓梯上，低頭看著擁擠的墳墓。火熄滅之後，牆壁焦黑，除此之外什麼都沒有——沒有箱子、沒有老舊雜物、沒有屍體、沒有遺骨。那麼烈的火應該會波及他們才對，但那不是凡火。

達令頓為父母獻上悼詞時，亞麗絲猶豫著是否也該送埃丹幾句話。她知道正確的祈禱詞，外婆教過她：Zikhrono livrakha，故人福佑。但就像達令頓說的，不太合適。

「Mors irrumat omnia（死亡惡搞所有人）。」她對著火焰低語。這個人為了多賺一點錢就派她去送死，她實在說不出什麼好話。

賓士車不該在這裡。看起來好像剛洗過，現在是下午三、四點，酒紅色車身在陽光中閃閃發亮。雷特爾。亞麗絲的心跳亂了一下，然後加速狂奔。

「妳不是把車丟在舊格林威治了？」道斯小聲問。

「現在是白天。」亞麗絲勉強說。「太陽還沒下山。他怎麼有辦法把車開來？」為什麼選這個時間點？他一直在監視、跟蹤他們嗎？

「他有侍從，」達令頓說，「可能不只一個。」

亞麗絲想起在強艾學院中庭看到雷特爾身邊跟著一個人，他撐著一把白傘保護雷特爾。她看看樹叢、萬里無雲的天空，很感謝冬季還有陽光。

「我們快點去有結界的地方，」道斯說，「整理一下狀況。」

亞麗絲真的很想聽她的話。她全身冒冷汗、呼吸困難。但現在還不能走。

她強迫自己走向賓士車。

「亞麗絲，別過去！」道斯抓住她的手臂。「說不定是陷阱。」

亞麗絲甩開她的手。

駕駛座的門沒有鎖，內裝非常乾淨。他把鑰匙放在手套櫃裡，亞麗絲拿出來，放在手中的感覺很沉重。

「給我吧。」達令頓說。

亞麗絲多希望她有勇氣拒絕，但她實在太害怕。她把鑰匙交給他。

他們一起圍著後車廂，達令頓將鑰匙插進鎖孔。後車廂打開，發出類似嘆息的聲音。他將蓋子往上掀。

道斯驚呼，尖銳又無助。

蜜雪兒・阿拉梅丁蜷起身體側躺在後車廂裡，雙手交握放在下巴底，彷彿在祈禱時入睡。

亞麗絲後退一步。她害死的人又多了一個。蜜雪兒，她警告他們不要開啟地獄通道；她曾經從陰間拚命逃回來，結果卻是這樣。

「對不起。」她說，努力想吸氣。「可惡，真的非常對不起。」她失去重心，重重跌坐在碎石地上。

對不起。今天早上她送梅西到強艾闇門外，也說了同樣的話。梅西等不及想洗去昨夜留下的硫磺惡臭，鑽進鉤織與燈心絨的溫暖中。她沒有再提起感恩節計畫。

「妳沒事吧？」亞麗絲在闇門前問，但梅西只是低頭看著靴子，於是她接著說：「昨晚妳救了我一命。」

「妳救我、我救妳。」梅西說。但她沒有看亞麗絲的眼睛。

梅西想要冒險，想要看看平凡世界的外面有什麼。結果亞麗絲把她變成殺人凶手。

「我沒想到會這樣。」梅西說，亞麗絲看出她努力忍住不哭。

「對不起。我很遺憾。」

「真的？」

「假的。」亞麗絲承認。她需要設法脫身，於是抓住機會。「但我真的很感激。」

「謝謝。」梅西邊說邊走進閘門。

「謝什麼？」

「謝謝妳沒有騙我。」

梅西有良心。她相信世上有個公正的神。她不可能害死人之後安然離去，她的心一定會留下污痕。儘管亞麗絲知道，但依然利用她。她從來不會心軟。

現在蜜雪兒·阿拉梅丁死了。

亞麗絲感覺達令頓按住她的肩膀。「彎腰低頭，盡可能深呼吸。」

亞麗絲用掌心按住眼睛。「是我把他帶來的。」

「雷特爾早就在這裡了。」達令頓說。「蜜雪兒是他的侍從。」

「什麼？」道斯驚呼。

亞麗絲呆望著他。「你在說什麼鬼話？」

「我猜她讀大學的時候就被他吸納了。我讀她的忘川會日誌時推敲出這件事。在她之前可能還有其他人。」

「她知道地獄通道在哪裡？」道斯問。

「我不清楚。」達令頓說。「我不知道雷特爾告訴過她什麼。雷特爾知道秘密社團的事。他偷走一個骷髏會員的生命。他知道忘川會的事。但他無法進入有結界的地方，於是他找人幫忙看守通道。」

亞麗絲回想蜜雪兒坐在起居室裡不停滑手機，雖然不參加研究會，但也沒有徹底抽離。亞麗絲想起她說出找到地獄通道時，蜜雪兒有多震驚，她再三勸亞麗絲不要去。她是真心想警告亞麗絲嗎？還是替雷特爾傳話？蜜雪兒欺瞞來校園的原因，還跟蹤亞麗絲與梅西去教室。蜜雪兒總是繫著漂亮的領巾，不然就是穿高領上衣。雷特爾吸她的血嗎？

「她不可能做那種事。」道斯說。「她不可能為惡魔效力。」

不是不可能。只要給她最想要的承諾。蜜雪兒曾經自殺未遂而去過陰間。她跟亞麗絲說得很清楚：**我永遠不要再回去**。

亞麗絲懂這種誓言。「他承諾會讓她永生。」

「根本沒道理！」現在道斯幾乎用吼的，她滿臉淚水。「他是惡魔。他會吃掉她的靈魂。他——」

「潘蜜，」達令頓柔聲說，「雷特爾說能讓她永生，她想要相信。有時候只要會編故事就行了。」

「我們不能把她丟在地下室。」亞麗絲雙手一撐站起來。「也不能埋在花園。」

她不要像雷特爾埋受害者那樣埋葬蜜雪兒·阿拉梅丁。要是那個恐怖的夜晚，亞麗絲逃得不夠快，也會被他埋在花園裡。

亞麗絲強迫自己回到後車廂前面，看著蜜雪兒的遺體，脖子上的兩個洞、手腕上的刺青。希望蜜雪兒在界幕另一邊找到平靜，希望她的靈魂安全完整。

「他犯錯了。」亞麗絲說。她感覺恐懼逐漸變形，長出尖牙利爪，化做憤怒。她喜歡這種魔法。「假使他夠聰明，應該要留著蜜雪兒繼續幫他打探消息。」

「自尊心作祟。」達令頓說。「雷特爾太急著想傷害我們，想讓我們感受到他的力量。」

「狡詐但不聰明。」亞麗絲說，道斯點頭，抹去淚水。

達令頓低頭注視蜜雪兒的遺體。「妳不該受這種苦。」他輕聲說。

梅西也一樣。海莉也一樣。小兔幾也一樣。所有被亞麗絲害死的可憐蟲都一樣，他們不該遇上她。她知道雷特爾不只吸蜜雪兒的血，也吃她的痛苦，這樣更讓人難過。她的絕望、她的哀傷，她追求永生不死的渴望，這些都成為讓他饜足的食物。

他們將蜜雪兒的遺體放在兩棵榆樹中間，達令頓站在她的遺體旁背誦一首古老的詩。我要懲罰他，亞麗絲對自己承諾，我要用他傷害妳的方式傷害他。然後她再次召喚出藍焰。

「此地乃為原始林，」達令頓背誦，「松樹與鐵杉低語。青苔低垂若鬍鬚，身著綠裳，暮色之中難辨明。宛如德魯伊長老[31]佇立，音調悲傷預知……」

她要讓雷特爾嘗嘗痛苦真正的滋味。她和蜜雪兒不太熟，她所能做的，只有給予這個承諾。太晚到來的復仇，以烈火說出的祈禱。

31 賽爾特文化中的特殊階級，德魯伊（Druid）不僅是僧侶，也是醫生、教師、先知與法官。

47

亞麗絲找錯了幾次才想起崔普住在哪裡。透納知道崔普家的位置，但他回去上班了，面對受惡魔驅使而犯下兩起命案的人，他努力想釐清良心究竟該放在哪裡。

上次在權杖居見面時，他說：「以後我不會幫忙了。」

「那些事其實不算幫忙吧？」亞麗絲問，他們坐在門前的臺階上，呼吸時冒出白霧。雪融了，那場雪只是假警報，真正的冬季尚未到來。頭頂的天空硬脆碧藍，有如藍色琺琅，彷彿可以伸手敲一敲。樹葉依然不肯離開樹枝，如同顫動的橘紅雲朵。「你休想。不准像以前那樣不回我電話。」

「為什麼？」

因為梅西好像改變心意了，明年可能不會再和我當室友。因為我只剩下少少幾個朋友，我需要你是其中一個。

「因為現在你也是我們的一分子了。你看過界幕另一頭的樣子，而且親自去過。你不能再像以前那樣假裝了。」

透納將兩隻手肘放在膝蓋上，雙手交握。「我不想成為你們的一分子。」

「少來。你明明很喜歡這場戰鬥。」

「或許吧。但我不能繼續為忘川會工作，我無法原諒那個可恨的地圖，無法原諒這個地方和那些社團代表的意義。」

「你應該知道你是警察吧？」

透納瞥她一眼。「史坦，少給我來這套。我知道我是誰，也知道誰是我的人。妳呢？」

透納企圖激怒她。他忍不住。她也是這樣的人，不由自主想試探，尋找最適合攻擊的角度。但是去地獄兩趟之後，她徹底明白了什麼才最重要。

「我的人就在這裡。」她說。「你、道斯、達令頓。要是梅西沒有被我嚇跑，那還要加上她。你們曾經為我戰鬥，我願意為你們戰鬥。與忘川會無關。」

「沒那麼簡單。」

或許吧。但她進入過透納的頭腦。當他必須在兩條道路當中做選擇，他自己創造出第三條——用一顆子彈。這個她懂。

透納站起來，亞麗絲也跟著站起來。因為忘川會的魔法，她不必受疼痛所苦。

「亞麗絲，妳做這些事，最後到底想得到什麼？」他問。

自由。財富。狂睡一星期。「我只希望能獲准好好活下去。或許……或許我也希望能剷除這個地方。我還不知道。不過你不可能回到以前那樣了。無論你多想都不可能。去過地獄不可能不改變。」

「再說吧。」他走下臺階。他在步道上停下腳步回頭看她。「史坦，地獄也改變了妳。或許妳不在乎善惡，但不表示善惡不存在。妳從地獄偷走一個人。妳在惡魔自己設計的遊戲中打敗他。妳最好思考一下這代表什麼意義。」

「什麼意義？」

「現在惡魔知道妳的名字了，銀河．史坦。」

亞麗絲以為透納會就此消失，回到自己的生活，離忘川會越遠越好，沒想到他們終於找到崔普家的時候卻看到他也在，裹著亞曼尼長大衣靠在道奇車上。他正在看報紙，看見亞麗絲、道斯與達令頓時，他整齊摺好收起來。

他們走進一樓大廳，亞麗絲輕聲說：「沒想到你會來。」

「我自己也沒想到。」

他們全部進了電梯，透納按下頂樓按鈕，道斯問：「妳覺得他還活著嗎？」

「不。」她承認。

亞麗絲很想相信崔普只是太害怕，不想再去地獄，所以躲起來，他們會發現他在家看電視吃冰淇淋，但她其實覺得不太可能，他們不能冒險。

道斯與達令頓在大樓入口和電梯裡用混合血的鹽重新畫了所羅門結，現在也在通往樓梯間的門口畫上。亞麗絲帶著梅西的鹽劍。萬一崔普的惡魔還在裡面，他們必須設法困住它然後殲滅。萬一它跑了，他們得設法獵殺。更多辛苦、更多麻煩，更多要對付的敵人。為什麼她覺得興奮？她應該要利用晚上的時間用功讀書寫報告才對。要是課業像暴力一樣輕而易舉就好了。

接近崔普家門時，達令頓問：「你們有沒有聞到？」

不會錯，那是腐臭。

「之前沒有。」透納說。他一手按住配槍。

門沒鎖。亞麗絲輕輕推開，鉸鏈發出嘎嘎聲響。頂樓公寓一整面牆都是大窗戶，有人用強力膠帶黏了毯子遮住。

屋內很昏暗，亞麗絲看到開放式廚房的流理臺堆著髒碗盤和兩個放很久的披薩盒。家具不多

——巨型平面電視、遊戲機、長沙發、安樂椅。一秒之後，她才驚覺黑暗中有個人窩在安樂椅上。

亞麗絲舉起鹽劍，但那個東西動作很快，像萊納斯·雷特爾一樣恐怖的速度。吸血鬼。迅速湧現的恐懼幾乎噎死她。怪物發出嘶嘶吼叫，拍掉她手中的鹽劍。

但緊接著吸血鬼就被按在地上。達令頓矗立在他旁邊，椅角露出，頸子與手腕上的金環閃耀。亞麗絲燃起藍焰。透納拔槍。

達令頓撿起鹽劍，但手掌立刻被燙傷，他倒抽一口氣。

「達、達、達令頓？」吸血鬼說。「兄弟，真的是你？」

達令頓不知所措。

亞麗絲拆掉窗戶上的一條毯子。那個怪物尖叫退縮。「崔普？」

「亞麗絲！大家都來了！噢，老天，別看我，我超噁。」

崔普還穿著第一次去地獄那天的衣服，髒兮兮的Polo衫配休閒西裝外套，反戴耶魯帆船隊棒球帽。他的膚色白得嚇人，但除此之外都是崔普原本的樣子。呃，還多了一對獠牙。

亞麗絲收起攻擊架勢，但依然提高警覺。

「那是崔普？」道斯問。「還是他的惡魔？」

透納依然舉著槍。「它絕對不是人類。」

「靠。」崔普說，他脫掉帽子，伸手扒一下髒兮兮的頭髮，這個動作亞麗絲看過無數次。「我知道不對勁。我好久沒大便，已經……不知道多久了。每次我試著吃東西就會有像痙攣的感覺。而且……」他一臉愧疚。

「它好像想喝我們的血。」道斯說。

「沒有！」崔普大聲說，但又舔舔嘴唇。「好啦，對。我只是……真的好餓。」

「可以餵它吃老鼠嗎？」道斯提議。

「我才不要吃老鼠！」

亞麗絲打量他。「如果這個是惡魔，那崔普的身體一定還在。至少還會有一層皮。」

假崔普一臉做錯事的表情，視線瞥向廚房角落，那裡有一堆東西，看起來像捲起來的紙張。皮囊。就像黑榆莊地下室那個一樣——真正的崔普．海穆斯遺體只剩那層皮了。

達令頓還沒收起惡魔型態，依然保持高度警戒，眼睛閃耀金黃光芒。「那個怪物吸乾崔普，只剩皮了。」

崔普——或惡魔——後退，露出獠牙。「我忍不住嘛。」

「你是殺人兇手。」透納說。

「我們全都是！」

「我不想和吸血鬼討論語意學。」達令頓咆哮。「你們很清楚該怎麼做。」

他說得對。亞麗絲惹上了一個吸血鬼，這樣就已經太多了。不過眼前這個惡魔感覺沒什麼威脅。它感覺像虛弱的野生動物，而且……有點傻兮兮。

她觀察公寓裡的狀況，除了牆角的那個皮囊，基本上雖然髒亂，但一切正常——滿地髒衣服、洗碗槽堆著髒碗盤。整間公寓唯一乾淨——呃，至少有整理——的地方是大型安樂椅和遊戲區。旁邊放著崔普家人、朋友的照片，擺得很用心，還有幾個公仔，她不知道是哪個遊戲的角色。她想到萊納斯．雷特爾的花瓶、酒瓶、繡球花。所有吸血鬼都喜歡築巢嗎？

「達令頓說得沒錯。」透納說。「這個東西會造成危害，而且是我們造成它出現。我們必須除掉它。留著太危險。」

「我覺得不會。」亞麗絲緩緩說。「崔普，上個星期你都做了什麼？」

「打遊戲、看了幾集重播的《逞能倒霉蛋》。睡很久。」

「你吃了什麼？」道斯問，聲音很緊繃。

「主要是蟲子。可是有些國家認為蟲子是美食，對吧？」

「可以不除掉它嗎？」亞麗絲問。

「開什麼玩笑！」透納怒斥。「它等於是上膛的槍。」

「它連水槍都算不上。」

「說不定它只是在演戲。」達令頓粗聲說。

「要聽音樂嗎？」崔普說。「我有超讚的嗆辣紅椒雙專輯——」

看來還是應該殺死它。

「它……」亞麗絲說不出**人畜無害**這個詞。「它是崔普。惡魔吸乾它的生命力時好像連個性也吸走了。」

達令頓搖搖長角的頭。「也可能它只是在演戲，打算找機會殺光我們。」

「是嗎？」道斯問。

崔普一臉畏縮。「一點點？」

但亞麗絲心中有個想法逐漸成形。「崔普，叫出你的海鳥。」

崔普舔一下指節，銀色信天翁從它身後出現，繞著客廳飛一圈，發出尖銳鳴叫。

「竟然還在。」道斯難以置信。「怎麼可能？」

信天翁直撲達令頓。亞麗絲擋在他前面，舔舔手腕放出蛇。

饗尾蛇與信天翁對峙了一下，然後各自消失。

「崔普的鹽護法很盡責。」亞麗絲說。「牠努力保護他的生命，後來就算失敗了，牠也繼續陪著他，保護他的靈魂。」

達令頓似乎依然不相信。

「聽我說，」亞麗絲說，「是我們害他變成這樣的。是我們帶他去地獄。是我們讓他受傷害。他是我們的責任。要不是有他，我們不可能救你出來。」

「妳不是說他是為了錢？」

「呃，」崔普說，「我本來不想告訴你們，可是我的房租——」

「現在不是時候，崔普。」

「亞麗絲說得沒錯。」道斯說。「它……依然是他。以後對付萊納斯．雷特爾的時候，說不定它能派上用場。要是擔心它會……作亂，可以給它下禁制。」

蜜雪兒、安賽姆、達令頓的父母都慘死於惡魔之手，他們需要這小小的勝利，讓他們能度過這場夢魘。

達令頓舉起雙手，利爪消失，變回穿著高級羊毛大衣的俊美青年。亞麗絲感覺藍焰跟著消失。現在他們的力量相連，被地獄火綁在一起。

透納收起槍。「要是它殺人，別怪我沒警告你們。」

達令頓伸手指著道斯。「妳太心軟了。」

道斯只是微笑。「走吧。」她對崔普說。「我們帶你去權杖居，我來找找有沒有可以給你吃的東西。」

「噢，老天，謝謝。謝謝。」

「可是你要先換——」亞麗絲說。

「當然。我會換個態度，以前我在團隊裡一直沒什麼責任感，但我相信人是會成長的——」

「衣服，崔普。拜託你去換衣服。」

「靠，真的！馬上去。我不是說過嗎？亞麗絲，妳是好人。」

亞麗絲和它碰一下拳。「我知道，兄弟。」

它衝進浴室，速度快得令人心驚，出來時換上了乾淨的短褲和刷毛上衣。

他們離開公寓時天快黑了，亞麗絲感到一股莫名的希望。埃丹死了。安賽姆被趕回地獄。他們會要設法破解地獄通道的魔法，以免以後再有人使用。

綠原上的三座教堂彷彿自行組成一個星座，哈克尼斯鐘塔開始報時。甜美的旋律很耳熟，但她一下想不起來。

一起來吧。一起來吧。

恐懼卡在她的心中，如同硬石塊。

讓我牽起你的手。去找那個人。去找那個人。他是樂團的領隊。

亞麗絲抬頭看哈克尼斯鐘塔。正當她的視線移動過去時，高塔頂端的石雕間出現一個暗影。那個東西張開翅膀，暮色中的黑影，眼睛發出紅光。

「噢，老天。」崔普哀嚎。

「那是雷特爾嗎？」道斯嗄聲說。

「應該不是。」達令頓說。「他無法脫離人形。」

透納抬頭看著哈克尼斯鐘樓，看著那雙由上方注視他們的眼睛。「不是雷特爾，還會是什麼？」

「惡魔。受他指揮的怪物。」

「不。」道斯說。「不可能。我們把惡魔送回地獄了。這次門關好了。」

只要妳在地獄，門就會保持開啟。亞麗絲手腕上的傷口抽痛。

「它吸了她的血。」達令頓說。

戈爾加洛。它咬她不是為了殺她，甚至不是為了將她留在地獄。「它用我的血讓門開啟。」

停棲在哈克尼斯鐘樓上的東西飛進夜空。

「我們必須追蹤它。」道斯說。「抓住它或——」

「那只是第一隻，」達令頓說，「不會是最後一隻。我們得設法永遠關上地獄之門，封印地獄通道，以免惡魔想出如何讓門永遠敞開。」

「那樣很不好嗎？」崔普傻傻地問。

「惡魔以活人為食？」透納氣沖沖說。「從地獄來到人間？沒錯，崔普，很不好。」

亞麗絲看著那個怪物在天空中盤旋。她受夠了，不想繼續被忘川會和埃丹那種人利用。

「你們休想拿我們當獵物。」她說，不只是對天空中那個東西，也是對萊納斯·雷特爾、戈爾加洛，以及所有企圖狩獵他們的飢餓怪物。「更休想利用我害人。」

她轉身對透納說：「去找梅西，警告她有危險。確定她平安無事。道斯，帶崔普去權杖居——小心不要被它吃掉。」

「亞麗絲。」道斯語帶警戒，聽得出很擔心。「妳打算做什麼？」

「我唯一擅長的事。」

亞麗絲邁步往綠原另一頭走去，挑釁天上的怪物跟隨。她拔出鹽劍、召喚她的地獄火，讓藍焰在全身燃燒。既然雷特爾想要攻擊的目標，她就給它一個。達令頓已經跟上了，以同樣的速度走在她身邊，犄角綻放金光，低沉咆哮震動胸腔。

一點魔法。很能挨揍。身邊的惡魔。這是她僅有的武器，但或許這樣便足夠了。

「走吧，達令頓，」她說，「讓他們見識一下真正的地獄。」

（全書完）

登場人物

亞麗絲．史坦

生長於洛杉磯的貧困地區，意外得到進入耶魯大學的機會，在忘川會擔任「但丁」一職，負責監督祕密社團魔法儀式。達令頓失蹤後，接替他成為「味吉爾」。

丹尼爾．阿令頓（達令頓）

在忘川會擔任「味吉爾」一職，負責監督祕密社團魔法儀式，及引導但丁。在一次任務中意外失蹤。

潘蜜拉．道斯

研究生，在忘川會擔任「眼目」一職，負責打理忘川會的庶務。

亞伯．透納

警探，擔任「百夫長」一職，負責警察局與忘川會的聯繫。

艾略特．桑鐸院長

忘川會顧問，負責忘川會與大學的聯繫。塔拉命案的凶手。最後被貝爾邦所殺。

蜜雪兒．阿拉梅丁
達令頓的味吉爾。

瑪格麗特．貝爾邦
耶魯大學女性研究教授。真實身分為鬼新郎之妻黛西，藉由吞噬人的靈魂來維持肉體。和亞麗絲一樣都是「輪行者」。

崔普．海穆斯
骷髏會員。

蘿倫
亞麗絲的室友。

梅西
亞麗絲的室友。

布雷克．齊利
耶魯長曲棍球選手，曾在比賽中惡意傷人。濫用魔法的力量侵犯女生，被桑鐸操縱試圖殺死亞麗絲，後被道斯所殺。

里納德・畢肯（里恩）

亞麗絲的毒販前男友，住在公寓「原爆點」。

海倫・華森（海莉）

「原爆點」居民。亞麗絲借用其力量殺死了「原爆點」的其他人。

埃丹・夏斐爾

賣大麻給里恩的毒販。

麥克・安賽姆

忘川會理事，桑鐸院長死後，暫代監督的角色。

雷蒙・華許—惠特利

忘川會新任執政官。

萊納斯・雷特爾

埃丹的討債對象。

骷髏會
Skull & Bones

死亡平等，不分貧富。

1832

魔法種類	動物或人類臟卜。 以動物或人類內臟預知未來。
知名校友	美國第二十七屆總統威廉・霍華・塔虎脫 第四十一屆總統老布希 第四十三屆總統小布希 前國務卿約翰・凱瑞

捲軸鑰匙會
Scroll & Key

擁有照亮這片黑暗之地的力量，
擁有復活這個死亡世界的力量。

1842

魔法種類	在物品上下咒，空間移動魔法。 靈體時空移動。
知名校友	前國務卿迪安・艾其遜 漫畫家蓋瑞・杜魯道 作曲家柯爾・波特 記者史東・菲利普斯

書蛇會
Book & Snake

萬物常變；易而不朽。

1863

魔法種類	召靈術或降靈術，骸骨復活。
知名校友	揭發水門事件的記者鮑伯・伍德華 前中情局長波特・戈斯 黑人權利運動家凱瑟琳・克利佛 前駐法大使查爾斯・瑞夫金

狼首會
Wolf's Head

群體之力為狼。狼之力為群體。 (1883)

魔法種類	化獸術。
知名校友	小說家斯蒂芬·文森·貝內特 育兒專家班傑明·斯波克 古典音樂作曲家查爾斯·艾伍士 藝術收藏家山姆·瓦格斯塔夫

手稿會
Manuscript

夢將人們送往夢，幻覺無極限。 (1952)

魔法種類	鏡子魔法、魅惑魔法。
知名校友	演員茱蒂·佛斯特 新聞主播安德森·庫柏 前白宮聯絡室主任大衛·格根 演員柔依·卡山

奧理略會
Aurelian

(1910)

魔法種類	文字魔法—文字約束、語言占卜。
知名校友	海軍上將理查·里昂 前駐聯合國大使薩曼莎·鮑爾 物理學家約翰·B·古迪納夫

聖艾爾摩會

St. Elmo's

(1889)

魔法種類	氣象魔法，自然元素魔法，召喚暴風雨。
知名校友	美式足球明星卡爾文・西爾 前司法部長約翰・艾許克羅夫特 演員艾利森・威廉斯

貝吉里斯會

Berzelius

(1848)

魔法種類	無。爲彰顯瑞典化學家貝吉里斯的精神而創建。貝吉里斯創造出化學元素表，使鍊金術成爲歷史。
知名校友	無

地獄反轉 下

Hell Bent

作　　者　莉・巴度格 Leigh Bardugo
譯　　者　康學慧 Lucia Kang

責任編輯　黃蕨莉 Bess Huang
責任行銷　鄧雅云 Elsa Deng
封面裝幀　許晉維 Jin Wei Hsu
版面構成　譚思敏 Emma Tan
校　　對　許芳菁 Carolyn Hsu

發 行 人　林隆奮 Frank Lin
社　　長　蘇國林 Green Su

總 編 輯　葉怡慧 Carol Yeh
主　　編　鄭世佳 Josephine Cheng
行銷經理　朱韻淑 Vina Ju
業務處長　吳宗庭 Tim Wu
業務專員　鍾依娟 Irina Chung
　　　　　李沛容 Roxy Lee
業務秘書　陳曉琪 Angel Chen
　　　　　莊皓雯 Gia Chuang

發行公司　悅知文化　精誠資訊股份有限公司
地　　址　105台北市松山區復興北路99號12樓
專　　線　(02) 2719-8811
傳　　真　(02) 2719-7980
網　　址　http：//www.delightpress.com.tw
客服信箱　cs@delightpress.com.tw
I S B N　978-626-7406-94-6
建議售價　新台幣450元
首版一刷　2024年07月

國家圖書館出版品預行編目資料

地獄反轉 下／莉・巴度格(Leigh Bardugo)作；康學慧譯. -- 初版. -- 臺北市：悅知文化 精誠資訊股份有限公司,2024.07
冊；公分
譯自: Hell Bent
ISBN 978-626-7406-94-6 (下冊：平裝)

874.57　　113008534

建議分類｜翻譯文學

線上讀者問卷 TAKE OUR ONLINE READER SURVEY

這才是
魔法的真面目——
卑劣、墮落、變態。

——《地獄反轉》

請拿出手機掃描以下QRcode或輸入
以下網址，即可連結讀者問卷。
關於這本書的任何閱讀心得或建議，
歡迎與我們分享 ◡̈

https://bit.ly/3ioQ55B